D1724719

Christina Kunz

Offenbach Undercover

Krimi

mainbook

ISBN 978-3-911008-32-7
Copyright © 2024 mainbook Verlag
Alle Rechte vorbehalten
Lektorat: Gerd Fischer
Coverdesign und Umschlaggestaltung: Florin Sayer-Gabor –
www.100covers4you.com
Unter Verwendung von Grafiken von Volodymyr, Adobe Stock

Auf der Verlagshomepage finden Sie weitere spannende Bücher:
www.mainbook.de

Die Autorin

Christina Kunz wurde in Hanau geboren, hat Germanistik und Mathematik auf Lehramt in Frankfurt studiert und lebt und arbeitet in Seligenstadt. Für Literatur hat sie sich schon immer begeistert, und auch geschrieben hat sie, seit sie denken kann, hauptsächlich Kurzgeschichten und Lyrik. Ihr erster Roman *Das Erbe von Grüenlant* erschien 2018 bei mainbook. Sie ist aktiv in der Frauengruppe „Luna – Frauen schreiben", in der Schule hat sie die „Schreibwerkstatt" gegründet, in der junge Talente zum Schreiben motiviert und gefördert werden und die Möglichkeit zum Austausch über ihre Texte haben.

Neben dem Schreiben ist ihre Leidenschaft die Musik. Am liebsten verbringt sie ihre Freizeit in der Natur. Mit ihrem Hund Jimmy macht sie lange Spaziergänge und Wanderungen, in den Ferien ist sie gerne in den Bergen unterwegs. Außerdem gilt ihre große Liebe England, was sich auch in so manchem Text widerspiegelt.

www.instagram.com/christina.e.kunz

www.christinakunz.de

Prolog

Er schlich hinter seinen Kameraden durch die Nacht, eingehüllt in die schwarzen Schatten der Kastanienbäume, die in Reih und Glied wie Verbündete den Weg flankierten. Ihr Laub raschelte leise und dämpfte die Schritte der vermummten Männer. Ihm war nicht wohl dabei, es war nicht richtig, was sie hier taten. Etwas knirschte unter seinem Fuß, eine achtlos auf den Gehweg geworfene Plastikflasche, wie zur Bestätigung. Er fühlte sich ertappt.

„Psst, pass doch auf, Idiot!", zischte ein dunkler Schemen hinter ihm. Er zog den Kopf zwischen die Schultern. Es war nun mal sein Job. Er würde es durchziehen. Opfer musste man bringen. Was interessiert mich irgendein Türke, redete er sich ein.

Der Geruch von gebratenem Fleisch zog ihm in die Nase und erinnerte ihn an Vergangenes, ein anderes Leben, kurz oder lang, es spielte keine Rolle mehr. Lachende Gesichter, fettige Finger, der Geschmack von Weißkohl und Knobi. Nicht nachdenken, ermahnte er sich.

Es war Licht in der Dönerbude, aber zu dieser Zeit war kaum jemand da. Am Tisch saßen ein junger Mann und eine junge Frau und diskutierten heftig, ihre Hände fuchtelten wild durch die Luft, er versuchte, sie zu beruhigen, indem er beschwichtigend die Arme hob. Der weißhaarige Türke hinter der Theke räumte gerade auf und beobachtete die beiden kopfschüttelnd, ein nachsichtiges Lächeln umspielte seine Lippen. Ein Jüngerer half ihm, Kopfhörer auf seinen Ohren verhinderten seine Anteilnahme.

Steffen warf den ersten Molli. Das Klirren der Fensterscheibe barst durch die Nacht. Es brannte nur zögerlich. Ein zweiter folgte, das Mobiliar fing Feuer.

Der Alte reagierte sofort, griff nach dem Feuerlöscher, während der Jüngere sich schon die Kopfhörer von den Ohren gerissen und ein Telefon in der Hand hatte.

Er selbst war wie gelähmt, sah den Hass in Steffens Augen glitzern. Der Blick hielt ihn fest, und plötzlich sprang der Funke über. Er nahm den Molli, den Steffen ihm in die Hand gedrückt hatte, spürte das kühle glatte Glas und die Hitze der Flamme, die an seinen Fingern leckte. Sein Arm schnellte nach vorn, zielte, Volltreffer!

Der alte Türke fluchte und gestikulierte, während der Jüngere noch einen Feuerlöscher holte. Kurz meldete sich sein schlechtes Gewissen, aber seine Kameraden kannten keine Skrupel. Sie grölten laut und ließen den Molotowcocktails nun Steine folgen. Er musste mitmachen, es war sein Job, aber er hatte bereits aufgehört, darüber nachzudenken. Eine Rauchwolke wehte ihm ins Gesicht, der Gestank von Feuer, Rauch und Zerstörung überlagerte die Essensgerüche. Er griff sich einen Stein und warf ihn zögerlich, der zweite hatte bereits mehr Wucht, den dritten warf er mit voller Kraft. Es war befreiend. Befremdet stellte er fest, wie leicht es plötzlich war, dieses Ventil zu nutzen, schließlich hatten die ihn doch in diese Scheißlage gebracht, allesamt, in diese verdammte Scheißlage, wenn die gar nicht hier wären, müsste sich auch niemand gegen sie wehren, dann gäbe es das alles nicht, es gab kein Gut und Böse, nur seine beschissene Lage, es war egal, wer daran schuld war, bloß irgendwer musste es sein, scheiß drauf. „Fuck you!" Der nächste Stein.

Die junge Frau und ihr Gegenüber rannten auf die Straße, er zog sie an der Hand hinter sich her, vorbei der Streit, vor der Flammenkulisse wirkten sie surreal und überdimensional.

„Scheiß Ausländer, Ausländer raus, Kanakenpack!", brüllten seine Kameraden.

Seine Wut riss ihn mit, und er stimmte ein, erst kaum vernehmbar, nur eine Bewegung seiner Lippen, doch dann immer lauter. „Hurensöhne! Deutschland den Deutschen!"

Steffen war neben ihm und ebenfalls in Rage. „Hier", er gab ihm einen weiteren Stein.

Er warf ihn in Raserei, Furor Teutonicus, dachte er, so ist es richtig. Der Stein traf die junge Frau an der Schläfe. Ihre großen schwarzen Augen starrten ihn an, bevor sie zusammenklappte und reglos am Boden liegen blieb.

Er stand wie gelähmt. Plötzlich fiel seine ganze Wut von ihm ab, in sich zusammen, wie die Asche, die das Feuer von der Dönerbude übriglassen würde. Wie in Zeitlupe nahm er den Funkenregen wahr, die funkelnden Sterne in der mondlosen Nacht, die Kastanienwächter, deren Rauschen sich nun vorwurfsvoll mit dem Flammenknistern mischte, den erschrockenen Blick des jungen Mannes, der ihm eine Faust entgegenschleuderte und sich dann über die junge Frau beugte.

„Ich wollte nicht ...", war alles, was er herausbrachte, während seine Beine nachgaben und er auf die Knie sackte.

Er sah Steffens schwarze, schlanke Silhouette vor dem durch das Feuer orange gefärbten Hintergrund, hinter Steffen die anderen, johlend, Steine werfend, sich gegenseitig abklatschend, wahnsinnig.

„Guter Wurf", rief ihm jemand zu und zeigte mit beiden Daumen nach oben.

Im Hintergrund hörte er Sirenen, kurz darauf erleuchtete Blaulicht die Nacht.

Steffen zog ihn am Arm hoch. Er sah über die Schulter, sie lag am Boden, der junge Mann über ihr, er rüttelte an ihrer Schulter und warf hasserfüllte Blicke in seine Richtung.

Er ließ sich von Steffen mitziehen und rannte mechanisch davon.

Der Blick ihrer schwarzen Augen verfolgte ihn. Was, wenn sie tot war?

1

„Kaffee?"

Kriminalhauptkommissarin Jana Schröder nahm dankbar den Pappbecher entgegen, den ihr Kollege, Kriminalkommissar Amir Trageser, ihr reichte. Viel Milch, wenig Zucker, er wusste, was sie brauchte.

„Wo?", fragte sie ihn.

Sie standen am Eingang des Leonhard-Eißnert-Parks, gleich neben dem Bieberer Berg, Stadion der Offenbacher Kickers. Heimspiel für sie. Sie war in zehn Minuten da gewesen. Trotzdem war Amir, wie meistens, vor ihr am Tatort.

Amir nickte in Richtung des Parks. „Da."

Er ging voran, vorbei an dem mit bunten Graffitis bemalten Kiosk in Richtung Kletterpark, und zeigte schließlich nach vorn.

Dort, inmitten des Wassersprühfeldes, lag ein Mann. Er hatte alle Viere von sich gestreckt und die Augen blicklos gen Himmel gerichtet. Sein ehemals weißes T-Shirt war blutverschmiert, sein Gesicht wies mehrere blaue Flecken und blutige Stellen auf. Der rechte Fuß war seltsam verdreht.

„Oh!", entfuhr es Jana. Sie krallte ihre Finger in den Kaffeebecher, man gewöhnte sich nie daran. Sie schüttelte ihre Gefühle ab und setzte die professionelle Brille auf. Das gelang ihr meistens gut, aber später würden die Bilder wieder in ihrem Kopf spuken, das wusste sie.

Jana ließ den Blick schweifen. Das Wassersprühfeld war im Sommer besonders bei Kindern beliebt. Aus mehreren sandsteinfarbenen Betonskulpturen, die an Baumstümpfe erinnerten, schossen Wasserfontänen in alle Richtungen auf die etwa 20 mal 20 Quadratmeter große Betonfläche und ließen das Wasser in Regenbogenfarben schillern. Jetzt allerdings war das Wasser abgeschaltet und Amir hatte bereits dafür gesorgt, dass das vorerst auch so blieb. Von dem länglichen Holzgebäude, in dem die Kasse des Kletterparks und die Ausleihe der Klettergurte untergebracht waren, kam gerade ein junger Mann in rotem Pulli in Begleitung eines uniformierten Kollegen auf sie zu. Er fuhr sich mit beiden Händen fahrig durch seine ohnehin schon in alle Richtungen abstehenden blonden Haare.

„Das ist einer von den Mitarbeitern des Kletterparks", flüsterte Amir. „Er hat ihn gefunden."

„Alles klar", meinte Jana, „wie heißt er?"

Amir sah in seine Notizen. „Paul Wegener. Er war heute Morgen der erste und hat ihn entdeckt. Hat gleich die Polizei gerufen."

„Gut." Sie wandte sich dem Mann zu und stellte sich vor. „Jana Schröder, Kripo Offenbach."

„Paul Wegener." Er warf einen schrägen Blick zu dem Toten und wurde leichenblass. Dann drehte er sich wortlos um, rannte zum nächsten Baum und übergab sich.

Jana folgte ihm unauffällig. Sie konnte die Reaktion des jungen Mannes nachvollziehen. Auch ihr war es beim Anblick der zugerichteten Leiche flau im Magen geworden. Dass diese quasi vor ihrer Haustür lag und nicht irgendwo sonst in ihrem großen Einsatzgebiet, machte es nicht besser. Wie oft war sie mit Kai und seinen Freunden hier gewesen, die Kinder hatten fröhlich im Wassersprühfeld gespielt, eine fantastische Alternative zum Schwimmbad. Sie schüttelte die Gedanken beiseite und stürzte den Kaffee hinunter, den Amir ihr mitgebracht hatte, das half. Den Becher entsorgte sie in einem Papierkorb, der nicht weit entfernt neben einer Bank stand.

Sie wartete, bis Wegener sich beruhigt hatte. „Geht's wieder?", fragte sie fürsorglich.

„Ich – Entschuldigung, ich ..." Wegener sah betreten auf seine Füße, es war ihm offensichtlich peinlich.

„Schon gut." Jana reichte ihm ein Taschentuch. „Das hier ist – nicht einfach", meinte sie.

Dankbar wischte Wegener sich den Mund ab. Jana zeigte auf das Holzgebäude. „Wollen wir vielleicht da rübergehen?"

„Ja. Nur zu gern."

„Können Sie mir denn irgendwas sagen? Haben Sie etwas gesehen, ist Ihnen was aufgefallen?"

„Nein ..." Wegener schüttelte den Kopf und stützte sich am Tresen ab. „Ich war gestern Abend der Letzte hier, da war noch alles in Ordnung. Heute Morgen", konzentriert starrte er auf den Tresen, „lag er da."

„Kennen Sie den Toten?", wollte Jana wissen.

„Nein, nie gesehen." Wegener kniff die Augen zusammen. „Jedenfalls glaube ich das." Er schniefte. „Er sieht schlimm aus."

Jana nickte mitfühlend. „Danke", meinte sie und drückte ihm eine Karte in die Hand. „Wenn Ihnen noch was einfallen sollte, rufen Sie mich an, ja?"

„Ja. Klar."

Kurz darauf traf Federica Cavelli, Rechtsmedizinerin und Janas beste Freundin, mit der Spurensicherung ein. Die beiden konnten gegensätzlicher nicht sein. Während Jana ihre kastanienbraunen Locken meist nachlässig zu einem Pferdeschwanz zusammenfasste und am liebsten Jeans und Sneakers trug, war Federica immer top gestylt und trug ihr schwarzes Haar in einem aufwändigen Kurzhaarschnitt, der ihren Friseur reich machte. Auch jetzt sah sie aus wie aus dem Ei gepellt.

„Mamma mia, *bella*, was ist das hier?" Federica ließ ihre Hand über den kompletten Tatort schweifen und schloss dabei ihre Freundin mit ein.

„Scheußlich …", bestätigte diese. Sie starrte den Toten an. „Was meinst du, woran ist er gestorben?", fragte sie die Pathologin.

„Keine Aussage vor der Obduktion und ohne Ulis zweiten Blick", entgegnete Federica, „schon gar keine Ferndiagnose!" Ulrich ‚Uli' Weinhold war ihr Kollege, Obduktionen führten sie stets zu zweit durch. Federica hatte ihn schon informiert, dass Arbeit auf sie zukomme. Sie schüttelte den Kopf. „Er ist tot", meinte sie dann.

„Das habe ich auch schon festgestellt", frotzelte Jana. „Schau dir mal die Arme und Beine an, sieht aus, als wäre da einiges gebrochen."

„Stimmt", meinte die Pathologin. „Meine Güte, das sind ja Methoden wie im Mittelalter!"

„Mittelalter?", fragte Jana interessiert. Das wurde ja immer besser.

„Man hat Verrätern zuerst alle Knochen gebrochen und sie dann präsentiert, als Mahnung für andere, soviel ich weiß", meldete sich Amir zu Wort.

Ihr Handy klingelte. „Das ging aber schnell", murmelte sie verwundert, als sie sah, dass es ihr Chef war. Seine Nachricht ließ sie frösteln.

„Das war Kriminalrat Rudolph", erklärte sie zwei Minuten später Federica mit belegter Stimme.

„Hat er schon etwas herausgefunden?", fragte diese, überrascht über die schnelle Rückmeldung.

„Ja. Der Tote heißt Timo Fetzer. Er war einer von uns."

Federica, die sich einen weißen Overall über ihre geschmackvolle Kleidung gezogen hatte, kniete neben der Leiche. Selbst in dieser Aufmachung wirkte sie noch elegant.

„Jana, schau mal!" Sie klappte dem Toten den Mund auf. Jana schnappte nach Luft. Die Zunge fehlte. „Jetzt sind wir endgültig im Mittelalter angekommen!"

„Verrätern hat man die Zunge rausgeschnitten", erklärte Amir und beugte sich nun ebenfalls über die Leiche.

Jana grübelte. „Timo Fetzer war verdeckter Ermittler beim LKA. Vielleicht ist er aufgeflogen? Rudolph ist dran. Die Staatsanwaltschaft hat uns deren Verstärkung angekündigt, müsste jeden Augenblick eintreffen."

„Wie – das LKA übernimmt?", meinte Amir enttäuscht. Diesen spektakulären Fall würde er gern selbst in die Hand nehmen.

„Nein, es ist erst mal unser Fall, meint Rudolph. Wir bekommen Unterstützung, das ist alles." Sie klopfte Amir auf die Schulter. „Wir sind chronisch unterbesetzt, schon vergessen? Und ein bisschen Insider-Wissen vom LKA aus erster Hand schadet uns bestimmt nicht." Sie zwinkerte ihrem Kollegen zu und überspielte damit ihren eigenen Ärger. Als ob sie nicht selbst damit fertig werden könnten!

„Na dann." Amir war beruhigt. „Woran hat er gearbeitet?", wollte er wissen.

Jana zuckte die Schultern. „Das kann uns hoffentlich der Kollege vom LKA sagen." Für irgendwas muss er ja gut sein, dachte sie und wandte sich wieder der übel zugerichteten Leiche zu.

„Der wurde brutal gefoltert", stellte Federica fest, „sieht aus wie ein einziges Hämatom." Vorsichtig hob sie erst den linken, dann den rechten Arm an. „Beide gebrochen." Sie wies auf das Handgelenk. „Schau mal!"

Jana entdeckte ein kleines Tattoo. Es war eine Rune: Þ. Sie drehte sich nachdenklich zu ihrem Kollegen um.

„Amir, wenn du schon so ein Mittelalterexperte bist, weißt du vielleicht, was die Rune bedeutet?" Sie zeigte ihm das Handgelenk.

„Hm. Mit Runen kenne ich mich nicht sonderlich aus. Aber das da", er deutete auf die Leiche, „ist ein ‚Dorn', ein ‚Thorn', wird ausgesprochen wie das englische ‚th'. Mehr weiß ich aber nicht." Er musterte die Rune interessiert. „Die Runen symbolisieren nicht nur Laute, sie haben auch eine Bedeutung. Das S, zum Beispiel, wie du es von den Nazis kennst", er zeichnete das blitzförmige Symbol in den sandigen Boden, „bedeutet auch ‚Sieg'. Das Hakenkreuz sind zwei gekreuzte Sieg-Runen."

„Wow", entfuhr es Jana. „Das wusste ich gar nicht! Und du willst dich nicht mit Runen auskennen? Woher weißt du das bloß?"

Amir grinste. „Manchmal sind Rollenspiele auch für was gut!"

„Oh Mann ..." Jana schwieg einen Moment, in Gedanken versunken. „Amir, finde heraus, was es mit dieser Rune auf sich hat. Ich werde das Gefühl nicht los, dass uns das einen Schritt weiterbringt."

„Sie können hier nicht durch!"

Die energische Stimme Kacpers, des uniformierten Beamten, schreckte Jana aus der Betrachtung der Leiche auf.

„Forster, LKA."

Die zwei Worte klangen so frostig, dass sie Jana einen Schauder über den Rücken jagten. Das musste die angekündigte Verstärkung sein. Sie machte sich auf den Weg, den Kollegen zu begrüßen.

„Ist in Ordnung, Kacper. Lass ihn durch!"

Der Mann musste in ihrem Alter sein. Er trug eine schwarze Jacke, aus deren Revers ein ebenso schwarzer Rollkragen ragte, Jeans und Schnürstiefel. Die Schläfen seines dunkelblonden Haares zeigten deutliches Grau. Ein Paar eisblaue Augen musterte Jana von oben bis unten. Das asketische Gesicht ließ dabei keine Regung erkennen.

„Sie sind ...?" Forster hob eine Augenbraue.

„Jana Schröder. *KHK*", fügte sie mit Nachdruck hinzu und zückte ihren Ausweis. „Sie müssen der Kollege vom LKA sein."

„KHK Daniel Forster, richtig." Er taxierte sie weiterhin.

„Können Sie sich ausweisen?"; fragte Jana ungeduldig, als Forster keine Anstalten machte, das von sich aus zu tun.

Er hielt ihr wortlos seinen Ausweis unter die Nase. Jana studierte ihn länger als notwendig.

Dann reichte sie ihm die Hand. „Willkommen im Team." Er erwiderte mit festem Druck. Ein feiner Duft von After-Shave zog ihr in die Nase.

„Ich übernehme ab sofort die Ermittlungen." Sein Tonfall erlaubte keine Widerrede.

Gerade das bewirkte bei Jana das Gegenteil. Ihr Chef hatte ausdrücklich gesagt, es sei *ihr* Fall.

„Sagt wer?", entgegnete sie deshalb provokant.

Forster schien ehrlich überrascht. *„Ich* sage das", antwortete er bestimmt.

Jana stemmte die Hände in die Hüften. Sie baute sich so gut es ging vor Forster auf, der sie um mindestens zehn Zentimeter überragte.

„Das werden Sie nicht", entgegnete sie ruhig. Ihre Stimme entbehrte nicht einer gewissen Schärfe.

„Bitte?" Forster wirkte irritiert und hob wieder eine Augenbraue. Offenbar war er es gewohnt, dass man seinen Anordnungen direkt Folge leistete. „Ich glaube, Sie verstehen das nicht richtig. Der Tote war einer von uns, vom LKA; deshalb übernehme *ich."* Sein Tonfall klang, als spreche er mit einem kleinen Kind.

Jana holte tief Luft und schloss kurz die Augen. Der brachte sie jetzt schon auf die Palme!

„Nein, *Sie* verstehen nicht." Sie feuerte ihre Worte wie Blitze in Forsters Richtung. „Sie wurden mir als *Verstärkung* angekündigt. Wir können das gerne mit Kriminalrat Rudolph klären."

Forster sah aus, als würde er gleich explodieren. Jana hielt stand, obwohl sie ihren Ärger kaum noch zurückhalten konnte.

„Jana?" Amir unterbrach das Blickduell.

„Ja?" Froh über diese Unterbrechung drehte sie sich zu ihrem Kollegen um und deutete dann auf ihn. „KK Amir Trageser, mein Kollege", stellte sie ihn kurz vor und folgte Amir zu Federica. Sie ließ Forster einfach stehen.

„Schau mal", meinte Federica und deutete auf den Arm des Toten, bevor sie Forster bemerkte, der Jana hinterherstapfte.

An der Innenseite des Oberarms, unter dem Ärmel des T-Shirts, den Federica nach oben geschoben hatte, befand sich ein weiteres Tattoo, ganz frisch, ein verschnörkeltes ‚S'.

Federica zog verwundert die Augenbrauen hoch.

„Kollege Daniel Forster vom LKA. Er unterstützt uns", meinte Jana beiläufig und stellte die Rechtsmedizinerin vor.

„Hier, die Leiche ..." Sie zeigte Forster den Toten.

„Das sehe ich, danke", war die knappe Antwort.

Jana verdrehte die Augen, während Federica hinter Forsters Rücken vieldeutig gestikulierte.

Dieser inspizierte in aller Ruhe den Toten.

„Woran ist er gestorben?", fragte er sachlich.

„Das – kann ich erst sicher nach der Obduktion sagen", hauchte sie. Federica himmelte Forster regelrecht an.

„Danke. Schicken Sie mir den Bericht so schnell wie möglich." Forster ignorierte Federicas schmachtenden Blick, nickte ihr kurz zu und betrachtete sich eingehend das Wassersprühfeld. „War der Brunnen die ganze Zeit aus?"

„Ja. Um diese Jahreszeit ist er für gewöhnlich ausgeschaltet. Und ...", belehrte sie Forster im schulmeisterlichen Tonfall, „... das ist kein Brunnen." Dann wandte sie sich ihrer Freundin zu. „Rica, der Bericht geht an *mich*", stellte sie klar. „Anweisung von Rudolph."

„Alles klar, *bella!*" Federicas Wangen waren gerötet, sie wirkte leicht verwirrt.

„Ach ja, was ist es denn dann?", fragte Forster schroff.

„Um acht bei Nello?", bot Jana ihrer Freundin an. Diese hob den rechten Daumen. „Ein Wassersprühfeld", erklärte sie Forster geduldig. Der verdrehte die Augen.

*

Jana hatte die Arme in die Hüften gestemmt und betrachtete die Fotos, die Sandra von der KTU gebracht und Amir an der Plexiglastafel drapiert hatte.

Timo Fetzer, 32, verdeckter Ermittler beim LKA.

Ein Mensch. So jung. Zu jung.

Jana versuchte, ihn sich lebendig vorzustellen, lachend, scherzend, intakt.

Er war hübsch gewesen, ohne die Blutergüsse, ein sanftes Gesicht, jedoch mit markanten Wangenknochen und einem kantigen Kinn, welches ihm einen energischen Ausdruck verliehen haben musste.

Wer konnte ihm das angetan haben?

Sie schloss die Augen.

Ich werde alles tun, um deine Mörder zu finden, versprach sie ihm.

„Frau Schröder?"

Erschrocken fuhr Jana aus ihren Gedanken.

Kriminalrat Hans-Werner Rudolph stand in der Tür. Wie so oft hatten sie ihn nicht bemerkt. Er hatte die unangenehme Angewohnheit, plötzlich und unauffällig aufzutauchen und hinter einem zu stehen.

„Ja?" Sie drehte sich zu ihm um. Er war perfekt gekleidet, dunkelblauer Anzug, bordeauxrote Krawatte, sein volles graues Haar sorgsam nach hinten gekämmt und mit Haarspray fixiert, wie immer hielt er sich kerzengerade. Das Sinnbild eines verantwortungsbewussten Beamten und Vorgesetzen. Unbewusst nahm auch Jana Haltung an und strich ihren Pullover glatt.

Rudolph wies mit dem Kinn zu der Plexiglastafel. „Ein Kollege." Seine Schultern sackten fast unmerklich nach unten, er strich sich mit der Hand über das Kinn, schüttelte den Kopf und seufzte. Selten ließ er einen solchen Moment der Schwäche zu, Jana fühlte eine tiefe Sympathie in sich aufflackern. Fast sofort nahm Rudolph wieder seine übliche Haltung ein. „Das bedeutet oberste Priorität. Wir dürfen uns keine Fehler erlauben."

„Wir geben unser Bestes", versicherte Jana ihm und meinte das auch so. Sie gab immer ihr Bestes. Aber diesmal ganz besonders.

„Ich weiß." Rudolph nickte. Er wusste, was er an seinem Team und ganz besonders an ihr hatte. „Wie ich sehe, haben Sie sich schon bekannt gemacht." Er wandte sich Forster zu.

„Äh – ja." Jana wollte nicht weiter darauf eingehen.

„Ich erwarte, dass Sie uneingeschränkt mit Herrn Forster zusammenarbeiten."

„Klar." Jana kaute auf ihrer Unterlippe und verkniff sich einen Kommentar.

„Herr Forster?" Rudolphs Ton war streng, und Jana freute sich insgeheim, dass ihr Chef gegenüber dem LKA keine Zurückhaltung übte. „Das hier ist mein bestes Team. Ich erwarte von Ihnen jede mögliche Unterstützung."

Forster nickte kurz. Ansonsten verzog er keine Miene.

*

„Also, was wissen Sie noch über Timo Fetzer?"

„Verheiratet, mit Laura, ein Sohn. Wohnhaft in Wiesbaden."

Forster, der in einer Ecke hinter Janas Schreibtisch an die

Wand gelehnt stand, las die Fakten aus seinem Tablet vor. Er fuhr sich durchs Haar.

Scheiße, dachte Jana, und drehte sich um zu Forster, der auf seinen Bildschirm starrte. „Wie alt?"

„32, habe ich doch vorhin schon gesagt", murmelte er, ohne aufzuschauen. Jana schüttelte den Kopf.

„Nicht er, sein Sohn!"

„Drei", entgegnete Forster, nachdem er einen Moment gescrollt hatte. „Nico."

„Scheiße." Diesmal sagte sie es laut, Forster lenkte seine Aufmerksamkeit vom Bildschirm nun auf seine Kollegin. Jana strich sich mit dem Finger über die Lippen und schaffte es gerade noch rechtzeitig, nicht darauf herumzubeißen. Was sollte er von ihr denken?

Forster war jedoch schon wieder in seinen Bildschirm vertieft.

„Laura." Er sah erneut von seinem Tablet auf.

„In ‚Laura' ist kein einziges ‚S'", führte Jana seinen Gedankengang erleichtert fort. „In ‚Nico' auch nicht. Und ein ‚S' wie ‚Schatzi' wird er sich wohl kaum tätowiert haben." Sie rieb sich das Kinn.

„Fragen wir sie doch!", schlug Forster vor.

„Sind Sie wahnsinnig?" Jana schüttelte empört den Kopf. „Die hat gerade ihren Mann verloren! *Das* müssen wir ihr erst mal beibringen!"

„Ja – und? Es gilt, einen Mord aufzuklären. Da können wir auf Befindlichkeiten keine Rücksicht nehmen." Forster verzog keine Miene.

„Doch, das müssen wir." Jana war außer sich. Jetzt knabberte sie doch am Daumennagel. Schnell zog sie den Finger wieder aus dem Mund und steckte ihn zwischen die anderen. Forster schien es nicht bemerkt zu haben.

„Ihr – werdet schon einen Weg finden", versuchte Amir, der wusste, was in ihr vorging, die Wogen zu glätten.

Jana atmete einmal tief durch. „Was wissen Sie noch?", wendete sie sich wieder an Forster. „Woran hat er gearbeitet?" Dieser vertiefte sich wieder in sein Tablet.

„Timo Fetzer agierte unter falschem Namen. Er nannte sich ‚Tom Fischer' und hatte eine kleine Wohnung in der Richard-Wagner-Straße." Forster hob kurz den Kopf, Jana sah ihn weiter interessiert an. „In Offenbach gibt es eine rechtsradikale Gruppierung, nennt sich ‚Thors Hammer'. Fetzer wurde dort eingeschleust."

„Warum?" Sie überlegte. Den Namen hatte sie schon mal gehört, aber nicht in der Größenordnung für verdeckte Ermittlungen. Zumindest hatte sie das bisher geglaubt.

„Das weiß ich nicht", entgegnete Forster zögernd. „Der Verfassungsschutz hält das Ganze unter Verschluss. Ich werde aber nicht lockerlassen."

„Wie lange ist das her?", wollte Jana wissen.

„Etwa drei Monate." Forster schwieg wieder.

„Lassen Sie sich doch nicht alles aus der Nase ziehen!" Jana spürte, dass sie schon wieder wütend wurde.

Forster wendete den Blick von seinem Tablet und richtete ihn unverhohlen auf Jana. Er zögerte mit seiner Antwort.

„Kann ich Ihnen denn trauen?"

Die Frage überraschte Jana. Sie stellte sich ihr nicht, auch wenn sie keinen guten Start hingelegt hatten.

„Das müssen Sie schon selbst entscheiden", antwortete sie deshalb.

Forster betrachtete eingehend die Tatortfotos. „Sie sind dran." Er nickte Jana auffordernd zu.

„Hm." Jana grübelte. „Im Grunde wissen Sie schon alles. Von ‚Thors Hammer' habe ich auch schon gehört. Unruhestifter mit rechtsradikalem Hintergrund." Sie seufzte. „Das ist Sache der OK. Ich werde da mal nachfragen." Jana hatte einen guten Draht zu ihrem Kollegen Oliver Steinkamp von der Organisierten Kriminalität.

„Vor zwei Wochen haben sie die Dönerbude meines Kumpels am Europaplatz in Brand gesetzt", ergänzte Amir.

„Was ist daraus geworden?", wollte Jana wissen.

„Ich weiß nicht. Ich habe ihn seitdem nicht mehr gesprochen."

„Dann wäre vielleicht jetzt der richtige Zeitpunkt dafür", meinte Jana.

„Klar. Mache ich. Gleich nachher." Amir schnippte mit den Fingern.

Forster hatte das Gespräch mit versteinerter Miene verfolgt.

„Ich fahre jetzt zu Laura Fetzer", entschied er und griff nach seiner Jacke, die er über einen Stuhl geworfen hatte.

„Nein", erwiderte Jana energisch, „*wir* fahren zu Laura Fetzer. Nachdem ich mit der OK telefoniert habe."

„Ich glaube nicht …", wollte Forster einwenden.

„Teamwork?", entgegnete Jana spitz.

Forster seufzte. Sie konnte sehen, wie es hinter seiner Stirn arbeitete. Wahrscheinlich war er froh, wenn er Laura Fetzer die traurige Nachricht nicht allein überbringen musste. Außerdem hatte Rudolph ihn deutlich ermahnt, mit ihr zusammenzuarbeiten. Je besser ihnen das gelang, desto schneller war der Fall gelöst und er war sie wieder los. Zumindest in diesem Punkt, glaubte Jana, waren sie sich einig.

„Dann fahren wir eben gemeinsam nach Wiesbaden", ergab er sich gedehnt. „Aber ich fahre."

Wieder redete er mit Jana wie mit einem kleinen Kind. Sie zählte in Gedanken bis drei.

„Einverstanden."

*

Oli Steinkamp konnte Jana tatsächlich ein paar Informationen geben. Er bezeichnete die Gruppierung als einen ‚gut organisierten Nazi-Haufen'.

„Denen ist nicht beizukommen, und wenn man mal was findet, taucht gleich dieser Anwalt auf und wirft mit Paragrafen um sich."

„Welcher Anwalt?", hakte Jana nach.

„Matthias Renner. Ätzender Typ, wenn du mich fragst."

„Und die Staatsanwältin hat keinen einzigen Paragrafen zur Hand?", wunderte Jana sich.

„Bis jetzt nicht. Die Petridis musste immer klein beigeben."

„Und ihr macht da nichts? Immerhin sind das Nazis!" Jana konnte es kaum glauben.

„Was sollen wir denn machen? Die prügeln sich ein bisschen, das war's, keine öffentliche Anstiftung, keine Hetze, alles im Rahmen. Festnehmen, Personalien feststellen, laufen lassen." Oli redete sich in Rage. „Das kotzt mich ja selbst an. Wir haben sie im Blick und hoffen, dass wir sie endlich drankriegen können, mehr is nicht. Zeit dafür haben wir auch nicht. Gerade haben wir ein Riesenproblem mit Schutzgelderpressung. Und ich weiß nicht, wie's euch geht – *wir* sind unterbesetzt!"

Jana starrte zu dem leeren Schreibtisch gegenüber.

„Nicht besser", meinte sie dann. „Hast du ein paar Namen für mich?"

„Schick ich dir."

„Danke, Oli. Du hast mir echt geholfen."

Bevor sie nach Wiesbaden aufbrachen, gab Jana Amir noch ein paar Instruktionen. Er sollte herausfinden, wo die Tattoos gestochen worden waren und was dieser ‚Thorn' bedeutete. Vorher sollte er sich noch Fetzers/Fischers Wohnung anschauen.

Amir nickte. „Mach ich. Dann besuche ich Murat. Und dann finde ich diese ‚S'", zählte er auf.

Er schnappte sich seine Jacke, und Jana tat es ihm gleich.

2

Jana schaute aus dem Fenster und versuchte, nicht daran zu denken, dass der unfreundliche Forster neben ihr saß und den Wagen lenkte. Das war gar nicht so einfach, denn der Duft seines After-Shaves füllte dezent den Innenraum aus.

Jana schloss die Augen. Ihre Gedanken wanderten zu Christian, zurück zu diesem schrecklichen Augenblick. *Setz dich, Jana.* Ein mitleidiger Blick. *Christian wurde bei dem Einsatz erschossen. Wenn du was brauchst ...*

Sie fühlte sich seltsam zeitlos und musste unwillkürlich an Laura Fetzer denken. Gleich würde sie ihr gegenüberstehen. So oft sie es auch versuchte, sie bekam den Gedanken nicht scharf in den Kopf. Forster neben ihr, der den Blick starr auf die Fahrbahn gerichtet hatte, kam ihr unwirklich vor.

„Warum macht jemand sowas?", murmelte sie, eher zu sich selbst. Aber Forster griff die Frage zu ihrer Überraschung auf.

„Was meinen Sie?"

„Warum arbeitet jemand als verdeckter Ermittler, wenn er zuhause Frau und Kind hat?" Sie blickte grübelnd auf ihre Füße. „Das ist gefährlich, und es hat ihn bestimmt niemand dazu gezwungen. Noch dazu diese Tattoos ..."

Forster starrte weiter auf die Fahrbahn. „Vielleicht wollte er einfach zuhause raus." Seine Stimme klang hart.

Verwundert sah Jana ihn an. „Warum dann auf diese Weise?"

Forster schüttelte den Kopf. Er würde nichts mehr sagen. Sein Mund hatte einen verkniffenen Zug angenommen. Jana hatte das Gefühl, dass da mehr dahintersteckte, beließ es aber vorerst dabei, sich ihre eigenen Gedanken zu machen.

Fetzers Frau dürfte von seinem Einsatz nichts gewusst haben. Wahrscheinlich wusste sie nicht einmal, dass er verdeckt ermittelte. Für sie war er in Berlin, Kassel, Bonn oder irgendwo sonst auf der Welt, vielleicht rief er täglich an und erzählte ihr Lügengeschichten oder besuchte sie am Wochenende mit einem Blumenstrauß. Ganz sicher wusste Laura nichts davon, dass er sich nicht sehr weit von ihr entfernt in Offenbach-Lauterborn aufhielt. Es musste ein weit größerer Schock für sie sein, als es das damals für Jana gewesen war. Sie mussten es ihr vorsichtig beibringen.

Jana glaubte nicht, dass Forster dafür der Richtige war.

„Sie halten sich nachher zurück, ja?" Jana erntete einen Seitenblick mit hochgezogener Augenbraue.

„Bitte?"

„Sie fallen nicht mit der Tür ins Haus und bombardieren die Frau mit Fragen."

„Schön, dass Sie mir meinen Job erklären wollen", knurrte er.

„Ich meinte doch nur ..."

„Ach, Sie *meinten*?", fiel er ihr ins Wort. „Ich mache das hier nicht zum ersten Mal."

„Das wollte ich damit auch nicht unterstellen", gab Jana hitzig zurück. „Wenn Sie mich ausreden lassen würden, wäre es einfacher."

„Es wäre einfacher, wenn Sie nicht so feindselig wären", blaffte Forster.

„Hah, ich?" Jetzt war Jana endgültig auf 180. „Der Einzige, der hier feindselig ist, sind ja wohl Sie. Sie meinen wohl, weil Sie vom LKA kommen, wären Sie etwas Besseres."

„Pah!" Forster starrte verbissen auf die Fahrbahn. Jana fragte sich, ob sie nicht einen Schritt zu weit gegangen war. Aber der Mann war nun einmal unmöglich. Sie zählte in Gedanken wieder bis drei.

„Was ich sagen wollte", fügte sie mit ruhiger Stimme an, „ist, dass es von Frau zu Frau vielleicht etwas einfacher sein könnte."

Forster schwieg. Sein Schweigen sagte mehr als tausend Worte.

*

Amir stand vor dem tristen Wohnblock in der Richard-Wagner-Straße und ließ seinen Blick die Fassade hinaufgleiten. Fenster an Fenster, vergilbter Putz, kleine Balkons mit Betonbrüstung, die ihren Namen kaum verdienten. Man hatte offenbar geglaubt, mit gelben Farbtupfern etwas Fröhlichkeit ins Viertel zu bringen, aber dieser Versuch bewirkte das Gegenteil. Vergilbtes Grau und verblasstes Gelb waren keine gute Kombination.

Gegenüber war eine kleine Grünfläche mit ein paar Bäumen. Immerhin die ließen sich vom nahenden Frühling motivieren, ein bisschen Farbe ins Viertel zu bringen.

Amir fuhr mit dem Finger über die Klingelschilder neben der Haustür. „Fischer" wohnte ganz oben. Er seufzte. Hoffentlich gab es einen Aufzug.

Er klingelte bei Kovacs, dem Hausmeister, bei dem er sich telefonisch angekündigt hatte. Kaum hatte er den Finger vom Klingelknopf genommen, summte auch schon der Türöffner und ein untersetzter Mann im Feinrippunterhemd öffnete eine Tür im Erdgeschoss. Über seine Glatze hatte er ein paar fettige Seitenhaare gekämmt, und seine Zähne waren so gelb wie die Nikotinwolke, die ihn aus der Tür begleitete. Amir hielt die Luft an und wies sich aus.

Kovacs deutete auf den Aufzug und drückte den Knopf. „Zehnter Stock."

„Ich – äh – laufe lieber." Amir zog entschuldigend die Schultern nach oben. „Äh – Klaustrophobie." Nichts und niemand würde ihn dazu bringen, mit diesem Stinker zehn Stockwerke nach oben im Aufzug zu fahren. Da war die Treppe eindeutig das kleinere Übel.

Immer zwei Stufen auf einmal nehmend hetzte er nach oben und lobte sich dabei selbst für seine gute Form. So schaffte er es sogar, vor dem Aufzug mit seiner olfaktorisch herausfordernden Fracht im zehnten Stock anzukommen. Er hatte die Wohnungstür bereits gefunden, als Kovacs schwer atmend zu ihm aufschloss.

Zum Glück dauerte es nicht lange, bis die Tür offen war. „Danke, ich komme jetzt allein zurecht."

Kovacs blieb in der Tür stehen. Amir schlug sie ihm vor der Nase zu und atmete einmal tief durch.

Er ließ einen schnellen Blick durch die kleine Ein-Zimmer-Wohnung schweifen, schloss kurz die Augen und öffnete sie wieder.

Rechts vom engen Flur führte eine Tür ins Badezimmer. Toilette, Waschbecken, Dusche auf engstem Raum. Irgendwie hatte Fetzer es noch geschafft, einen schmalen Schrank dort unterzubringen. In die Regale waren Handtücher und Zeitschriften über Motorsport gestopft. Amir öffnete die Schubladen und Schranktüren, Hygieneartikel und Putzzeug, nichts Ungewöhnliches. Der Putzeimer stand vor dem Schrank. Es fiel Amir schwer, sich einmal um die eigene Achse zu drehen.

Über dem Waschbecken war ein zweitüriger Spiegelschrank angebracht. Darin fand Amir Rasierzeug, Deo und zwei benutzte Zahnbürsten.

Das Zimmer hatte eine Tür zu einem der Miniaturbalkons, auf dem sich eine Bier- und eine Wasserkiste stapelten, außerdem zwei Klappstühle und ein Wäscheständer. An der Wand links standen ein schmaler Kleiderschrank und ein flaches Regal, auf dem sich ein überdimensionaler Flachbildfernseher befand. Immerhin ein bisschen Luxus hatte sich Fetzer in seiner Absteige also geleistet, dachte Amir. An der gegenüberliegenden Wand befand sich eine ausgezogene Bettcouch, das Bettzeug lag darauf und war zerwühlt. Daneben stand ein Campingtisch, auf dem sich ein Laptop und ein ungeordneter Haufen Papier den Platz streitig machten. Rechts davon, in der Nische hinter dem Badezimmer, war eine enge Küchenecke, bestehend aus Spüle und Herd mit zwei Herdplatten und ein paar Hängeschränken. In der Spüle standen etliche schmutzige Teller. In der Ecke lagen leere Pizzakartons. Amir rümpfte die Nase.

Kurz darauf rief er Sandra an und bat sie, mit der Spurensicherung vorbeizukommen. Vielleicht fand sich hier etwas Brauchbares.

Während er wartete, suchte Amir nach dem Handy des Toten. Er hatte keines bei sich gehabt; Amir erwartete jedoch nicht, es hier zu finden. Wahrscheinlich hatten es ihm seine Peiniger abgenommen. Den Laptop würde er gleich Karl, dem IT-Fachmann, übergeben.

Anschließend durchstöberte er die Papiere auf Fetzers Tisch. Das meiste waren Werbeprospekte und kostenlose Zeitschriften. Keine Post, keine interessanten Informationen. Nichts Handschriftliches, nicht einmal etwas Harmloses wie eine Einkaufsliste. Sein Blick fiel auf die Speisekarte einer Dönerbude. Er grinste zufrieden. Da wollte er sowieso hin.

*

Forster parkte den Wagen vor einem Reihenendhäuschen in einer Neubausiedlung in einem Vorort von Wiesbaden. Die meisten Vorgärten waren noch nicht angelegt, was die Siedlung in einem tristen Grau erscheinen ließ. Jana fiel wieder der Grund ein, den Forster für Fetzers freiwilligen Einsatz vermutet hatte – Flucht. Nun, vielleicht war da ja wirklich was dran.

Sie klingelte. Kurz darauf wurde die Tür von einer hübschen dunkelhaarigen Frau mit großen Rehaugen geöffnet, die in eine weite graue Strickjacke gehüllt war.

„Ja?"

„Jana Schröder, Kriminalpolizei. Das ist mein – Kollege, Daniel Forster vom LKA", stellte sie sich vor.

„LKA?" Verwirrt starrte die Frau Forster an. „Timo ist nicht da. Er ist in Berlin. Sie wollen doch sicher zu ihm?"

„Sind Sie Laura Fetzer?", fragte Jana, um sicherzugehen.

„Ja, aber ..." Die Rehaugen starrten jetzt Jana an.

„Dürfen wir vielleicht reinkommen?", fragte sie freundlich.

„Ich sagte doch schon, Timo ist nicht da." Sie zog ihre Jacke zu und klammerte sich an den Saum.

Jana spürte, wie Forster neben ihr ungeduldig wurde.

„Das wissen wir", setzte er an, eine Spur zu schroff, wie Jana fand.

„Wir wollten auch eigentlich zu Ihnen", sagte sie deshalb schnell. „Also – dürfen wir?"

Laura Fetzer öffnete die Tür und trat einen Schritt zur Seite. „Aber ja, natürlich, entschuldigen Sie! Ist was mit ihm?"

Sie führte sie in ein Wohnzimmer, das eher einem Kinderzimmer glich. Auf dem Boden war eine Holzeisenbahn aufgebaut, auf dem flachen Glastisch türmte sich ein Berg gelblich verfärbte Küchenrolle neben einer leeren Orangensaftflasche. Ein aufgeschlagenes Kinderbuch, aus dem ein niedlicher Fuchs aus einem Tannenwald hervorlugte, lag neben einem Stoffdinosaurier halb unter dem Tisch. Vor der Kommode an der Wand saßen in Reih und Glied ein paar Teddybären und bewunderten eine unfertige Burg aus Holzklötzen. Zwei dunkelblaue Kinderpantoffeln mit Schäfchenmuster und roten Elefanten auf der Sohle lagen mitten im Raum.

Laura wies auf die anthrazitfarbene Couch. „Setzen Sie sich, bitte." Jana sah aus den Augenwinkeln, wie Forster Krümel von dem Sessel wischte, auf dem er anschließend Platz nahm. Sie setzte sich auf die Couch neben Laura, deren Nervosität nun greifbar wurde.

„Was ... was ist denn mit Timo?"

„Wir müssen …“, setzte Jana an.

„Er ist tot“, fiel ihr Forster knapp ins Wort und erntete dafür einen strengen Blick und ein leichtes Kopfschütteln von Jana. Der Mann war wirklich unmöglich.

„Was?“, hauchte Laura.

Jana fixierte sie. „Es stimmt leider. Ihr Mann wurde heute Morgen tot aufgefunden.“

„Was … also ich meine … was um alles in der Welt ist denn passiert?“ Laura hatte es zwar vernommen, aber noch nicht verstanden. Sie starrte auf die orangensaftgetränkte Küchenrolle und knetete ihre Finger. Jana kannte die Phasen nur zu gut.

„Er wurde …“

„Ich erkläre es Ihnen“, unterbrach Jana ihren LKA-Kollegen und sah ihn vorwurfsvoll an.

„Mama?“

In der Tür stand ein kleiner blonder Junge.

„Nico!“ Lauras Blick wurde weich und nur Jana bemerkte, wie sie sich innerlich straffte.

Nico rannte zu seiner Mutter und kletterte auf ihren Schoß. „Wer sind die Leute?“ Er hatte die Rehaugen von Laura geerbt, die er jetzt zwischen Jana und Forster hin- und herwandern ließ.

„Das sind – Polizisten“, antwortete diese ihm im Plauderton, „wir – müssen was besprechen. Gehst du nochmal in dein Zimmer spielen, bitte?“ Sie legte all ihre mütterliche Überzeugungskraft in die Worte. „Und zieh deine Schuhe an!“

„Polizisten? Wie Papa?“ Leider hatte sie damit Nicos Neugier geweckt. „Seid ihr mit dem Polizeiauto gekommen? Ich habe ganz viele davon. Papa hat sie mir geschenkt. Darf ich mal mitfahren?“

Jana musste lächeln. Er erinnerte sie an Kai in diesem Alter. Polizeiautos waren sein Ein und Alles gewesen.

„Nein, Nico, das nicht. Aber – mein Kollege hier, Daniel", sie sah den Genannten eindringlich an, „würde deine Polizeiautos gern sehen." Sie zwinkerte dem Jungen verschwörerisch zu. Insgeheim betete sie, dass Forster darauf eingehen würde. Hinterher konnte er sie gern dafür anmeckern.

Forster rutschte unbehaglich auf dem Sessel hin und her. Seine Mimik verriet deutlich, dass ihm die Situation äußerst unangenehm war, dennoch wandte er sich dem Jungen zu und sagte freundlich: „Das stimmt, Nico. Zeigst du sie mir?"

Nico krabbelte begeistert vom Schoß seiner Mutter, nahm Forsters Hand und führte ihn aus dem Wohnzimmer. Dieser war so geistesgegenwärtig, die Tür hinter sich zu schließen. Jana starrte den beiden mit offenem Mund nach.

Kaum war Nico draußen, verlor Laura ihre mütterliche Stärke und sackte in sich zusammen. „Timo ist tot, sagen Sie? Was ist passiert?"

„Frau Fetzer, Timo war nicht in Berlin."

„Nicht? Aber er hat mir doch Fotos geschickt." Sie suchte nach ihrem Handy und öffnete die Fotogalerie. Timo vor dem Brandenburger Tor. Jana gruselte es. Wahrscheinlich gephotoshopt.

„Nein. Er arbeitete als verdeckter Ermittler."

„Verdeckter Ermittler?" Laura sog scharf die Luft ein. „Aber das hätte er mir doch erzählt."

Jana legte ihr eine Hand auf den Arm. „Nein, das durfte er gar nicht."

Laura wirkte seltsam ruhig, wie unter Drogen. Das würde sich noch ändern, die Watte würde verschwinden und die Erkenntnis sie wie ein Hammerschlag treffen, wusste Jana.

„Aber – wo?"

Der Kommissarin war klar, dass auch sie der Ehefrau nur das Nötigste mitteilen durfte.

„Ich habe es Ihnen noch nicht gesagt. Ich komme aus Offenbach. Man hat ihn in Offenbach gefunden."

„Offenbach? Aber das ist ja um die Ecke."

Jana schwieg.

„Warum hat er uns so selten besucht? Warum hat er mich angelogen?" Laura begann laut zu schluchzen.

Jana streichelte ihren Arm. „Er durfte Sie nicht in Gefahr bringen. Sie und Ihren Sohn."

Laura hob den Kopf. „Wie soll ich das Nico bloß beibringen?" Sie sah unendlich verloren aus.

Auf diese Frage hatte Jana leider keine Antwort. Es würde gehen, irgendwie, dessen war sie sich sicher. Vielleicht nicht heute oder morgen.

„Wie ist er …?" Laura knetete ihre Finger. Eine einzelne Träne rann ihr über die Wange.

„Er wurde – erschlagen." Sie ersparte Laura die Details.

„Oh Gott!" Sie schlug die Hände vor's Gesicht und schüttelte den Kopf.

„Es ging schnell", versuchte Jana sie mit einer Lüge zu beruhigen.

„Kann ich ihn noch einmal sehen?" Laura begann heftig zu schluchzen. Den Wunsch konnte Jana ihr nicht verwehren. Sie hoffte, Federica würde die Leiche einigermaßen vorzeigbar hinbekommen.

„Sicher. Ich rufe Sie an, wenn es soweit ist." Sie machte eine kurze Pause. Laura schniefte und putzte sich die Nase mit einem Rest sauberer Küchenrolle.

„Haben Sie jemanden, der sich um Sie kümmern kann?" Jana strich ihr sanft über den Rücken.

„J – ja. Meine Freundin Tanja wohnt gleich nebenan."

„Soll ich sie für Sie anrufen?", bot Jana an.

„Nein, danke, ich mache das schon." Laura nahm ihr Handy und tippte Tanjas Nummer ein. In dem Moment klingelte es bei Jana.

„Ja?"

Es war Amir. Er hatte etwas Interessantes herausgefunden, sein Anruf kam gerade im richtigen Moment. „Danke", beendete Jana das Gespräch.

Auch Laura legte auf. „Sie kommt gleich."

„Frau Fetzer, ich muss Sie noch etwas fragen." Jana sah ihr in die Augen. „Kennen Sie eine Selin?"

Laura grübelte kurz. „Selin ... nein ... nie gehört. Aber warum fragen Sie mich das?", entgegnete sie mit wütendem Unterton. Mit einer schroffen Bewegung wischte sie sich die Tränen aus dem Gesicht und wirkte plötzlich angriffslustig statt verletzlich. „Erst sagen Sie mir, dass Timo tot ist, dann, dass er nicht in Berlin, sondern ganz in der Nähe war, und jetzt fragen Sie mich sowas. Entschuldigen Sie, aber ich möchte jetzt allein sein!"

Jana stand auf. „Natürlich, das verstehe ich. Entschuldigen Sie!"

Ein Klingeln kam von der Wohnungstür. „Das wird Tanja sein", vermutete Laura und ging, um ihr zu öffnen. Jana machte sich auf den Weg zum Kinderzimmer, welches sich in der oberen Etage befand. ,Nico', stand in mit Bärchen verzierten Holzbuchstaben an einer Tür. Sie klopfte und öffnete.

Nico und Forster lagen einträchtig auf dem Boden, ins Spiel mit Polizeiautos vertieft.

*

In der Dönerbude war Amir tatsächlich fündig geworden. Der Sohn des Besitzers, ein alter Kumpel und ehemaliger Mitschüler von Amir, war sehr auskunftsfreudig gewesen. Er kannte Tom Fischer.

„Schau mal!" Murat zeigte Amir die Bude, die gerade einer Baustelle glich. „Wird alles neu gemacht."

„Na, dann hatte das Ganze ja doch noch etwas Gutes", frotzelte er, denn er hatte Murat schon öfter geraten, mal zu renovieren, was dessen Vater jedoch immer abgelehnt hatte.

„Und ob. Das haben wir Tom zu verdanken. Ohne ihn wären wir am Ende gewesen."

„Moment", hakte Amir nach. „Tom war keiner von den Nazis?" Warum hatte er dann dieses Tattoo?

Murat schüttelte den Kopf. „Doch doch, der war dabei, ganz vorne."

„Was ist passiert?"

„Sie haben unseren Imbiss angegriffen. Der ganze Nazi-Trupp. Aber Selin ..."

„Selin?" Selin, womöglich das tätowierte ‚S' auf seinem Arm. Jetzt fing es an, interessant zu werden.

„Sie war an dem Abend da, zusammen mit ihrem Bruder, Hilmi. Als die Molotowcocktails flogen, ist sie rausgerannt, hat was an den Kopf bekommen und ist zusammengeklappt." Murat begann, vor Aufregung schneller zu reden. Die schrecklichen Erinnerungen an den Abend waren ihm deutlich anzumerken.

„Und dann?", fragte Amir weiter.

„Wir hatten einfach Glück. Alles hat gebrannt, aber Polizei und Feuerwehr waren schnell da." Er gestikulierte wild. „Die Nazis sind geflüchtet. Aber Tom – der hat gesehen, wie Selin umgefallen ist." Eindringlich sah er seinen Kumpel an.

„Na und?", meinte dieser provokant und zuckte mit den Schultern. Seit wann juckte das einen Nazi? Aber Tom-Timo war ja eigentlich gar keiner, fiel ihm ein. Vielleicht hatte er gedacht, sie sei tot, und sein Gewissen hatte sich gemeldet.

„Er hat sie angeglotzt, bis sein Freund ihn weggezogen hat. Am nächsten Tag stand er in unserem Laden, entschuldigte sich und fragte nach Selin. Er bot mir an, den Schaden zu ersetzen. Zehntausend Euro, bar auf die Hand." Murat ließ seine Hand über den Imbiss wandern. „Er wirkte gar nicht wie einer von denen."

Das war er ja auch nicht, dachte Amir.

„Und? Wie ging es weiter?", fragte Amir ungeduldig.

„Keine Ahnung. Alter, das geht mich doch einen Dreck an."

„Schon gut." Da hätten sie zumindest ihr Motiv: Verräter.

„Wo finde ich Selin?"

Murat druckste herum. „Ich rufe sie an. Du kannst sie morgen Abend hier treffen. Sagen wir, um sechs?"

Amir wusste, dass er dieses Angebot annehmen sollte. Warum auch nicht? Er hatte für's erste die Informationen, die er brauchte.

„Warum willst du das alles wissen?", fragte Murat misstrauisch.

„Das – äh – darf ich dir noch nicht sagen. Ich möchte zuerst mit Selin sprechen, klar?"

Murat, der Amir schon sehr lange kannte, wusste nun seinerseits, dass Weiterfragen zwecklos war.

„Klar, Alter."

*

Draußen atmete Jana tief durch.

„Danke", sagte sie, und sie meinte es ehrlich.

Forsters immer noch angestrengter Gesichtsausdruck sprach Bände. „Sie haben mir ja keine Wahl gelassen."

Jana sah betreten zu Boden. „War's schlimm?", fragte sie schuldbewusst.

„Ich habe das Beste daraus gemacht", knurrte Forster. „Haben Sie wenigstens etwas herausgefunden?"

„Sie hat nicht gewusst, dass ihr Mann ganz in der Nähe war", sagte sie langsam. „Darüber schien sie ehrlich überrascht. Aber ..." Sie machte eine Pause.

„Was, aber?" Forster war ungeduldig.

„Auf Selin hat sie seltsam reagiert."

„Wer ist Selin?"

„Ach so, Entschuldigung! Amir hat mich angerufen. Selin ist vermutlich ‚S'. Mehr weiß er über sie noch nicht, aber er ist dran. Ich habe sie direkt danach gefragt."

„Ach ja?", meinte Forster spitz, *„sind Sie wahnsinnig?"*, zitierte er sie.

Jana ignorierte ihn schweigend.

„Ja und, wie hat sie reagiert?", fragte er ungeduldig.

„Sie wollte mich loswerden. Um es vorsichtig zu formulieren: Ich denke, dass der Gedanke daran, es könne in seinem Leben eine andere Frau gegeben haben, ihr durchaus nicht fremd war."

Forster lachte kurz auf.

„Und *ich* denke, dass der Gedanke daran, es könne in ihrem Leben einen anderen Mann geben, *uns* nicht fremd sein sollte."

Im Auto setzte Forster Jana über die im Kinderzimmer gewonnenen Erkenntnisse ins Bild.

Nico hatte Forster gefragt, ob er ‚ein Freund von Papa' sei. Forster hatte dies bestätigt, das war ihm am einfachsten erschienen. Beim Spielen hatte der Kleine des Öfteren von einem ‚Onkel Alex' gesprochen, der auch ein Freund von Papa sei. Forster hatte sich umgesehen und erstaunt festgestellt, dass das junge Paar getrennte Schlafzimmer hatte. Im Badezimmer hatte er zudem Rasierzeug entdeckt, welches frisch benutzt schien. Ein Indiz dafür, dass hier offensichtlich eine weitere männliche Person älter als drei in letzter Zeit regelmäßig einkehrte, und das nicht nur sporadisch.

„Meine Güte, Herr Forster. Sie haben doch nicht etwa das Kind ohne Erlaubnis der Mutter befragt? Sie wissen doch ..."

Entrüstet sah Jana ihren Kollegen von der Seite her an.

„Jetzt hören Sie doch auf! Ich habe den Kleinen nicht *befragt*. Er hat von sich aus geplappert wie ein Wasserfall, ich kam ja gar nicht zu Wort."

Jana musste unwillkürlich lächeln. Das glaubte sie ihm auf alle Fälle. Dennoch fand sie es nahezu unglaublich, dass der griesgrämige Forster einen dreijährigen Jungen zum Reden brachte.

„Na klar, es wäre auch sehr unhöflich gewesen, einfach nicht zuzuhören. Onkel Alex? Haben Sie eine Ahnung, wer das sein könnte?"

„Hm, ja, ich kenne einen. Alexander Gruber. Ehemaliger Kollege. Er hat früher eng mit Fetzer zusammengearbeitet. Ich könnte versuchen herauszufinden, wo er sich jetzt befindet."

„Dann machen Sie das", drängte Jana.

„Jetzt fahren wir erst mal in die Pathologie. Dr. Cavelli wird uns hoffentlich sagen können, woran Fetzer gestorben ist."

*

Als Jana und Forster den Sektionssaal betraten, fanden sie die Rechtsmedizinerin über die geöffnete Leiche gebeugt vor, während Uli mit dem Wiegen der Organe beschäftigt war. Der Anblick machte Jana nichts aus. Wenn die Leichen erst mal hier lagen, verloren sie ihre Schrecken. Sie hatten es hinter sich und alles lief seinen geordneten Gang. Selbst der misshandelte Fetzer wirkte friedlich, trotz seines derzeitigen Zustandes. Jana warf Forster einen verstohlenen Seitenblick zu. Amir mied die Besuche in der Pathologie nach Kräften, er wurde von dem Anblick jedes Mal grün um die Nase. Forster jedoch ging zielstrebig auf die Leiche zu. Federica zog ihren Mundschutz nach unten und schenkte ihm ihr bezauberndstes Lächeln.

„Ah, Signore Commissario", begrüßte sie ihn, „ciao *bella!*"
Sie winkte die beiden zu sich heran.

„Er war definitiv schon tot, als man ihn dort abgelegt hat.
Hier …" Sie zeigte auf die offene Bauchhöhle. „Die war voller
Blut. Einige Organe weisen Verletzungen auf, die auf stumpf-
fe Gewalteinwirkung schließen lassen. Und hier der Fuß …"
Seltsamerweise schockierte Jana das verdrehte Köperteil
mehr als die geöffnete Leiche, vermutlich, weil sie sich dabei
noch vorstellen konnte, wie schmerzhaft das gewesen sein
musste.

„… Wahrscheinlich ist da jemand draufgesprungen, komplett zersplittert, den hätte man nie mehr wieder zusammen-
flicken können." Am schlimmsten jedoch war der Anblick
des Kopfes. Das Gesicht war mit zahlreichen offenen Bluter-
güssen bedeckt, die, wie Federica ihnen versicherte, von Trit-
ten mit beschuhten Füßen herrührten. Die Ohrmuscheln waren eingerissen, die Haare verklebt. Jana sog scharf die Luft
ein. Die Realität war intensiver als die Tatortfotos.

„Hat er sich gewehrt?", wollte Forster wissen.

„Vermutlich konnte er das nicht." Die Pathologin zeigte ihnen blaue Flecken an den Hand- und Fußgelenken. „Er wurde festgehalten."

Jana schüttelte bekümmert den Kopf. Fetzer war so jung …
Niemand hatte so etwas verdient. Sie dachte an Nico und
seine Polizeiautos. Und an Forster, wie er mit Nico auf dem
Boden gelegen hatte.

Sie verdrängte den Gedanken schnell wieder. „Und woran
ist er gestorben?"

„Uli, bring mal die Lunge", rief Federica und wedelte ihrem Kollegen zu. Der brachte das Organ auf einer Schale.
„Hier, seht ihr? Die Lunge ist perforiert. Durch die Tritte
wurden mehrere Rippen gebrochen, die sich in die Lunge
gebohrt haben. Er ist langsam erstickt. Möglicherweise war er
da aber schon bewusstlos. Die Tritte gegen den Kopf haben

ein schweres Schädel-Hirn-Trauma verursacht. Auch daran wäre er vermutlich gestorben. Zusammengefasst kann man sagen: Er wurde zu Tode geprügelt."

„Und die Zunge?", hakte Jana nach.

„Die hat man ihm danach erst entfernt. Sonst hätte es stärker geblutet." Sie nickte den Kommissaren zu. „Der toxikologische Befund dauert noch etwas."

„Alles klar. Bis später", verabschiedete sich Jana von ihrer Freundin, während Forster ihr nur kurz zunickte und seiner Kollegin folgte.

„Puh", meinte sie, als sie wieder an der frischen Luft standen. „Der arme Kerl."

„Sie sind ja ganz schön tough", meinte Forster anerkennend.

Jana lächelte. „Ach ja? Sie aber auch."

„Fahren wir ins Präsidium. Ich bin gespannt, was Ihr Kollege in Erfahrung gebracht hat."

*

Interessiert hörten Forster und Jana Amirs Ausführungen zu, nachdem sie ihm von ihrem Besuch bei Laura und Nico berichtet hatten. Auch Olis Liste war inzwischen da. Sie beschlossen, die Personen sofort zum Verhör zu bestellen und ließen sie von der Streife abholen. Auch Uli Weinhold würde sie sich ansehen – anhand bestimmter Verletzungen an Füßen und Händen würde der Rechtsmediziner erkennen können, ob sie zuvor brutal zugetreten oder -geschlagen hatten.

Der erste war ein gewisser Gregor Kleinhenz. Amir führte das Verhör.

„Geh du mal lieber dahin, wo du hergekommen bist!", sah sich Amir den haltlosen Anfeindungen seines Gegenübers konfrontiert.

„Und wo wäre das deiner Meinung nach?", fragte er mit geheucheltem Interesse.

„Weiß ich doch nicht, Kanake. Mir doch egal. Aber hier brauchen wir dich nicht."

Amir zog eine Augenbraue hoch. Er würde sich nicht provozieren lassen.

„Aha. Im Gegensatz zu dir, wahrscheinlich?"

Amir hörte solche Sprüche nicht zum ersten Mal. Es nutzte nichts, sich darüber aufzuregen.

„Ich bin besser wie du, weil ich bin Deutscher", fauchte Kleinhenz ihn an.

„Ich bin besser *als* du, *denn* ich bin Deutscher", verbesserte Amir.

„Arschloch." Kleinhenz sprang auf, aber Amir war schneller.

„Ganz schlechte Idee. Tätlicher Angriff gegen einen deutschen Polizeibeamten, lass es lieber!" Er drückte ihn zurück auf seinen Stuhl. „So. Können wir jetzt reden?"

„Ich sag nix", grummelte Kleinhenz.

„Gut. Dann wanderst du in den Knast. Mord, Zugehörigkeit zu einer rechtsextremen Vereinigung, Unruhestiftung, Volksverhetzung, tätlicher Angriff auf einen Polizeibeamten – da kommt schon was zusammen." Amir blätterte in der Akte und tat so, als lese er konzentriert die paar Zeilen, die sie enthielt. Kleinhenz war bei einer Schlägerei aufgegriffen worden und gehörte zur Gruppe ‚Thors Hammer'. Das war auch schon alles. Den Mord konnten sie ihm nicht nachweisen. „Wie fühlt es sich eigentlich an, auf einen Wehrlosen einzutreten?", fragte Amir beiläufig.

Kleinhenz schwieg.

„Tom hat es nicht anders verdient, oder?"

Kleinhenz sah ihn feindselig an. „Das Schwein. Ja. Der war ein elender Verräter. Endlich konnte man mal was *tun*." Seine Miene veränderte sich schlagartig. „Ohne meinen Anwalt

38

sage ich gar nichts mehr." Für Kleinhenz war das Gespräch beendet. Weder hatte er Namen genannt noch den Ort, an dem Timo Fetzer misshandelt worden war. Amir hatte ihm gedroht, wenn er dabei bliebe, würde er alleine wegen Mordes sitzen, aber Kleinhenz hatte wieder nur auf seinen Anwalt verwiesen. Es blieb ihnen nichts anderes übrig, als sich ihn erneut vorzunehmen.

Die anderen Verdächtigen beteuerten ihre Unschuld, und auch Uli konnte keine Spuren an deren Händen und Füßen feststellen. Bei Kleinhenz allerdings fand er Blutergüsse und Abschürfungen an der Ferse, die zu Fetzers Verletzungen passten. Auch mit Hilfe eines Anwalts dürfte er es schwerhaben, sich der Haft zu entziehen.

*

„Jana, *bella*!" Federica winkte Jana schon von ihrem üblichen Platz unter dem großen Spiegel zu, als Jana ziemlich müde ihr Stammlokal „Nello" in Bieber betrat. Sie kam direkt aus dem Präsidium. Schwungvoll stand die Pathologin auf, um die Freundin zu umarmen. Jana bewunderte nicht zum ersten Mal ihr italienisches Temperament. Neben ihr fühlte sie sich oft langweilig und farblos, profitierte aber auch gelegentlich von ihrem Charme. Federica dagegen wünschte sich oft, Situationen so ruhig und analytisch wie Jana meistern zu können und fragte sie deshalb häufig um Rat, wenn sie sich selbst wieder einmal im Durcheinander ihrer Gefühle verlaufen hatte.

Jana ließ sich neben ihrer Freundin auf die Bank fallen und streckte die Beine von sich. Zinnet, ihre Lieblingskellnerin, kam sofort, um ihre Bestellung entgegenzunehmen.

„Zwei Chianti?", fragte sie intuitiv. Sie wusste immer, was die beiden brauchten.

„Jaah", bestätigte Jana und hob ihren Daumen.

„Hast du schon gesehen, wer als Bürgermeister kandidiert?", fragte sie ihre Freundin. Sie brauchte Ablenkung, wollte nicht über den Fall sprechen.

„Ja, das wird spannend. Dass die Breitenbach sich das traut, hätte ich nicht gedacht." Melanie Breitenbach war die Ex-Frau des amtierenden Bürgermeisters Heiner Breitenbach. Deren Trennung hatte vor einigen Jahren für Schlagzeilen gesorgt.

„Sie wird es schwer haben. Orkun Yilmaz ist sehr beliebt. Ich denke, ich werde ihn auch wählen", meinte Jana und zwinkerte Federica verschwörerisch zu.

„Attraktiver Mann", meinte diese, und Jana verdrehte die Augen.

„Die Breitenbach ist auch attraktiv. Als ob es darauf ankäme ..."

„Apropos – was ist mit dem Typen, den du heute im Schlepptau hattest?" Federica legte einen Arm um ihre Freundin und zwinkerte verschwörerisch.

„Forster?", entgegnete Jana ungläubig. „Der und attraktiv? Ein Ekel ist das."

„Das eine schließt das andere ja nicht aus", meinte Federica leichthin. „Du weißt doch – die Arschlöcher sind die Interessantesten."

„Wenn du meinst." Jana hatte immer noch kein Interesse an Männern. Christian war jetzt acht Jahre tot, und es kam keiner an ihn heran. Sie hatte es versucht, aber ohne Erfolg. Federica meinte, sie solle endlich an sich denken, das Leben ginge weiter. Das tat es ja auch. Solange Kai noch zuhause gewesen war, hatte es ihr nichts ausgemacht, auch wenn er am Ende faktisch mehr Zeit bei seiner Freundin als in ihrer Wohnung verbracht hatte. Aber seit seinem Auszug vor drei Monaten fühlte sie sich gelegentlich einsam. ‚Empty-Nest-Syndrom' nannte Federica das.

Zinnet brachte die Getränke, die Freundinnen prosteten sich zu und tranken einen tiefen Schluck.

„Jana, *bella*, nicht immer so spröde! Also, wenn *du* den nicht willst ..." Federica zwinkerte.

„Nicht geschenkt!", brauste Jana auf. „Und du? Was ist mit Uli? Mal wieder off?"

Die beiden führten eine ewige On-Off-Beziehung, die temperamentvolle und sensible Federica machte es dem armen Uli Weinhold nicht leicht. Sie langweilte sich schnell, nur um dann doch festzustellen, dass er der Einzige war, der sie verstand. Trotzdem waren die beiden beruflich ein gutes Team, worüber Jana sich oft wunderte.

„Ach!" Federica schnaubte. „Reden wir lieber über dich!"

Jana seufzte. „Da gibt's nichts zu reden." Sie starrte in ihren Chianti und schüttelte abwesend den Kopf. „Der arme kleine Nico."

Sie berichtete Federica von ihrem Gespräch mit Laura Fetzer und konnte sich ein Lachen nicht verkneifen, als sie bei Forster im Kinderzimmer angekommen war.

3

„Guten Morgen." Jana steuerte an Amir vorbei direkt auf die Kaffeemaschine zu.

„Morsche", warf Amir ihr fröhlich entgegen. Jana fragte sich immer wieder, wie jemand so früh am Morgen schon so gut gelaunt sein konnte.

Sie schaufelte Kaffeepulver in den Filter. „Verschone mich mit deiner guten Laune", grummelte sie.

„War's spät gestern?", frotzelte ihr Kollege weiter. Er hatte mitbekommen, dass die beiden Freundinnen verabredet waren.

Jana warf ihm einen bösen Blick zu und füllte Wasser in den Behälter. Sie schaltete die Maschine an, lehnte sich an die Küchenzeile und gönnte es sich, noch einmal kurz die Augen zu schließen. Hinter ihr blubberte der frische Kaffee in die Kanne. Langsam zog ihr der Duft in die Nase, das weckte ihre Lebensgeister.

Sie holte sich eine Tasse aus dem Schrank, die mit dem Logo der Polizeigewerkschaft versehen war, und füllte sich aus der halbvollen Kanne ein. Dann schob sie diese wieder unter den Filter und gab Milch und etwas Zucker in die Tasse.

Jana nahm einen tiefen Schluck.

„So. Jetzt kann's losgehen", meinte sie und setzte sich an ihren Schreibtisch.

„Prima." Amir stand auf und schwenkte ein Blatt Papier, auf dem die Rune ‚Þ' abgebildet war.

„Hab ich gestern noch recherchiert, hat mir keine Ruhe gelassen. Während die Damen sich ihrem Vergnügen hingegeben haben", zwinkerte er. „Thurisaz oder Thornuz ist die dritte Rune des älteren Futhark und des altnordischen Runenalphabets mit dem Lautwert ‚th', wird auch ‚Dorn' genannt", dozierte Amir.

„Futhark?", fragte Jana und zog grübelnd die Brauen zusammen.

„Das ist das Runenalphabet. FUÞARK sind die ersten sechs Buchstaben, danach wurde es benannt. So wie das ABC oder Alphabet auf Griechisch, nur eben mit Runen." Amir legte Jana den Ausdruck hin, auf dem diese Runen abgebildet waren.

„Oh. Ja, da, die dritte, das ist unser Tattoo!" Sie zeigte mit dem Finger darauf.

„Genau. Ich habe dir ja schon gesagt, dass jede Rune eine Bedeutung hat. Unser Dorn hier steht auch für Thors Hammer Mjölnir."

„Thors Hammer", wiederholte Jana, „das passt."

„Hm, ja, wahrscheinlich war die Rune ihr Erkennungszeichen."

„Das, was ich von ‚Thors Hammer' bisher wusste, sind ein paar Schlägereien, Unruhestiftung, nichts Besonderes." Sie nahm einen Schluck Kaffee. „Was sollte Fetzer dort herausfinden, und warum haben sie ihn so derart misshandelt? Da muss noch mehr dahinterstecken. Ich bin gespannt, was Forster uns zu berichten hat."

„Ach ja, der ...", brummte Amir und verzog das Gesicht.

„Geben wir ihm eine Chance", entgegnete Jana wenig überzeugend. „Er will sich später bei mir melden, wenn er mehr über Fetzers Einsatz in Erfahrung gebracht hat."

„Wer's glaubt", meinte Amir. „Die Leute vom Kletterpark habe ich übrigens gecheckt. Scheinen sauber zu sein."

„Hm, ja. Jeder hätte ihn da ablegen können. Irgendwas Neues von der KTU?" Jana rieb sich das Kinn.

„Nein, keine verwertbaren Spuren bisher. Misshandelt wurde er offenbar woanders." Er zuckte die Achseln. „Die Untersuchung der Wohnung hat auch nichts ergeben – der Laptop ist schon bei Karl, aber sonst nichts Persönliches, gar nichts."

Jana runzelte die Stirn. „Vielleicht war er ja die meiste Zeit bei dieser Selin?"

„Das erfahre ich sicher nachher. Ich klappere jetzt die Tattoo-Studios ab."

„Soll ich mitkommen?", fragte Jana, ohne ihre mangelnde Begeisterung zu verbergen.

„Nein, lass mal. Ich glaube, wenn ich da allein aufkreuze, erfahre ich mehr." Er zwinkerte ihr zu und war verschwunden.

*

Forster starrte auf seinen Bildschirm. Er hatte endlich die Freigabe für die Akte über ‚Thors Hammer' bekommen und was er sah, ließ ihn frösteln.

Die Angriffe in Offenbach waren nur die Spitze des Eisbergs. Die Verbreitung rechtsradikaler Inhalte im Darknet sowie eine umfangreiche Waffenbestellung hatte das LKA auf den Plan gerufen und dazu geführt, dass Fetzer in die Gruppe eingeschleust worden war. Der wiederum hatte Informationen über den Anführer geliefert, Ralf Hammerschmidt. Des Öfteren erhielt die Gruppe Anweisungen von ‚Thor', dessen Identität jedoch niemandem bekannt war. Fetzers Aufgabe war es gewesen, herauszufinden, wer dahintersteckte. War er erfolgreich gewesen? Und was genau hatte ‚Thors Hammer' vor? Wozu die Waffen? Doch nicht für ein paar vergleichsweise harmlose Angriffe auf Dönerbuden und Läden? Und warum jetzt diese Hinrichtung? Steckte die Gruppierung überhaupt dahinter?

Auch über Alexander Gruber hatte er einiges herausgefunden. Er arbeitete seit mehreren Jahren bei einer privaten Sicherheitsfirma in Wiesbaden. Forster bestellte ihn für den nächsten Tag nach Offenbach. Er war nicht erpicht darauf, ihn wiederzusehen.

Und noch etwas bereitete ihm Kopfzerbrechen.

Die Staatsanwaltschaft hatte ihm soeben mitgeteilt, er solle die Leitung der Ermittlungen übernehmen. Schröder würde ihn umbringen.

*

Jana hielt gerade den Hörer in der Hand, um Federica anzurufen, als Dr. Elena Petridis, die Staatsanwältin, in der Tür erschien. Sie mochte die Juristin, die ihre Hartnäckigkeit hinter einem grazilen Äußeren verbarg. Sie war charmant, wenn es angebracht, und bissig, wenn es notwendig war. Ihre dunklen Haare waren wie immer zu einem strengen Dutt zusammengefasst, der die Eleganz ihrer mit Vorliebe getragenen Kostüme zu passenden Pumps unterstrich. Heute war ihre Wahl auf Rosé gefallen.

„Guten Morgen, Frau Schröder."

„Guten Morgen, Dr. Petridis. Gibt es Neuigkeiten?" Jana sprang neugierig auf und umrundete ihren Schreibtisch.

„Ja. Die gibt es." Sie faltete ihre Hände und wählte ihre Worte mit Bedacht. „Aufgrund der prekären Situation wird die Einsatzleitung ab sofort ..."

„Nein ...", unterbrach Jana sie, „nicht Forster!"

„Doch", bestätigte Dr. Petridis knapp, hob jedoch fast unmerklich bedauernd eine Augenbraue. Jana schätzte ihre Professionalität, mit dieser Nachricht war sie jedoch überhaupt nicht einverstanden.

„Aber ...", wollte sie widersprechen.

„So ist nun einmal die Anordnung. Also halten Sie sich daran. Sie können froh sein, dass Sie nicht von dem Fall abgezogen wurden", fuhr die Staatsanwältin in mildem Tonfall fort.

„Das wäre ja noch schöner", knurrte Jana. „Es ist doch gar nicht klar, warum Fetzer umgebracht wurde. Vielleicht ist es nur so ein – Eifersuchtsdrama."

„Ja, vielleicht. Vielleicht aber auch nicht." Ihr eindringlicher Ton duldete keinen Widerspruch. „Halten Sie sich an die Regeln, Frau Schröder!"

„Mach ich", meinte Jana resigniert. Es blieb ihr wohl nichts anderes übrig.

*

„Ich fasse es nicht. Ich lasse mir doch von dem nichts sagen."

„Jana!" Federica, erstaunt über deren Gefühlsausbruch, versuchte, ihre Freundin zu beruhigen. „Das hat nichts mit Forster oder mit dir zu tun. Das sind nun mal die Vorschriften."

„Ich gönne ihm diesen Triumph aber nicht", wetterte Jana.

„Der Arme! Mach ihm das Leben nicht zu schwer", versuchte Federica auf sie einzuwirken.

„Ach, jetzt hast du auch noch Mitleid mit *ihm*?" Jana gestikulierte wild mit den Armen in Richtung ihrer Freundin. „Fragt sich, wer hier wem das Leben schwer macht."

„Hm hm." Federica hob beschwichtigend die Hände und machte eine kurze Pause. „Übrigens: Timo Fetzer ist jetzt einigermaßen vorzeigbar. Du kannst seine Frau bestellen."

„Die KTU meint, misshandelt wurde er nicht im Park. Das muss eine Riesensauerei hinterlassen haben. Außerdem dürfte das eine Menge Lärm gemacht haben." Jana hatte sich beruhigt und wieder einen sachlich-analytischen Tonfall angenommen.

„Das kann ich bestätigen." Federica klapperte mit der Tastatur und nannte Jana ein Laborergebnis. „Man hat ihm kurz vor seinem Tod Zolpidem verabreicht."

46

„Ein Schlafmittel?", fragte Jana verwundert. „Das ist verschreibungspflichtig, oder?"

„Ja und ja. Er hatte eine große Menge intus, aber genutzt haben dürfte es nichts mehr."

„Das macht doch keinen Sinn", grübelte Jana. „Er war doch schon so gut wie tot, und gewehrt haben dürfte er sich am Ende auch nicht mehr."

„Tja, das musst du herausfinden. Du bist die Kommissarin." Federica schnalzte mit der Zunge.

„Danke." Jana schwieg und starrte vor sich hin.

„Alles klar bei dir?", wollte ihre Freundin wissen.

„Ja", meinte Jana zerstreut. „Schick den Bericht bitte auch an Forster", meinte sie dann zähneknirschend.

*

Kurz darauf rief Forster bei Jana an.

„Hallo *Chef*", antwortete sie ihm direkt. Forster ließ sich nicht beirren.

„Dann wissen Sie es ja schon." Er machte eine Pause. Jana antwortete nicht.

„Ich wollte Ihnen mitteilen, was ich in Erfahrung gebracht habe." Er berichtete ihr von ‚Thors Hammer' und Fetzers Informationen. „Quid pro quo. Sie sind dran."

Jana setzte ihn über das Schlafmittel in Kenntnis und darüber, was Amir bereits über die Runen herausgefunden hatte.

„Alles klar. Schicken Sie es mir per Mail." Forster räusperte sich. „Vielleicht können Sie etwas über Ralf Hammerschmidt und diesen Anwalt, Matthias Renner, herausfinden."

„Ja – *Chef*." Jana bereute ihren scharfen Tonfall. Niemand konnte etwas für die Situation, und derlei Provokationen waren wenig hilfreich.

Forster ging nicht darauf ein. „Alexander Gruber habe ich für morgen vorgeladen. Es wäre schön, wenn Sie bei der Befragung dabei sein könnten."

„Warum?", wollte Jana überrascht wissen.

„Ich – kenne ihn schon länger. Ich möchte nicht, dass es hinterher heißt, ich sei voreingenommen."

„Verstehe." Jana zwirbelte ihre Locken zwischen den Fingern. Forsters plötzliches Zugeständnis verwirrte sie. Was war da zwischen den beiden?

„Außerdem sind Fetzers Eltern auf dem Weg hierher. Sie müssten heute Nachmittag in Offenbach eintreffen. Glauben Sie, die Leiche ist vorzeigbar?"

„Federica – Dr. Cavelli – hat grünes Licht gegeben. Ich gebe ihr Bescheid."

„Danke. Dann mache ich mich jetzt auf den Weg zu Ihnen. Es ist wohl besser, wenn ich vor Ort bin."

Jana verdrehte die Augen. „Klar", meinte sie kurz angebunden.

„Wäre es zu viel verlangt, wenn ich Sie bitte, mir einen Arbeitsplatz zu organisieren?"

Das wird ja immer besser, dachte Jana, klar ist das zu viel verlangt. „Kein Problem", antwortete sie stattdessen und versuchte dabei freundlich zu klingen. „Sie können Max Mustermanns Schreibtisch haben."

„Max Mustermann?", fragte Forster irritiert. Wahrscheinlich rechnete er damit, dass Jana ihn erneut aus der Ruhe bringen wollte.

„Wir sind schon ewig unterbesetzt", erklärte diese, „der Schreibtisch hier drin steht aber noch aus besseren Zeiten. Irgendwer hat mal ein Namensschild draufgestellt. Das räume ich selbstverständlich weg", meinte sie spitz.

„Tun Sie das", entgegnete er schroff. „Dann sehen wir uns später." Grußlos legte er auf.

*

Jana holte sich noch einen Kaffee und rief Amir an, um ihm die Neuigkeit zu berichten. Auch er war nicht begeistert. Anschließend machte sie sich daran, Informationen über Matthias Renner zusammenzutragen. Er war angestellt in der Kanzlei ,Winkler und Söhne', einem renommierten Unternehmen mit vielen einflussreichen Kunden, Strafverteidiger und Szeneanwalt für Rechtsextreme.

,Winkler und Söhne' war eine unbescholtene Kanzlei. Lauter namhafte Klienten, die meisten davon saßen in Bieber-Waldhof. Leno-Lacke, Schönemann-Invest, Strale Lederwaren ... Warum stellten die so jemanden ein? Oder umgekehrt – wie kam jemand wie Renner zu ,Thors Hammer'?

Jana starrte auf ihren Bildschirm.

Sie mussten diese Kanzlei unter die Lupe nehmen. Aber dort konnten sie nicht einfach so reinmarschieren. Am besten sprach sie mit Dr. Petridis.

Forster hatte berichtet, ,Thors Hammer' agiere im Darknet. Jana hatte eine Idee. Sie machte sich auf den Weg zu Karl ins Labor.

*

Karl war ein Genie. Er sah zudem gut aus, das war ihm aber egal. Karl interessierte sich für Zahlen und Fakten, für alles, was Ordnung verhieß. Sein Labor war der aufgeräumteste Ort, den Jana sich vorstellen konnte.

Karl hatte Asperger, er lebte in seiner eigenen Welt und manche seiner Eigenarten wirkten auf andere befremdlich.

„Karl?" Er saß gerade über einem Laptop und versuchte, das Passwort zu knacken.

„Huh! Jana! Du hast mich erschreckt. Nicht gut." Jana hob beschwichtigend die Hände.

49

„Das tut mir leid, Karl, das wollte ich nicht."

„Warum störst du mich? Ist es wichtig?" Seine oft unwirsche Art war nicht so unfreundlich gemeint, wie es klang. Er redete nicht um Dinge herum, sondern kam sofort zur Sache. Offenbar hatte Jana sein Interesse geweckt, wie sie befriedigt feststellte, sonst hätte er nicht gefragt, ob es wichtig sei.

„Ja, Karl, das ist es, sonst wäre ich nicht hier." Keine Regung, sein Blick haftete weiterhin unverändert auf dem Laptop.

„Kennst du dich im Darknet aus?", fragte sie ihn deshalb genauso direkt.

Karl wand sich. „Das ist nicht meine Aufgabe. Dafür gibt es Spezialisten." Volltreffer, dachte Jana.

„Ich weiß, Karl. Aber – ich brauche schnell Informationen, und wenn ich auf diese Spezialisten warte, dann sitze ich in drei Wochen noch." Sie setzte ihr freundlichstes Lächeln auf.

„Drei Wochen?" Karls Kopf schoss nach oben. „21 Tage? 504 Stunden? 30240 Minuten?"

„Ja", unterbrach sie ihn schnell, bevor er ihr auch noch die Sekunden und Millisekunden vorrechnete. Wie immer hatte er sie wörtlich genommen. Wortspielereien und Ironie waren ihm fremd. „Das ist zu lang, findest du nicht?"

„Kommt auf das Problem an. An meiner Masterarbeit ..."

„Ja, Karl, aber das meinte ich nicht. Es ist zu lang, um auf wichtige Ergebnisse zu warten. Ich habe einen Mord aufzuklären."

„Den Mord an dem hier", stellte Karl fest und zeigte auf den Laptop. „Passwortgeschützt. Firewall. Professionell. Ich beeile mich." Er lächelte, was er selten tat. „Gefällt mir."

„Danke, Karl, das ist gut. Aber ..." Jana atmete einmal tief durch. „... Im Darknet gibt es Informationen dazu, die viel wichtiger für mich wären." Wahrscheinlich konnte Forster an die Passwörter herankommen, dachte sie sich, da hätte der arme Karl sich umsonst bemüht.

„Das ist nicht meine Aufgabe", wiederholte Karl und begann, seine blitzsaubere Ray-Ban-Brille intensiv mit einem auf seinem Schreibtisch deponierten Tuch zu putzen.

„Ja, ich weiß", meinte Jana, um Geduld bemüht. „Aber es ist meine Aufgabe, den Mörder zu finden. Und ich würde mich sehr freuen, wenn du mir dabei helfen könntest."

„Ich helfe dir immer gern", antwortete Karl sofort, faltete das Tuch akkurat zusammen und legte es wieder an seinen Platz.

„Dann wäre ich dir sehr dankbar, wenn du für mich im Darknet recherchieren würdest." Jana zwinkerte ihm verschwörerisch zu. „Ich verrate es auch keinem, von wem ich es habe", flüsterte sie.

Karls Augen leuchteten auf.

„Was willst du wissen?"

*

„Amir?" Die Stimme riss ihn aus den skeptischen Betrachtungen mehrerer komplett tätowierter Körperteile, deren Bilder die Wände bedeckten. Totenschädel, Kreuze, aber auch niedliche Tiere, Herzen und Blumen waren darauf verewigt. Amir schüttelte sich.

„Hi, Ben." Er begrüßte seinen ehemaligen Freund aus Jugendzeiten mit Handschlag.

Amir war in Lauterborn aufgewachsen, Sohn einer Iranerin und eines Deutschen, der sich bald aus dem Staub gemacht hatte. Seine Mutter hatte an der Supermarktkasse gearbeitet, um sich und vor allem ihren Sohn über die Runden zu bringen. Amir hatte die Edith-Stein-Gesamtschule besucht und dort einen Lehrer gefunden, der ihn dabei unterstützt hatte, sein Abitur zu machen. Als junger Mensch selbst gelegentlich in Konflikt mit der Polizei geraten, war es ausgerechnet diese Laufbahn, für die er sich entschieden hatte. Er hatte es noch nie bereut, und in seinem alten Viertel wurde er geachtet und respektiert.

Sein alter Freund Ben führte nun ein Tattoostudio in Offenbach-Bieber, mit dem er nicht schlecht verdiente. Die Versuche, Amir zu einem Tattoo zu überreden – natürlich kostenlos – waren jedoch allesamt missglückt.

„Kann ich dir endlich mal was Gutes tun?", fragte Ben ihn schelmisch.

„Ja, tatsächlich", entgegnete dieser, „aber nicht mit deinen Nadelkünsten." Er zeigte ihm auf dem Handy das Foto der Rune. „Kennst du die?"

Ben schüttelte vehement den Kopf, kaum dass er das Foto gesehen hatte. „Nee. Damit hab ich nix zu schaffen."

„Schau es dir doch erst mal richtig an", meinte Amir und hielt ihm das Foto unter die Nase.

„Brauch ich nicht. Kenn ich nicht." Ben sah angestrengt in eine Ecke.

Amir seufzte. „Hast du wenigstens einen kleinen Tipp für mich?"

„Damit will ich nichts zu tun haben", brauste Ben auf. Dann winkte er Amir zu sich heran. „Die haben ihre eigenen Leute", raunte er, „da hänge ich mich nicht rein."

Er schnappte sich ein Tuch und polierte den blitzblanken Tresen.

Amir ließ es auf sich beruhen. Mehr würde er darüber nicht erfahren.

Er öffnete das Foto mit dem ‚S'. „Und das hier?"

Diesmal sah Ben länger hin. Dann grinste er. „Den Stil kenne ich."

Amir konnte sein Glück kaum fassen. „Echt jetzt?"

„Ja." Sein ehemaliger Kumpel grinste verschwörerisch.

„Und?", fragte er ungeduldig.

„Amir, ich sag's ungern – aber sowas kostet." Ben rieb verschlagen Daumen und Zeigefinger aneinander.

Amir verdrehte die Augen und legte einen 50 €-Schein auf den Tresen. Als Ben danach greifen wollte, zog er ihn zurück.

„Erst die Info."

Kurz darauf überließ er Ben den Schein und machte sich auf den Weg nach Frankfurt.

4

„Hallo, Frau Schröder."

Ihr Lieblingskollege vom LKA stand in der Tür mit einem dicken Aktenordner, auf dem er sein Tablet balancierte.

„Hallo, Herr Forster." Jana blickte nur kurz auf und dann wieder angestrengt auf ihren Bildschirm, auf dem sie gerade Ralf Hammerschmidt checkte. Dem sollten sie auch so schnell wie möglich einen Besuch abstatten.

Forster blieb einfach in der Tür stehen und wartete. Jana klickte mit ihrer Maus und gab sich beschäftigt.

Plötzlich kam Bewegung in Forster. Er knallte ihr den Aktenordner auf den Schreibtisch und fischte dabei mit einer eleganten Bewegung sein Tablet herunter.

„Hier, die Akte ‚Thors Hammer'. Bis heute Abend sind Sie damit fertig." Jetzt konnte Jana nicht umhin, misstrauisch ihre Arbeit zu unterbrechen. Ließ er jetzt den Chef raushängen? Sie würde bestimmt nicht seine Akten durcharbeiten.

„Ist das dort mein Schreibtisch?", fragte er beiläufig und steuerte Max Mustermanns Platz an. Natürlich hatte Jana das Namensschild nicht weggeräumt. Forster nahm es mit spitzen Fingern und verstaute es in einer Schublade, genau beobachtet von der fassungslosen Jana.

Er setzte sich und legte die Beine auf den Tisch. „Na los, fangen Sie an!" Er nickte ihr zu und wies auf die Akten.

Jana erwachte aus ihrer Starre. „Geht's noch?", fragte sie gedehnt und tippte sich mit dem Zeigefinger an die Stirn. „Ich bin doch nicht Ihre Sekretärin."

Ein feines Lächeln umspielte Forsters Lippen und er nahm schwungvoll die Beine wieder vom Tisch. Er stützte sein Kinn in seine rechte Hand und sah Jana belustigt dabei zu, wie sie sich aufregte.

„Ach, Sie reden ja doch mit mir", stellte er fest.

„Gleich nicht mehr, wenn Sie so weitermachen", knurrte sie.

„Oh, das möchte ich auf keinen Fall riskieren", meinte er galant. „Andererseits – dann meckern Sie mich auch nicht an, das wäre der Vorteil."

„Ich meckere Sie nur an, wenn Sie unfreundlich sind", gab Jana gereizt zurück.

„Ich – unfreundlich?" Forster setzte eine erstaunte Miene auf.

Jana fragte sich, was das hier werden sollte. Ohne hinzuschauen schob sie den Ordner weit von sich weg, schüttelte genervt den Kopf und starrte auf ihren Bildschirm, um ihre Gedanken zu sortieren. Am besten ging sie gar nicht darauf ein. Sie hatten etwas zu tun, und das mussten sie gemeinsam angehen. Es blieb ihnen gar nichts anderes übrig.

„Also gut", meinte sie deshalb. „Gibt es etwas Neues?"

„Ich habe Ihnen alles schon am Telefon gesagt. Danach habe ich mich gleich auf den Weg gemacht. Und bei Ihnen?"

„Ich habe versucht, etwas über diesen Anwalt herauszubekommen und die Kanzlei, für die er arbeitet. Die Staatsanwältin, Dr. Petridis, hat grünes Licht gegeben, sie fährt morgen selbst hin. Das ist ein renommiertes Unternehmen, welches etliche Großkunden betreut." Anschließend setzte sie ihn in Kenntnis, was Amir ihr berichtet hatte.

„Dann sollten wir dieses Tattoo-Studio nicht aus den Augen verlieren", meinte Forster.

„Ja, entweder hat dieser Ben Angst vor den Nazis oder er steckt mit drin. Auf jeden Fall weiß er irgendwas." Zuckersüß schlug sie vor: „Vielleicht sollten Sie mal hingehen, Sie kennt er nicht. Lassen Sie sich ein Tattoo stechen, vielleicht kommen Sie dabei ins Gespräch."

„Gute Idee! Was schlagen Sie vor? Ein Arschgeweih?" Fast hätte Jana gelacht, sie verkniff es sich gerade noch rechtzeitig.

„Ich dachte da eher an einen Offenbach-Schriftzug, das macht Sie ihm sicher auf Anhieb sympathisch", antwortete sie frech und erntete ein Grinsen und ein Kopfschütteln.

„Oder eine Rune?" Jana tippte auf ihr Handgelenk.

Forsters Blick wurde schlagartig verschlossen. Irgendwie schien sie ihn damit getroffen zu haben.

„Wann kommen Fetzers Eltern?", wechselte sie deshalb das Thema. „Federica meint, sie bekomme das hin."

„In etwa einer Stunde müssten sie hier sein", entgegnete Forster, offensichtlich froh über den Themenwechsel. „Sie kommen aus Stuttgart."

„Na, dann haben wir ja noch eine Stunde Zeit für die Akten", stellte Jana fest und klopfte auf den Ordner. „Kaffee?"

*

Nach einer halben Stunde klingelte ihr Telefon.

„Karl hier. Ich habe einen Algorithmus entwickelt, der ..."

„Karl, danke, aber – für Dummies, bitte!", unterbrach sie ihn schnell, bevor er ihr seinen Algorithmus erklärte.

„Ich habe das Passwort geknackt."

„Prima. Hast du etwas herausgefunden?" Karl war wirklich ein Genie.

„Nein. Ich muss erst die Festplatte auslesen. Und eine Menge Daten sind verschlüsselt. An die komme ich nicht ran."

„Mist!" Sie sah zu Forster, der ihr Telefonat interessiert verfolgte. „Auch nicht, wenn man die Verschlüsselung kennt?"

„Doch. Dann ist das leicht."

„Wie lange brauchst du für den Rest der Festplatte?", wollte Jana ungeduldig wissen. Karl musste man immer alles aus der Nase ziehen.

„Ein paar Stunden."

„Alles klar. Und – das andere?" Sie wollte Forster noch nicht darüber informieren, dass sie Karl auf die Aktivitäten von ‚Thors Hammer' im Darknet angesetzt hatte.

„Immer der Reihe nach."

Jana seufzte. Nun, besser als nichts.

„Danke, Karl."

Sie legte auf. „Karl hat das Passwort von Fetzers Laptop geknackt. Da sind ein paar verschlüsselte Dateien drauf. Haben Sie eine Ahnung, wie man da rankommt?"

„Der Laptop ist schon bei der IT? So schnell?"

„Ja, wo denn sonst?", entgegnete Jana schroffer als beabsichtigt. „Steht auch in der Akte!"

„Frau Schröder!" Forster schlug mit der flachen Hand auf den Tisch. „Das müssen Sie vorher mit mir absprechen. Der Laptop sowie die Daten gehören dem LKA. Die Experten dort werden sich angemessen darum kümmern."

„Karl ist der beste IT-Experte, den ich kenne, und er wird die Daten auch nicht missbrauchen", entgegnete Jana scharf. „Was denken Sie denn von uns?"

„Trotzdem – Sie können hier nicht einfach eigenmächtig handeln." Sein eisblauer Blick durchbohrte sie.

Jana kochte vor Wut. Was würde er erst sagen, wenn er von Karls Recherchen im Darknet erfuhr? Sie hatte noch nie so oft innerlich bis drei gezählt wie in den letzten zwei Tagen.

„Also gut", sagte sie gedehnt und sah auf die Uhr. „Wir holen nachher Ihren heiligen Laptop und Sie können ihn mitnehmen." Sie hoffte, dass Karl vorher noch so viele Informationen wie möglich ausfindig machen konnte. „Aber jetzt warten wir auf die Fetzers."

Forster schüttelte gereizt den Kopf und wandte sich missmutig seinem Bildschirm zu.

*

Amir stieg die breiten Treppen der Hauptwache nach oben und atmete die Frankfurter Luft ein. Sofort fiel ihm der Eintracht-Adler ins Auge, den jemand auf einen Mülleimer geklebt hatte. Der eingefleischte Kickers-Fan konnte sich ein Grinsen nicht verkneifen – das schien wahrlich der richtige Ort dafür.

Kurz hielt er inne und lauschte einem Dudelsackspieler, der angenehm eintönige Klang der Bordunpfeifen verfolgte ihn noch, während er sich auf seinen Weg vorbei an der Katharinenkirche machte. Amir gönnte sich einen Kaffee to go, bevor er ‚Janos' Tattoo & Piercing' betrat. Der Inhaber zeigte sich zunächst wenig begeistert vom Besuch der Polizei, als er jedoch erfuhr, dass Amir auf Bens Empfehlung kam und keineswegs von den Frankfurter Kollegen, kooperierte er sofort.

Amir zeigte ihm die Fotos des Tattoos und von Timo. Wie von Ben vermutet, erkannte Janos sein Werk, und auch der Kunde war ihm in Erinnerung geblieben.

„Ja, die waren hier. Ein nettes Pärchen." Er zog kurz die Augenbrauen zusammen. „Theo und Simon, ja, so hießen sie. Aber irgendwie komisch. Als hätten sie vor irgendwas Angst. Dabei ist das doch heute kein Problem mehr." Er strich sich über's Kinn.

„Theo und Simon?" Amir runzelte die Stirn. „*Was* ist heute kein Problem mehr?"

„Na, die beiden Jungs. Verliebt bis über beide Ohren." Janos zuckte die Schultern. „Da ist doch nichts dabei."

Amir sog scharf die Luft ein und erntete dafür einen missfälligen Blick. „Nein, da ist nichts dabei", entschuldigte er sich schnell, „es ist nur ..." Er schüttelte den Kopf, schließlich wollte er keine Interna preisgeben. Theo-Timo und Simon? „Wie sah Simon denn aus?"

Janos kramte unter der Theke nach einem Block. „Ich kann Leute ganz schlecht beschreiben", erklärte er, „aber zeichnen, das kann ich. Wenn du einen Moment Geduld hast?"

Amir nickte. Besser als nichts. Aber als er das Ergebnis sah, staunte er nicht schlecht. „Wow!"

Janos grinste. „Für 'nen Fuffi gehört's dir."

Zum zweiten Mal an diesem Tag wurde Amir einen Schein los. „Wenn dein Studio mal nichts mehr abwirft, komm zu uns als Phantomzeichner."

*

Etwa zur angekündigten Zeit klingelte Janas Telefon erneut.

„Die Fetzers sind da." Sie stand auf. „Ich hole sie unten ab, Sie können ja schon mal in den Vernehmungsraum gehen. Den Gang runter, erste Tür links."

Forster nickte und machte sich auf den Weg.

Am Empfang wartete ein gut gekleidetes Ehepaar auf sie, ihn schätzte Jana auf Anfang 60, sie etwas jünger. Er trug einen grauen Anzug mit schwarzer Krawatte, sie ein schwarzes Kostüm mit schwarzer Bluse und schwarzer Strumpfhose. Die Frau wirkte verhuscht, sie zog leicht ihren Kopf ein und stand einen halben Meter hinter ihrem Mann.

Jana ging auf die beiden zu.

„Hauptkommissarin Jana Schröder", stellte sie sich vor und hielt den beiden ihre Hand entgegen. „Sie sind Timo Fetzers Eltern?"

Er ignorierte ihre Hand, seine Frau nickte ihr kaum merklich zu.

„Guten Tag. Ja, so ist es."

Jana zog ihre Hand wieder zurück. „Hier entlang, bitte."

Sie ging voran und brachte das Ehepaar nach oben zum Vernehmungsraum, ohne noch ein Wort zu verlieren. Freundliche Menschen, dachte sie ironisch, genau die richtigen Gesprächspartner für Forster.

Der saß bereits im Vernehmungsraum eins und erhob sich, als Jana mit den beiden eintrat.

„Mein Kollege, Hauptkommissar Daniel Forster vom LKA", stellte sie ihn vor.

Fetzer reichte ihm sofort die Hand. „Hartmut Fetzer." Er zeigte in Richtung seiner Frau. „Meine Frau Margot. Ihre Assistentin war so freundlich, uns zu Ihnen zu bringen."

„Kollegin", korrigierte Forster. „Kriminalhauptkommisssarin Schröder. Wir bearbeiten den Fall gemeinsam. Aber setzen Sie sich doch!" Er wies auf die Stühle ihm gegenüber. Jana nahm neben Forster Platz.

„Herr Forster", begann Fetzer, kaum dass er saß, „ich erwarte von Ihnen, dass Sie den Mörder meines Sohnes finden."

„Wir werden alles tun, den Fall aufzuklären", antwortete Jana an Forsters statt.

Sie erntete einen abfälligen Blick des Seniors. „Sie? Sie meinte ich nicht." Margot Fetzer knetete verlegen ihre Handtasche, während ihr Mann sich wieder Forster zuwandte.

„Schön!", meinte Jana gespielt fröhlich, „dann gehe ich jetzt einen Kaffee trinken. Frau Fetzer, möchten Sie auch einen? Dann stören wir die beiden Herren hier nicht."

Sie stand auf und nickte Margot Fetzer aufmunternd zu. Diese sah Hilfe suchend zu ihrem Mann.

„Geh schon", meinte er, „du kannst hier sowieso nichts tun." Dann wandte er sich Jana zu. „Ich nehme auch einen Kaffee."

Sie ignorierte ihn einfach.

*

Forster starrte Jana nach, die langsam hinter Margot Fetzer aus dem Raum spazierte und dabei ihre langen kastanienbraunen Locken lässig über die Schultern warf. Nach Fetzers Verhalten hätte er von ihr etwas anderes erwartet. Anscheinend behielt sie ihre schnippischen Bemerkungen und emotionalen Explosionen nur für ihn vor.

„Weiber!"

Forster erwachte aus seiner Starre.

„Wie bitte?" Irritiert schüttelte er den Kopf.

„Jetzt, wo die Weiber weg sind, können wir ja zur Sache kommen", meinte Fetzer, lehnte sich nach vorne und verschränkte die Hände ineinander.

Nun war es an Forster, wütend zu werden.

„Herr Fetzer", sagte er kalt, „ich erwarte, dass Sie meiner Kollegin den nötigen Respekt entgegenbringen." Schweigend fixierte er ihn. Befriedigt stellte Forster fest, dass er sein Gegenüber verunsichert hatte. Er ließ es noch ein paar Sekunden wirken, dann lehnte er sich zurück.

„Erzählen Sie mir von Ihrem Sohn", sagte er ruhig.

„Von Timo? Ist das wichtig? Sie sollen seinen Mörder finden." Fetzer fuchtelte mit dem Zeigefinger herum.

„Alles könnte wichtig sein", entgegnete Forster.

„Ich habe lange nichts von ihm gehört", fauchte Fetzer. „Laura hat mir erzählt, er sei in Berlin. Ich weiß also gar nichts."

„Wie war Ihr Verhältnis zu Ihrem Sohn?", wollte Forster wissen. Er veränderte seine Position nicht, fixierte sein Gegenüber weiterhin.

„Das geht Sie nun wirklich nichts an", fuhr Fetzer ihn an.

Also schlecht, dachte Forster. Es hatte keinen Sinn, hier weiter anzusetzen, der Vater würde ihm ohnehin nicht die Wahrheit sagen. Er lehnte sich nun ebenfalls nach vorne und betonte mit Nachdruck:

„Herr Fetzer. Sie erwarten von mir, dass ich den Mörder Ihres Sohnes finde. Dann helfen Sie mir. *Bitte.*"

„Ich habe Timo immer gesagt, geh nicht zur Polizei. Er hätte bei seinem Jura-Studium bleiben sollen. Die Firma hätte einen guten Anwalt gebrauchen können. Er hätte nur zugreifen müssen." Fetzer schüttelte den Kopf. „Stattdessen hat er auf diesen sogenannten ‚Freund' gehört. Der wollte sein Geld, das war alles."

„Hat dieser ‚Freund' auch einen Namen?", hakte Forster nach.

„Bestimmt hat er den", bellte Fetzer. „Was weiß denn ich."

„Warum, glauben Sie, wollte er das Geld Ihres Sohnes? Hatte er denn welches?" Forster ließ sich nicht aus der Ruhe bringen.

„Timo ist unser einziges Kind. Er hätte die Firma geerbt, unser Kapital, alles." Er sah Forster fast verzweifelt an. „Ich hatte nichts, als ich angefangen habe. Ich habe mich hochgearbeitet, es waren harte Jahre, aber ich habe es geschafft. Timo hätte sich nur ins gemachte Nest setzen müssen."

„Verstehe", meinte Forster. „Was geschieht jetzt mit Ihrer Firma?" Fetzer schien davon auszugehen, dass Forster über diese Firma informiert war.

„Na, die bekommt Nico", meinte Fetzer mit einer Selbstverständlichkeit, die Forster überraschte.

„Moment, langsam. Nur zum Verständnis", lenkte Forster ein. „Ihr Enkelsohn ist erst drei."

„Sicher. In der Zwischenzeit wird Laura als sein Vormund agieren." Er machte eine kurze Pause und ergänzte verschwörerisch: „Sie ist eine schöne Frau, müssen Sie wissen."

„Und das", meinte Forster gedehnt, „qualifiziert sie für Ihre Firma?"

„Natürlich", erklärte Fetzer. „Ich bin ja noch ein Weilchen da. Die Geschäftsleitung übernimmt selbstverständlich mein Prokurist, Herr Dr. Hartmann. Aber als neues Gesicht der

Firma ist sie eine willkommene Abwechslung, und irgendwann übernimmt ja dann Nico."

Mein Gott, dachte Forster, was für ein Arschloch.

Sein Handy brummte. „Entschuldigung", kommentierte er und sah sich eine Nachricht von Trageser an, die Schröder ihm weitergeleitet hatte. Er war ehrlich überrascht, ließ sich aber nichts anmerken.

„Sie mögen Ihre Schwiegertochter?"

„Was ist das denn für eine Frage?", brauste Fetzer auf. „Sie ist die Mutter meines Enkelsohns."

„Ja, natürlich", lenkte Forster ein. Er überlegte einen Moment. „Wie war die Beziehung der beiden?"

„Was erlauben Sie sich?", brauste Fetzer auf. „Noch so eine impertinente Frage, und ich werde mich bei Ihrem Vorgesetzten beschweren."

„Tun Sie das!", meinte Forster gelassen. Er hatte genug erfahren.

„Würden Sie Ihren Sohn jetzt identifizieren?", fragte er möglichst höflich.

„Ist das nötig?", fragte Fetzer schroff.

„Es wäre sehr freundlich von Ihnen", antwortete Forster. Ohne eine Antwort abzuwarten, stand er auf. „Warten Sie bitte einen Moment hier."

*

Jana führte Margot Fetzer in den Vernehmungsraum zwei. Sie holte ihr einen Kaffee und schenkte sich selbst nur wenig ein, sie hatte ihr Soll für heute schon erfüllt. Typen wie Fetzer fand sie zum Kotzen, aber es brachte die Ermittlungen nicht weiter, wenn sie das hier deutlich zum Ausdruck brachte. Wahrscheinlich würde sie gleich von der Mutter mehr erfahren als Forster vom Vater.

Sie nahm ihr gegenüber Platz und schob ihr den Kaffee hin. Margot Fetzer nahm die Tasse in beide Hände und trank einen Schluck.

„Danke", flüsterte sie. „Sie müssen meinen Mann entschuldigen."

„Er hält nicht viel von Frauen, hm?", meinte Jana seufzend.

Frau Fetzer sah sie erstaunt an. „Doch. Aber er ist der Meinung, sie sollten ..." Sie rang um Verständnis heischend die Hände und schwieg.

„Nicht arbeiten?", ergänzte Jana, „Ihrem Mann den Rücken stärken und sonst nicht auffallen?"

Fetzers Blick erhellte sich. „Genau. Seien Sie ihm deshalb nicht böse!"

„Und Sie", meinte Jana, „wie sehen Sie das?"

Die Frau knetete wieder ihre Handtasche. „Ich war seine Sekretärin, bis Timo auf die Welt kam. Dann bin ich selbstverständlich zu Hause geblieben und habe mich um das Kind gekümmert." Sie begann zu schluchzen.

Selbstverständlich, dachte Jana. Nach Kais Geburt war sie so schnell wie möglich wieder im Dienst gewesen, zwar nur halbtags und Innendienst mit geregelten Arbeitszeiten, aber zuhause wäre sie wahnsinnig geworden.

„Das mit Ihrem Sohn tut mir sehr leid", sagte Jana sanft und sah ihr Gegenüber bedauernd an.

Margot Fetzer richtete ihre wässrig-grauen Augen auf Jana. „Haben Sie Kinder?"

„Ja", meinte Jana und lächelte, „einen Sohn."

„Ich habe ihn geliebt. Er war mein Ein und Alles." Sie machte eine Pause und starrte in ihren Kaffee. Plötzlich schluchzte sie verzweifelt auf. „Können Sie sich vorstellen, wie es ist, ihn zu verlieren?"

„Ja", flüsterte Jana, „das kann ich nur zu gut." Sie wusste sehr genau, wie es sich anfühlte, einen geliebten Menschen zu verlieren. „Erzählen Sie mir von ihm?", fragte sie dann aufrichtig interessiert.

Ein Lächeln umspielte Fetzers Lippen. „Timo ist so ein lieber Junge", schwärmte sie. „Ich habe lange versucht, schwanger zu werden, und als es dann endlich klappte ...", sie machte eine Pause und schniefte kurz, „wir konnten unser Glück kaum fassen."

Jana hörte ihr zu. Das brachte die meisten Menschen zum Reden. Sie dachte an Forster im Nebenraum. Der hatte es bestimmt nicht so leicht wie sie.

„Timo war ein sensibles Kind. Aber immer gut in der Schule. Einser Abi, Hartmut war so stolz auf ihn. Er hat Jura studiert, wissen Sie."

„Jura?", hakte Jana nach.

„Ja." Margot Fetzer musterte eingängig die Decke. „Er sollte schließlich die Firma übernehmen."

„Was haben Sie denn für eine Firma?", fragte Jana interessiert.

„Wir haben ein Lampenstudio. Haben Sie noch nie von ‚LuxModerna' gehört? Designerlampen?"

„Äh – nein." Jana, deren Wohnungseinrichtung größtenteils aus einem schwedischen Möbelhaus stammte, konnte da nicht mitreden.

„Hartmut hat die Firma aufgebaut. Er hat als einfacher Elektriker angefangen und sich dann hochgearbeitet. Wir exportieren in alle Welt", erklärte die Frau mit Stolz in der Stimme.

„Oh", Jana tat begeistert.

„Aber Timo ...", sie bearbeitete weiter ihre Handtasche, „er – plötzlich hat er sich umentschieden. Hat sein Jura-Studium aufgegeben und ist zum LKA gewechselt." Sie hob den Kopf, Jana glaubte, Enttäuschung in ihrem Ausdruck zu sehen.

„Das war sicher nicht gut für – die Firma", meinte sie mit-fühlend. Sie konnte Timos Schritt vollkommen nachvollzie-hen.

„Nein. Hartmut war sehr böse. Aber Timo hat sich nicht abbringen lassen." Margot Fetzer lächelte. „Den Dickkopf hat er von seinem Vater."

„Wie hat Ihr Mann reagiert?", wollte Jana wissen.

„Oh, der hat getobt. Er hat damit gedroht, ihn zu enterben, aber Timo war das egal. Er hatte Freunde gefunden, wissen Sie." Jana fragte sich, wie lange die Handtasche noch stand-halten würde.

„Freunde?", hakte sie nach.

„Ja, die haben ihn vom rechten Weg abgebracht." Ach so, dachte Jana, klar, die anderen sind schuld. Und der ‚rechte Weg' war der von Hartmut Fetzer vorgegebene. „Vor allem dieser Alex, das war der Schlimmste." Jana horchte auf.

„Alexander Gruber?", fragte sie nach.

„Genau. Der hat ihn dazu überredet, zum LKA zu gehen." Sie schniefte. „Hartmut war außer sich. Was sollte denn aus der Firma werden?" Nichts, dachte Jana, wer braucht schon Luxuslampen. Timo Fetzer tat ihr aufrichtig leid.

„Hartmut hat den Kontakt abgebrochen. Aber ich ...", ein verschwörerisches Lächeln umspielte ihre Lippen, „... ich konnte das nicht. Ich habe ihm heimlich Geld geschickt und ihn sogar zweimal besucht."

Das war sehr mutig gewesen, dachte Jana. Sie nickte ver-ständnisvoll.

„Als er Laura kennenlernte und Nico auf die Welt kam, hat Hartmut ihm zwar verziehen", Margot Fetzer zuckte die Achseln, „aber Geld hat er ihm trotzdem keins gegeben. Und die junge Familie hatte es doch so nötig."

„Stammen die zehntausend Euro also von Ihnen?", fragte sie beiläufig.

„Ja. Er brauchte das Geld für das Haus. Der Keller war noch nicht fertig, wissen Sie. Sowas kostet – Estrich, Fliesen, es sollte ja schön werden."

In dem Moment brummte Janas Handy. Eine Nachricht von Amir, der auf der Suche nach dem Tattoo offenbar fündig geworden war. Sie las und ihr fielen fast die Augen raus. Es dauerte einen Moment, bis sie sich ihrem Gegenüber wieder widmen konnte.

„Ihr Sohn war homosexuell, wussten Sie das?"

Während Margot Fetzer sie mit offenem Mund anstarrte, leitete Jana Amirs Nachricht an Forster weiter. Vielleicht war sie für ihn genauso interessant wie für sie.

„Entschuldigung. Mein Kollege. Ich musste kurz antworten", murmelte sie.

„Woher ...?"

„Wir sind die Polizei", meinte Jana.

„Sie haben recht. Hartmut weiß es nicht. Aber ich." Sie schniefte erneut und Jana reichte ihr ein Papiertaschentuch aus einer Box, die genau zu diesem Zweck auf dem Tisch stand. „Timo hat sich nie etwas aus Mädchen gemacht. Ich fand das seltsam. Er hatte zwar immer viele Freundinnen, aber nie so ... nur diesen Alex ... Hartmut hat sich dafür nicht interessiert. Aber plötzlich – hat er uns Laura vorgestellt. Kurz darauf war sie schwanger." Verlegen sah sie zu Boden. „Ich habe ihn nicht danach gefragt. Ich dachte, er habe sich – gewandelt. Und Hartmut – war zwar nicht glücklich mit seiner Wahl, aber zumindest haben sie wieder miteinander gesprochen."

„Was hat Ihrem Mann denn an Laura nicht gepasst?", wollte Jana wissen.

„Laura ist nur ... sie stammt aus einfachen Verhältnissen, wissen Sie. Hartmut hätte sich für seinen Sohn etwas Besseres gewünscht."

„Wie ist Laura damit umgegangen?", fragte Jana.

Margot Fetzer lächelte. „Sie ist hübsch, wissen Sie. Repräsentativ, wenn Sie verstehen, was ich meine. Auch das war Hartmut wichtig. So hat sie ihn überzeugt."

„Und Sie haben sich nicht über Timos plötzlichen Wandel gewundert?", hakte Jana nach.

„Nein, warum?" Frau Fetzer schien ehrlich erstaunt. „Timo hat eingesehen, dass seine Neigung falsch war, was ist daran so verwunderlich?"

Jana schwieg. Darauf fiel ihr keine Antwort ein, die Frau Fetzer akzeptiert hätte.

„Darf ich ihn noch einmal sehen?", fragte diese plötzlich unvermittelt.

„Aber sicher", meinte Jana, „Ich sehe mal nach, wie weit die Herren sind."

*

Auf dem Flur fand sie Forster, der mit geschlossenen Augen an der Wand lehnte.

„Sie sehen mitgenommen aus", stellte Jana teilnahmsvoll fest.

Forster setzte schnell einen neutralen Gesichtsausdruck auf. „Es war nicht einfach", meinte er leichthin.

„Unser Kaffeeklatsch dagegen war nett", meinte Jana schmunzelnd. „Später mehr davon. Wir sollten die beiden jetzt zu ihrem Sohn bringen."

„Ja." Er zögerte. „Die Nachricht Ihres Kollegen – glauben Sie, die haben es gewusst?"

„Sie schon. Er nicht."

Erstaunt wandte sich Forster ihr zu. „Ich glaube, Sie haben mehr erfahren als ich", meinte er zögerlich. „Der Herr war nicht sehr auskunftsfreudig."

„Wahrscheinlich haben Sie seine Erwartungen nicht erfüllt", entgegnete sie gespielt mitleidig.

„Noch so eine impertinente Frage und ich werde mich bei Ihrem Vorgesetzten über Sie beschweren", zitierte er Fetzer in strengem Tonfall.

Jana, erstaunt über seine Offenheit, musste lachen. „Aber Herr Forster, so geht das ja auch nicht." Mahnend hob sie den Zeigefinger, seinen strengen Tonfall imitierend, und zum ersten Mal sah sie ihn lächeln.

*

In der Pathologie lief es ab wie erwartet. Hartmut Fetzer beäugte Federica ebenso abschätzig wie Jana, behielt seine Meinung jedoch nach einem strengen Blick von Forster für sich. Margot Fetzer brach in Tränen aus, nachdem Federica die beiden in den extra dafür vorgesehenen Raum geführt hatte. Ihr Mann musterte seinen toten Sohn scheinbar emotionslos.

Jana und Forster warteten schweigend in gebührendem Abstand.

Schließlich kam Fetzer zurück, während seine Frau noch Zeit brauchte, um Abschied zu nehmen.

„Wann kann ich meinen Sohn mitnehmen?", fragte er Forster im Befehlston.

„Da fragen Sie am besten die Rechtsmedizinerin, Frau Dr. Cavelli", antwortete Forster und wies in Federicas Richtung.

„Ich frage aber Sie", bellte Fetzer.

Federica starrte Jana verständnislos an, die verdrehte nur die Augen.

„Frau Dr. Cavelli? Wissen Sie schon, wann die Leiche freigegeben wird?", fragte Forster freundlich.

„Es laufen noch ein paar Laboruntersuchungen", antwortete diese im gleichen Tonfall. „Morgen Abend, spätestens übermorgen, wenn die Staatsanwaltschaft einverstanden ist."

Forster sah Fetzer an. „Sie haben es gehört. Morgen Abend, spätestens übermorgen."

„Gut, dann wende ich mich an den zuständigen Staatsanwalt. Wer ist das?"

„Frau Dr. Petridis", antwortete Jana liebenswürdig.

Fetzer schnaubte, Forster zuckte nur die Achseln.

Er nahm seine Frau, die gerade mit verheulten Augen zurückkam, grob am Arm.

„Danke, wir finden allein raus."

*

„Was war *das* denn?", platzte Federica heraus, kaum dass das Ehepaar außer Hörweite war.

„Ein ganz besonders netter Mensch", meinte Jana, gespielt charmant, und wandte sich Forster zu. „Wir *könnten* jetzt Ihren Laptop holen", sagte sie gedehnt.

„Aber?", fragte Forster.

„Ob der jetzt bei Ihnen liegt oder noch zwei Stunden bei Karl, ist doch eigentlich egal."

Forster wollte etwas entgegnen, aber Jana ließ ihm keine Chance. „Karl ist der Beste. Er hat bereits angefangen, und vielleicht hat er heute Abend schon etwas erreicht." Sie wechselte die Stimmlage, hörte sich plötzlich flehend an. „An die verschlüsselten Informationen kommt er sowieso nicht ran, jedenfalls nicht so schnell."

„Frau Schröder, Sie wissen schon …"

„Ja, weiß ich", fiel sie ihm ins Wort. „Aber Sie wissen auch, dass jede Minute zählt."

Er fixierte ihren Blick, und Jana konnte sehen, wie es hinter seiner Stirn arbeitete. Dann atmete er einmal tief ein und aus.

„Also gut. Sie haben recht." Er packte ihren Oberarm. „Aber nur dieses eine Mal."

Ja, Papa, hätte Jana fast trotzig entgegnet, konnte sich die Worte aber gerade noch verkneifen.

Dann drehte er sich um und verließ schnellen Schrittes die Pathologie.

Jana spürte seinen Händedruck noch auf ihrem Arm.

„Was ist denn mit dem los?", fragte Federica, die plötzlich neben ihr stand.

„Nichts", entgegnete Jana und zuckte mit den Achseln, „der ist immer so."

*

Auf dem Weg zurück traf Jana auf Amir, der gerade aus Frankfurt zurückkam.

„Wie war's im Feindesland?", begrüßte sie ihn.

„Frankfurt ist halt nicht Offenbach", entgegnete er lachend.

„Deine Nachricht war der Hammer – kam gerade zur richtigen Zeit."

„Das freut mich. Erzähl!" Amir war sichtlich neugierig.

„Oben. Bei Forster. Ich will nicht alles zweimal erzählen." Jana nickte in Richtung der Treppe.

„Der ist gerade an mir vorbeigerauscht."

„Dann komm. Lassen wir unseren Chef nicht warten."

5

Forster war überrascht, was Jana alles von Margot Fetzer erfahren hatte.

„Was für ein schrecklicher Mensch", meinte Amir, der schweigend zugehört hatte.

„Was meinst *du*, Amir?", fragte Jana.

„Jede Menge Verdächtige", entgegnete der Kollege. „Der Alte, der seinen homosexuellen Sohn loswerden wollte. Laura, die ans Geld wollte. Alex, der dubiose Freund. Und natürlich ,Thors Hammer' in allen Varianten. Fragt sich nur, warum sich derjenige mit der Hinrichtung so eine Mühe gemacht hat."

„Dass der Vater oder Laura Timo auf diese brutale Weise loswerden wollten, glaube ich nicht", entgegnete Jana. „Zumindest der Vater wusste ja gar nichts von Timos Homosexualität, welchen Grund sollte er also gehabt haben? Aber auf diesen Alex bin ich gespannt. Forster hat ihn schon einbestellt."

„Ein Auftragsmord, der aus dem Ruder gelaufen ist?", schlug Amir vor.

„Dann hätte der Auftraggeber aber wissen müssen, dass Fetzer bei ,Thors Hammer' eingeschleust wurde, und dann noch den Kontakt herstellen müssen. Traust du das dem Vater oder Laura zu?"

Amir schüttelte den Kopf. „Abwegig."

„Wir müssen nochmal mit Laura Fetzer sprechen. Ich bestelle sie morgen her. Ob sie von Timos Neigung gewusst hat?" Jana wandte sich Forster zu. „Immerhin hat er einen Sohn ... ich meine – wie geht das?"

„Was fragen Sie mich das?", fuhr Forster sie an. „Sehe ich so aus, als wäre ich schwul?"

„Ganz bestimmt nicht", ging Amir schnell dazwischen, „also – ich meine – nein, aber – und wenn es so wäre, dann wär' auch nichts dabei." Er schielte aus den Augenwinkeln zu Jana, die ihm dankbar zunickte, während sie hoch konzentriert eine ihrer Locken um den Finger wickelte.

Forster drehte sich um und starrte aus dem Fenster, während Amir und Jana wortlos hinter seinem Rücken kommunizierten.

„Amir, wie war's bei dir?", fragte Jana schließlich. „Deine Nachricht war der Knaller."

Forster blieb mit dem Rücken zu ihnen stehen, was Amir zögern ließ. Aber Jana bedeutete ihm, anzufangen.

So berichtete er von seinem Besuch in Frankfurt in Janos' Tattoo-Studio. „Er erinnerte sich an das Pärchen. Er hat mir die Jungs beschrieben – der eine ist eindeutig unser Toter. Der andere ..." Amir kramte in seiner Tasche und holte die Zeichnung heraus. „Hier. Der."

„Wow", entfuhr es Jana, „ein Phantombild."

„Ja, dieser Janos versteht sein Handwerk. Also, *wenn* ich mal ein Tattoo haben wollte, dann von dem."

Sie betrachtete das Bild. Es zeigte einen jungen Mann mit schmalem Gesicht, kantigem Kinn und traurigem Blick. Unter dem rechten Auge war ein kleiner Leberfleck zu erkennen. Seine dunklen Haare waren zu einem Seitenscheitel gekämmt. „Irgendwoher kenne ich den ...", meinte sie grübelnd.

Forster drehte sich um. „Zeigen Sie mal!"

Amir reichte ihm die Zeichnung.

„Hm. Ich auch."

Jana schnappte sich den Aktenordner, während Forster ihr über die Schulter schaute.

„Hier. Das ist er. Steffen Schneider." Sie zeigte mit dem Finger auf das Foto, das exakt so aussah wie Janos' Zeichnung. „Wow. Also ist *Steffen* das S von Timos Tattoo."

„Das erklärt auch die Geheimniskrämerei", nickte Amir. „Bei ihren Nazi-Freunden wäre das bestimmt nicht gut angekommen."

Forster griff um sie herum und deutete auf eine Stelle. „Schneider wurde aufgegriffen wegen Unruhestörung bei einer Demonstration der Rechten gegen Ausländer in Frankfurt, aber schnell wieder laufen gelassen. Sein Anwalt war Matthias Renner."

„Besuchen wir ihn doch", meinte Jana, die Forsters Atem im Nacken spürte.

*

Amir, der zu seinem Treffen mit Selin nicht zu spät kommen wollte, erbot sich, bei Laura Fetzer anzurufen und sie für den nächsten Tag ins Präsidium zu bestellen. Außerdem wollte er nach Absprache mit Dr. Petridis beim Provider eine Anrufliste für Timo Fetzers privaten Handyanschluss anfordern.

*

Steffen Schneider wohnte zwei Blocks von Fetzers Wohnung entfernt in einem Appartementkomplex mit ähnlich tristem Anstrich. Da auf ihr Klingeln hin niemand öffnete, drückten sie querbeet die Klingelknöpfe durch, bis die Haustür summte.

„Dritter Stock", meinte Jana und nahm leichtfüßig die Treppe. Forster folgte ihr.

„Und jetzt?" Er starrte in den dunklen Flur, in dem sich Holztür an Holztür reihte.

„Jetzt hoffen wir, dass hier oben sein Name an der Tür steht", meinte Jana. „Sie rechts, ich links."

Jana wurde schließlich fündig. „Hier ist es." Sie betätigte die Klingel, ein schrilles Läuten war zu hören.

Nichts.

Sie versuchte es noch einmal, wieder nichts.

„Der Vogel ist ausgeflogen", meinte Forster.

„Wollen wir reingehen?", fragte Jana vorsichtig. Bestimmt bestand Forster auf einem Durchsuchungsbeschluss.

„Gefahr im Verzug?", antwortete er zu ihrer Überraschung und holte einen Dietrich aus seiner Tasche.

„Äh – ja. Sowas von", bestätigte sie und beobachtete perplex, wie er mit geschickten Bewegungen des Werkzeugs die Tür öffnete.

„Nach Ihnen." Er deutete eine Verbeugung an.

Sie zogen ihre Waffen, schlüpften in die Wohnung und schlossen die Tür vorsichtig wieder. Sie standen in einem kleinen dunklen Flur, in dem sich ein leerer Garderobenständer und eine Kommode befanden. Drei Türen gingen ab. Jana nickte zur linken Tür, Forster ging vor und sie gab ihm Deckung. Es war das Wohnzimmer, ein großer heller Raum. Gegenüber der Tür war eine Küchenzeile, in der Spüle standen zwei schmutzige Teller, von denen ein unangenehmer Geruch ausging. Der Küchenzeile schloss sich ein Tisch mit zwei Stühlen an, auf dem sich ein zugeklappter Laptop befand. Auf der Couch lag eine zusammengelegte Decke, auf dem Couchtisch eine zusammengefaltete Zeitung neben einer dekorativen Topfpflanze. Der Wohnzimmerschrank hatte eine Vitrine, in der in Reih und Glied ein paar Whiskygläser und zwei Flaschen, Johnny Walkers Black Label und Laphroaig, standen. Bis auf die zwei schmutzigen Teller war die Wohnung sehr ordentlich.

Forster nickte in Richtung des Flurs.

Aber auch das Schlafzimmer war leer. Das Bett war gemacht, auf dem Nachttisch lag eine Schachtel Tabletten. Vorsichtshalber warfen sie noch einen Blick ins Bad, aber auch hier war niemand.

Jana steckte ihre Waffe weg, Forster tat es ihr gleich.

Interessiert untersuchte sie die Tablettenpackung auf dem Nachttisch. „Schlaftabletten", stellte sie fest. „Zolpidem. Ein Blister fehlt." Sie steckte sie in einen Plastikbeutel. „Möglicherweise könnte Schneider die Fetzer gegeben haben."

Forster nickte. Er inspizierte das Bad, aber dort fand sich nichts Ungewöhnliches außer einer peniblen Sauberkeit.

„Jemand, der so ordentlich ist, lässt doch nicht zwei stinkende Teller in der Spüle stehen", vermutete Jana und rümpfte die Nase.

„Ich glaube auch, dass hier seit mindestens zwei Tagen niemand mehr war", stimmte Forster ihr zu.

„Wir sollten ihn zur Fahndung ausschreiben lassen", meinte Jana. „Aber vorher schauen wir noch, ob wir hier irgendwas finden, was uns weiterhelfen könnte."

Forster zeigte auf den Laptop. „Den hier nehmen wir auf jeden Fall mit."

„Ohne Durchsuchungsbeschluss?"; fragte Jana überrascht.

„Na, Sie haben das doch gerade vorgeschlagen. Jetzt mache ich einmal das, was Sie wollen, und dann sind Sie auch nicht zufrieden", grummelte er.

„Doch, doch", entgegnete Jana schnell, auch wenn sie nichts von ,Mitnehmen' gesagt hatte. Sie würden das mit Dr. Petridis klären.

Forster klemmte sich den Laptop unter den Arm. Sie wagte nicht nachzufragen, wo er ihn hinbringen wollte.

„Ich schau mal in den Mülleimer", meinte sie und öffnete den Schrank unter der Spüle. Selbstverständlich war der Müll akribisch getrennt – Restmüll, Bio, Papier und Grüner Punkt. Mit spitzen Fingern fischte sie ein Stück Stoff aus dem Müll.

„Herr Forster?"

Sie hielt ihm ein braunes T-Shirt mit Runensymbolen und einem Hammer unter die Nase, auf dem Reste von Ravioli klebten.

„Warum schmeißt der das weg? Das ist doch bestimmt – Gruppenmerch von ‚Thors Hammer'."

„Vielleicht wollte er mit ihnen nichts mehr zu tun haben, nachdem sie seinen Freund hingerichtet haben?", entgegnete Forster.

„Jaaa – aber das ist erst zwei Tage her. Das macht keinen Sinn. Es lag auch nicht obenauf." Jana hielt ihm die Ravioliseite unter die Nase. „Wissen Sie, was ich glaube? Die haben herausgefunden, dass die beiden ein Paar waren. Ich könnte mir denken, dass Nazis sowas nicht tolerieren."

„Wenn das stimmt", überlegte Forster weiter, „dann ist Schneider vielleicht in großer Gefahr. Rufen Sie die Staatsanwältin an!"

Jana tat ausnahmsweise sofort, was er von ihr verlangte, und bekam außerdem den Durchsuchungsbeschluss von Dr. Petridis. „Die Tür war offen?", fragte diese beiläufig wie schon so oft und Jana bestätigte wie immer.

*

„Würden Sie mich noch zu Ihrem Computergenie begleiten?", fragte Forster, kurz bevor sie am Präsidium ankamen.

„Klar", meinte Jana. Karl kannte Forster noch nicht, es war besser, wenn sie dabei sein würde. Sie zeigte auf Schneiders Laptop, der zusammen mit den Tabletten und dem T-Shirt sauber in Plastik verpackt auf der Rückbank lag. „Was machen Sie mit dem?", fragte sie vorsichtig.

Forster parkte und wandte sich ihr zu. „Den tausche ich jetzt bei Karl gegen den von Fetzer", meinte er. „Geheime Daten sind da ja vermutlich nicht drauf." Grinsend öffnete er die Autotür.

Jana schüttelte irritiert den Kopf und tat es ihm gleich.

*

Karl war noch in seinem Keller. Jana fragte sich manchmal, ob er überhaupt ein Zuhause hatte oder immer hier blieb. Er sah Forster, der hinter Jana den Raum betrat, misstrauisch an. „Wer ist das?", wollte er wissen. Wie immer sprach er sehr schnell und änderte seine Stimmlage kaum, manchmal erinnerte er Jana an einen Roboter.

„Das ist mein Kollege, Daniel Forster", stellte sie ihn vor. Karl scannte ihn eingehend. Jana hatte Forster schon vorgewarnt, und der ließ die Musterung über sich ergehen.

„Hallo Daniel", beendete Karl schließlich den Vorgang und wandte sich wieder seinem Tisch mit den Bildschirmen zu.

„Karl, wir hätten gern den Laptop, den ich dir gestern gebracht habe", kam Jana direkt zur Sache.

Ohne hinzusehen zeigte Karl neben sich. „Da." Obenauf lag ein USB-Stick. „Das sind die Daten, die ich einlesen konnte. Kopie für dich."

„Danke." Jana wollte nach dem Laptop greifen, aber Karl legte schnell seine Hand darauf.

„Ich habe die Verschlüsselung noch nicht geknackt. Das dauert."

„Karl – *Daniel* hier kennt jemanden, der den Code kennt. Er nimmt den Laptop mit, ja?"

„Das ist sehr schade. Ich hätte es geschafft." Karl nahm den Laptop, klappte ihn auf und tippte wild auf der Tastatur herum. Forster sah ihm fassungslos dabei zu.

„Hier. Ich habe was." Er winkte Jana zu sich heran. „Mehr geht nicht, dazu brauche ich die Passwörter."

„*Wofür* brauchen Sie Passwörter?", fragte Forster scharf.

Karl ließ sich von seinem Tonfall nicht beeindrucken. „Der Tote war im Darknet, mit diesem PC, aber er war vorsichtig. Ich habe nur das hier." Er drehte den Bildschirm so, dass auch Forster mitschauen konnte.

Die Rune Thurisaz erschien. „Das ist ein Chatroom. Derjenige", er tippte auf den Laptop, „war unter dem Namen ,Phantom' angemeldet."

„Woher ...?"

„Prima", fiel Jana Forster ins Wort. „Das hilft uns weiter." Neugierig beobachtete sie den Bildschirm. „Und was chatten die so?"

Karl zuckte mit den Schultern. „Lies selbst! Ich verstehe davon nichts." Er schob ihr den Laptop hin.

Forster beugte sich neben ihr ebenfalls über den Monitor, seine Einwände vergessend. „Schauen Sie mal!" Er zeigte auf eine Zeile. ,Hermann' ließ sich darüber aus, dass „die Schwuchtel" endlich ausgestiegen sei, während ,Germanicus' sich fragte, wo sie sei, da er ihr gern noch eine Abreibung verpasst hätte. ,Roter Ritter' vermutete, sie sei untergetaucht, um ihrer gerechten Strafe zu entgehen und man ergötzte sich am Tod des ,Verräters'.

„Kannst du herausfinden, von wo das kommt?", wollte Jana wissen, aber Karl schüttelte bedauernd den Kopf. „Nein. Der Tor-Browser verschlüsselt die IP-Adressen der User, der hier", er wies auf den Laptop, „hat ihn verwendet, sonst hätte es nicht funktioniert. Der Tor-Browser übermittelt die Daten dazu zunächst ..."

„Danke, Karl." Jana gab ihm schnell einen Kuss auf die Wange, den dieser sich sofort abwischte. Irgendwann würde sie sich das von ihm erklären lassen, aber nicht heute Abend. Er reichte ihr Laptop und USB-Stick.

Sie nickte Forster zu. Der zögerte kurz, hielt sich dann aber an die Abmachung.

„Wir haben noch einen gefunden. Könnten Sie den auch für uns knacken?", fragte er.

Karl sah ihn über den Rand seiner Ray-Ban-Brille an. „Für Jana mache ich das."

Jana nickte ihm lächelnd zu und Forster legte den Laptop neben Karl. Für den war das Gespräch beendet.

„Ich habe Ihnen ja gesagt, dass er speziell ist", meinte sie, als sie draußen waren, und reichte Forster Fetzers Laptop, den USB-Stick behielt sie. „Hier. Werden Sie glücklich damit."

„Sie haben Karl dazu aufgefordert, im Darknet zu recherchieren? Frau Schröder, das war so nicht abgesprochen." Seine Stimme hatte den tadelnden Unterton, der Jana sofort in die Opposition trieb.

„Ja und? Ich bin es gewöhnt, selbst zu denken. Wenn Ihnen das nicht passt, dann tut es mir leid, aber ich werde es nicht abstellen." Sie stemmte kampfeslustig einen Arm in die Hüfte.

„Frau Schröder, bitte. Ich möchte doch nur, dass Sie mich informieren. Mehr nicht."

Sekundenlang verharrten sie schweigend und angespannt.

„Also gut", lenkte Jana schließlich ein und lockerte ihren Arm, „beim nächsten Mal."

„Ihre Idee war ja nicht schlecht. Ihr Karl scheint wirklich gut zu sein", beschwichtige Forster. Er klopfte auf den Laptop. „Das sieht mir nicht danach aus, als hätte ‚Thors Hammer' etwas mit Schneiders Verschwinden zu tun."

„An seiner Stelle wäre ich auch schnellstens untergetaucht", bestätigte Jana.

Forster nickte ihr freundlich zu. „Den Stick?"

Jana verdrehte die Augen. „Nur geliehen", meinte sie und legte ihn obenauf. Heute würde sie da ohnehin nicht mehr reinschauen und so konnte sie sogar ein gutes Gewissen beim Nichtstun haben. Forster würde ihr morgen schon das Wichtigste mitteilen.

„Ich fahre jetzt noch zu der Dönerbude, in der Amir sich mit dieser Selin trifft. Vielleicht bekomme ich da sogar etwas zu essen. Kommen Sie mit?" Jana wunderte sich über sich selbst. Warum fragte sie ihn, sie war froh, wenn sie ihn endlich los war.

„Nein. Ich muss noch das hier", er hob den Laptop hoch, „nach Wiesbaden bringen. Und irgendwann will ich auch mal nachhause."

„Klar. Dann bis morgen." Erleichtert drehte Jana sich um und machte sich auf den Weg zu ihrem Fahrrad.

„Bis morgen", hörte sie Forster noch sagen.

*

Als Jana an Murats Dönerbude ankam, sah sie schon Amir mit einer hübschen jungen Frau an einem Stehtisch in ein Gespräch vertieft und sich dabei tief in die Augen sehend. Auch wenn es einigermaßen kühl war, standen sie draußen, denn im Inneren wurde noch renoviert.

„Hi!"

„Hi Jana. Das ist Selin. Selin, das ist meine Kollegin, Hauptkommissarin Jana Schröder."

„Hallo, Frau ...?", begann Jana.

„Cetin. Aber nennen Sie mich einfach Selin. Amir hat alle meine Daten, falls Sie was wissen müssen."

Amir, dachte Jana, aha. Sie war Jana gleich sympathisch. Sie hatte eine offene Art und ihre großen braunen Augen wirkten nicht rehhaft-verschreckt wie bei Laura Fetzer, sondern strahlten Stärke aus.

Sie reichte Jana die Hand. „Hallo, Frau Kommissarin."

Jana musste lachen. „Jana ist in Ordnung."

„Gibt es etwas Interessantes?", fragte sie Amir direkt.

Der knetete verlegen seine Finger und schielte sehnsüchtig nach Selin. „Also ... nicht direkt was Neues ..." Dieser schien das zu gefallen und Jana beschloss, die beiden nicht länger zu stören.

„Alles klar. Du kannst es mir morgen berichten." Sie zwinkerte ihm zu. „Ich hole mir was zum Mitnehmen." Dann sah sie von Amir zu Selin und wieder zurück und lächelte. „Euch beiden einen schönen Abend!"

*

Zuhause in der leeren Wohnung machte Jana sich den Fernseher an und aß ihr Lahmacun. Sie war mit Christian in die obere Wohnung eines Zweifamilienhauses in der Bremer Straße gezogen, als Kai unterwegs war. Drei große Zimmer, Balkon und eine Vermieterin, wie man sie sich nur wünschen konnte. Ihr Traum vom Eigenheim war mit Christians Tod geplatzt, und Jana war mit Kai in der Wohnung geblieben. Frau Küppersbusch, die Vermieterin, war oft für den Jungen da gewesen, wenn Jana arbeiten musste, im Gegenzug half Jana ihr gelegentlich im Garten, im Haus oder bei Papierkram.

Amir, dachte sie, wer hätte das gedacht! Ganz richtig war das nicht, sie hätte ihn ermahnen müssen, noch war nicht klar, ob Selin vielleicht zum Kreis der Tatverdächtigen gehörte. Aber das wusste er selbst, er würde keine Dummheiten machen, dessen war sie sich sicher. Sie vertraute ihm.

Wie einfach die Dinge doch sein konnten.

Sie dachte an die schrecklichen Dates, die sie auf Federicas Drängen hin hinter sich gebracht hatte. Es wurde nicht leichter mit zunehmendem Alter. Und schon gar nicht, wenn sie dabei dauernd an Christian denken musste. Ihr Blick wanderte zu dem gerahmten Foto, welches auf dem Wohnzimmerschrank stand. Christian, sie und Kai, im Urlaub in den Bergen, kurz vor seinem Tod. Wie glücklich sie gewesen waren.

Jetzt ärgerte sie sich doch, dass sie Forster den USB-Stick bereitwillig überlassen hatte. Sie hätte noch etwas arbeiten können. Wenn sie gewusst hätte, dass Amir und Selin ...

Jana starrte ihr Handy an. Sie könnte Forster anrufen und ihn fragen, ob er etwas herausgefunden hatte.

Blödsinn, schalt sie sich. So wichtig war das nicht. Und warum sollte sie sich sein Gemecker freiwillig antun? Stattdessen schrieb sie eine nichtssagende Nachricht an Federica. Anschließend schaute sie sich eine Doku über Eisbären an. Wenigstens regte sie sich jetzt über den Klimawandel und nicht mehr über Forster auf und schlief danach tief und fest.

*

Forster saß zuhause an seinem Schreibtisch und arbeitete sich durch die Dateien auf dem USB-Stick. Nichts Weltbewegendes. Das Interessanteste waren ein paar Fotos von Steffen Schneider und das einer Lagerhalle.

Er trank einen Schluck Bier und schaltete seinen Laptop aus. Es war spät, er sollte schlafen. Morgen würde wieder ein anstrengender Tag werden.

Schröders Gesicht tauchte vor ihm auf, ja, sie vor allem war anstrengend. Auch wenn sie eine gute Beamtin war und die Zusammenarbeit mit ihr, solange sie nicht gerade einen ihrer Kleinkriege führten, erstaunlicherweise gut gelang.

Was dachte er überhaupt darüber nach, sie interessierte ihn nicht. Er würde seine Arbeit machen wie immer und sie kollegial behandeln. An ihm lag es nicht.

Er trank die Flasche leer und ließ sie auf dem Tisch stehen.

Als er endlich eingeschlafen war, träumte er von Laptops und Nazis im Darknet und Schröder, die mit ihren Haaren spielte und ihn dabei lächelnd ausschimpfte.

6

„Dein Abend muss gut gewesen sein", stellte Jana am nächsten Morgen fest, als Amir ihr gut gelaunt eine Tasse Kaffee servierte.

„Ja, Selin ist der Hammer." Amir schwebte unübersehbar im siebten Himmel.

„Selin?" Beide hatten nicht bemerkt, dass Forster in der Tür stand.

„Guten Morgen, Herr Forster", grüßte Jana freundlich. Er erwiderte den Gruß knapp.

„Herr Trageser, Sie haben sich nicht etwa mit einer Verdächtigen eingelassen?", fragte er streng. „Sie wissen doch ..."

„Amir kennt die Regeln", fiel ihm Jana ins Wort. „Außerdem ist Selin keine Verdächtige." Sie hoffte, dass das stimmte, noch hatte Amir ihr nichts berichtet.

„Ach, für Sie auch schon Selin? Ist das Ihre Art zu ermitteln?"

Amir trat nervös von einem Fuß auf den anderen.

„Herr Forster", entgegnete Jana scharf, „halten Sie den Ball flach! Amir weiß, was er tut."

„Sind Sie sich da sicher?", fragte Forster im selben Tonfall. Seine Miene war eisig.

„Was ist denn das für eine Frage", polterte Jana.

„Sie spinnen doch", reichte es Amir jetzt auch. „Sie ewig schlecht gelaunter Besserwisser."

„Amir!", ermahnte Jana ihren Kollegen, auch wenn sie ihm insgeheim recht geben musste. Sie atmete tief ein und aus. Eins – zwei – drei.

„Herr Forster", sagte sie langsam und so freundlich wie sie nur konnte, „unsere Art zu ermitteln basiert auf gegenseitigem Vertrauen. Vielleicht sollten Sie das auch mal versuchen. Es lohnt sich", setzte sie nach.

Forster starrte sie weiter an.

„Möchten Sie einen Kaffee?"; fragte sie, um die Situation zu entschärfen.

Forster nickte. Er sah noch nicht überzeugt aus.

„Milch, Zucker?"

„Viel Milch, wenig Zucker, danke."

Jana reichte ihm die Tasse und er trank schweigend einen Schluck. Amir beobachtete ihn feindselig dabei.

„Wir wollten uns gerade auf den neuesten Stand bringen, haben nur noch auf Sie gewartet", erklärte Jana samtweich und nickte Amir zu.

„*Frau Cetin* hat mir gestern den Vorfall an der Dönerbude geschildert", begann dieser. „Es war so, wie von Murat berichtet. Ein paar Leute von ‚Thors Hammer' haben seinen Imbiss angegriffen und Molotowcocktails geworfen. Selin – Frau Cetin – hat etwas abbekommen und ist deshalb schnell und ohne nachzudenken an die frische Luft gerannt und dabei Fetzer fast direkt in die Arme. Danach erinnert sie sich an nichts mehr, sie muss ohnmächtig geworden sein. Als sie wieder zu sich kam, waren die Nazis weg und ein Sanitäter hat sich um sie gekümmert. Es ging ihr aber schnell wieder gut. Am nächsten Tag hat Murat sie angerufen, Fetzer alias Tom stünde in seinem Laden und wolle sie sprechen. Er hat sich bei ihr entschuldigt und sie hat die Entschuldigung angenommen. Sie hat ein großes Herz und sieht das Gute in jedem Menschen", geriet Amir ins Schwärmen. „Fetzer hat Murat angeboten, für den Schaden aufzukommen. Selin meint, er habe regelrecht darauf bestanden. Am nächsten Tag hat er ihm zehntausend Euro in bar gebracht."

„Das muss das Geld sein, das seine Mutter ihm für den Keller gegeben hat", stellte Jana fest.

Amir zuckte die Achseln. „Murat hat nicht gefragt, woher es kommt. Aber was ihn betrifft – ich habe ihm versprochen – äh ..." Er warf einen Seitenblick auf Forster.

„Wir sind nicht die Steuerfahndung", führte der LKA-Mann Amirs Gedanken zu Ende, dem die Überraschung darüber ins Gesicht geschrieben stand.

„Hat sie sich nochmal mit ihm getroffen?", wollte Jana wissen.

„Nein. Aber er hat ihr erzählt, dass er aus ,Thors Hammer' aussteigen wolle, weil er es nicht mehr aushalte. Er wollte mit seinem Freund ein neues Leben anfangen. Sie glaubt, er hatte große Angst, war sich seiner Sache aber sehr sicher. Selin – Frau Cetin – hat ihm Hilfe angeboten, aber er hat abgelehnt."

„Wie hätte diese Hilfe denn ausgesehen?", wollte Forster wissen.

„Ich glaube nicht, dass sie sich darüber viele Gedanken gemacht hat", meinte Amir langsam, „wie gesagt, sie hat ein großes Herz."

„Gut, dass er sie da nicht mit reingezogen hat", bemerkte Jana.

„Ihre Selin scheint ja tatsächlich harmlos zu sein", stellte Forster fest, „aber was, wenn sie ihm doch geholfen hat? Oder ihre Familie mit drinsteckt? Sie erwähnten beim letzten Mal einen Bruder, Hilmi, richtig?"

„Sie *ist* harmlos", entgegnete Amir hitzig. „Aber wenn es Sie beruhigt, behalte ich Ihre Bedenken im Hinterkopf."

Damit gab sich Forster zufrieden.

„Ein neues Leben mit seinem Freund?", nahm Jana den Faden wieder auf. „Dazu hätte er nicht nur aus ,Thors Hammer', sondern auch aus seinem bisherigen Familienleben aussteigen müssen. Papa Fetzer wäre bestimmt begeistert gewesen."

„Ob der etwas mit Schneiders Verschwinden zu tun hat?", grübelte Amir.

„Warum sollte er?", entgegnete Forster. „Nach Timos Tod kann ihm Schneider doch eigentlich egal sein."

„Familienehre?", schlug Jana vor.

„Dazu müsste er aber von Schneider gewusst haben", entgegnete Forster. „Der Vater wusste gar nichts von der Homosexualität seines Sohnes, also auch nicht von Schneider, und die Mutter glaubte, er habe seine Neigung geändert."

Jana gab ihm recht. „Nein, ich glaube auch nicht, dass sie etwas damit zu tun haben. Dann müssten sie uns die ganze Zeit angelogen haben. So abgebrüht sind die nicht."

*

Forster zeigte den beiden Kollegen die Fotos von Fetzers Laptop.

„Ein hübsches Paar", meinte Jana, als Forster ein Bild von Fetzer und Schneider zeigte, auf dem sie sich verliebt ansahen. „Amir, kannst du das mal ausdrucken?" Sie betrachtete die beiden. Sie sahen glücklich aus, und doch unendlich traurig. Sie hätten ein gutes Leben verdient gehabt.

Anschließend präsentierte Forster die Lagerhalle. „Kennen Sie die?"

„Hm. Das könnte überall sein", stellte Jana fest. Sie kannte nicht jede Ecke in Offenbach, und wer wusste überhaupt, ob das in Offenbach war. „Druck das auch mal aus, vielleicht brauchen wir es noch."

„Diese Fotos hat Fetzer erst kürzlich hochgeladen. Sonst ist nicht viel zu finden. Er war sehr vorsichtig. Warum also das hier?" Forster zeigte auf die Bilder.

„Hm. Vielleicht hatte er keine Zeit mehr, sie irgendwo zu verstecken?", grübelte Jana.

*

Ihre Überlegungen wurden unterbrochen vom Klingeln des Telefons. Alexander Gruber war da. „Bringst du ihn hoch?", bat Jana ihre Kollegin vom Empfang.

Forster erhob sich und nickte ihr zu.

„Ich kümmere mich um den Bericht", meinte Amir ergeben und begann zu tippen.

„Bin ich wirklich ein ewig schlechtgelaunter Besserwisser?", fragte Forster Jana, kaum dass sie ihr Büro verlassen hatten.

„Jjja!", bestätigte diese knapp und steuerte, ohne ihm noch weiter Beachtung zu schenken, auf den Vernehmungsraum zu.

Forster ärgerte sich sofort über seine Frage. Von ihr war nichts anderes zu erwarten gewesen.

Er setzte sich neben sie und vermied es, sie anzuschauen. Sie blätterte in der Akte, die sie mitgenommen hatte.

„Herr Gruber für Sie."

„Danke, Zohal!" Jana erhob sich, Forster tat es ihr gleich.

Zohal führte einen Mann herein, bei dessen Aussehen Jana fast vergessen hätte, den Mund zu schließen. Blond, athletisch, gutaussehend, aber das war es nicht, was sie in Erstaunen versetzte. Der Mann war eine große Ausgabe von Nico, nur hatte er statt der Reh- graue Raubvogelaugen.

„Guten Tag, Frau Schröder. Hallo Daniel", grüßte er.

Jana reichte ihm die Hand, während Forster ihm kühl zunickte.

„Ich bin wegen Timo hier, stimmt's?"; fragte Gruber direkt. „Was wollt ihr wissen?"

Sein kumpelhaftes Gehabe ging Jana jetzt schon auf die Nerven. Er saß lässig zurückgelehnt auf seinem Stuhl und hatte die Hände vor dem Bauch verschränkt. Mit einem Fuß klopfte er unentwegt auf den Boden. Jana überließ Forster den Vortritt.

„Was weißt du über Fetzers Einsatz?", kam dieser direkt zur Sache.

„Wie kommst du darauf, dass ich etwas wissen könnte?", entgegnete Gruber.

Forster kniff die Lippen zusammen. „Ihr wart noch befreundet?"

„Ja, das schon. Trotzdem hat er mir nichts erzählt." Jetzt wippte auch das Bein mit.

„Wie lange kennt ihr euch schon?"

„Uh, da muss ich überlegen." Gruber starrte an die Decke. „Zehn Jahre bestimmt. Wir haben zusammen beim LKA angefangen."

„Kennen Sie auch seine Frau?", mischte Jana sich jetzt ein.

„Laura? Na klar." Gruber lehnte sich breit auf den Tisch. „Ist das wichtig?"

„Und seinen Sohn, Nico?"

Er trommelte mit den Fingern auf den Tisch. „Ja, natürlich. Nico ist mein Patenkind."

„Ach, wirklich?", meinte Jana süffisant. „*Nur* Ihr Patenkind?" Sie spürte, wie sich Forster neben ihr anspannte. Er wusste nicht, woraus sie hinauswollte, offenbar war ihm die Ähnlichkeit nicht aufgefallen.

„Daniel, was soll das hier?"; wandte sich Gruber an seinen alten Kollegen.

Forster warf Jana einen Seitenblick zu. Er beschloss, ihr zu vertrauen.

„Beantworte bitte die Frage!", meinte er deshalb bestimmt.

„Ja, Nico ist mein Patenkind. Was sollte er sonst sein?" Seine Stimme hatte einen scharfen Unterton.

„Ihr Sohn vielleicht?", schlug sie vor.

„Was erlauben Sie sich! Daniel, das geht eindeutig zu weit." Er wollte aufstehen.

„Sitzenbleiben!" Janas Worte knallten wie ein Peitschenhieb, und Gruber gehorchte reflexartig.

„Dann sind Sie ja sicher mit einem DNA-Test einverstanden", fuhr sie betont freundlich fort.

„Auf gar keinen Fall."

„Na gut, lassen wir das", lenkte Forster ein. „Dennoch – wir wissen, dass du bei Laura Fetzer und ihrem Sohn ein und aus gegangen bist. Was lief da zwischen dir und Laura?"

„Daniel, das ist nun wirklich privat."

Forster öffnete die Akte und zeigte Gruber die Fotos des Toten. „Bei so einem Mord ist nichts mehr privat."

Gruber schlug erschrocken die Hand vor den Mund. „Oh mein Gott! Wer macht sowas?" Er betrachtete die Fotos genauer.

„*Das* fragen wir uns auch", meinte Jana. „Laura Fetzer?", erinnerte sie ihn.

„Ja, gut, sie war einsam, seit Timo weg war. Ich habe sie ab und zu besucht und ihr – ein bisschen im Haus geholfen."

„Im Haus geholfen …", wiederholte Jana sarkastisch.

„Ja, was denken *Sie* denn? Ab und zu braucht eine Frau einen Mann im Haus."

Jana schüttelte amüsiert den Kopf. Das konnte sie aus eigener Erfahrung verneinen. Andererseits – Frauen wie Laura kamen bestimmt nicht ohne männliche Hilfe aus.

„Kennst du den?", wechselte Forster das Thema und legte Gruber ein Foto von Steffen Schneider vor.

Gruber schaute nur flüchtig auf das Bild und schüttelte dann den Kopf. „Nein, nie gesehen."

„Danke, Alexander, das war's schon, du kannst gehen." Forster nickte ihm zu.

„Wie – und deshalb bin ich aus Wiesbaden hierhergekommen?", schimpfte dieser.

„Sie können uns gerne noch ein bisschen mehr erzählen, wenn Sie das möchten", entgegnete Jana freundlich und lehnte sich abwartend zurück.

Gruber starrte sie an. Jana ließ sich nicht einschüchtern.

„Soll ich Bianca von dir grüßen?", meinte er schließlich an Forster gewandt. Seine Stimme hatte einen zynischen Unterton.

Forster stand auf und öffnete wortlos die Tür. „Du findest allein raus."

*

„Wer ist Bianca?", fragte Jana als erstes, kaum dass Gruber den Raum verlassen hatte.

„Eine – Kollegin von früher", antwortete Forster langsam. Die Frage war ihm sichtlich unangenehm.

„Wichtig für den Fall?", fragte sie schnippisch.

Forster schüttelte nur den Kopf.

„Warum erwähnt Gruber sie dann?", setzte sie nach.

Forster sah seine Kollegin fast verzweifelt an. „Frau Schröder, ich glaube nicht …" Er straffte sich. „Was wird das hier – ein Verhör?" Nun hatte er sich wieder unter Kontrolle. „Um Sie zu beruhigen, Bianca hat nichts mit dem Fall zu tun. Sie ist Vergangenheit."

„Dann ist es ja gut", meinte Jana spitz.

„Woher haben Sie das eigentlich gewusst – dass er der Vater von Nico ist?", wechselte Forster das Thema.

„Haben Sie denn keine Augen im Kopf?", meinte sie entgeistert.

„Offensichtlich nicht, im Gegensatz zu Ihnen", entgegnete er sarkastisch.

„Er war nervös und er hat die ganze Zeit über gelogen. Er wusste über Fetzers Einsatz Bescheid, da bin ich mir ziemlich sicher. Aber woher? Und Schneider kennt er auch." Jana sah Forster durchdringend an. „Und Sie *Daniel*, wissen auch mehr, als Sie mir gesagt haben. Was läuft da zwischen Ihnen?"

Er schwieg eine Weile und überlegte, was er ihr preisgeben konnte. Gerade hatte er beschlossen, ihr zu vertrauen. Dabei sollte er bleiben.

„Also gut. Ich habe mal mit ihm zusammengearbeitet." Er zögerte.

„Wann war das?", wollte Jana wissen.

„Ich – war vor fünf Jahren selbst verdeckter Ermittler. Es ging um Geldwäsche, das tut jetzt nichts zur Sache. Alex war mein Kontaktmann, das war's."

„Das war's? Mehr nicht?"

„Nein, mehr nicht. Jedenfalls was unseren Fall hier betrifft." Forster betrachtete eingehend seine Hände, dann wandte er sich wieder Jana zu.

„Alex war kein besonders netter Kollege. Unzuverlässig und auch privat ..." Er suchte nach passenden Worten.

„Ein Arschloch?", schlug Jana vor. Forster musste schmunzeln.

„Sie sagen es. Ich würde ihm jedenfalls zutrauen, in dem Fall mit drinzustecken."

„Er ist nicht mehr beim LKA", grübelte Jana. „Wissen Sie, warum?"

„Ja." Forsters Miene wurde ernst. Er überlegte, was er ihr erzählen sollte. „Alex war nicht nur unzuverlässig, er hat auch Informationen weitergegeben. Ich habe ihn gemeldet, und er wurde suspendiert."

„Oh." Jana war für einen Moment sprachlos.

„Das ist alles."

Auch wenn Jana ihm nicht glaubte, dass das schon alles war, beließ sie es dabei. Im Grunde ging es sie auch nichts an, solange es für den Fall keine Relevanz hatte.

*

„Kaffee?"

Dr. Reinhold Winkler, Chef der Kanzlei ‚Winkler und Söhne', zeigte auf eine bequeme Sitzgruppe in seinem geräumigen Büro im Gewerbegebiet von Offenbach-Bieber.

„Gern." Dr. Elena Petridis lächelte freundlich. Sie setzte sich in einen Sessel und schlug die langen Beine übereinander.

„Frau Bachmaier? Zwei Kaffee, bitte!", rief er seiner Sekretärin zu.

„Die Staatsanwaltschaft kommt also zu mir?", fragte er galant mit einer tiefen Bassstimme und ließ seinen Blick über Petridis' Beine wandern.

Sie sah gut aus und wusste dies zu ihrem Vorteil zu verwenden. Man durfte sie nicht unterschätzen. Mit einer aufreizenden Bewegung strich sie den Rock ihres cremefarbenen Kostüms glatt. Männer wie Winkler brachte man so schneller zum Reden.

„Ja, das ist leider erforderlich", entschuldigte sie sich. „Wir benötigen Ihre Mithilfe."

Die Sekretärin erschien und stellte zwei Tassen Kaffee auf den niedrigen Tisch. Sie goss Milch in Winklers Tasse und sah Petridis fragend an. Die Staatsanwältin hielt ihre Hand über die Tasse. „Schwarz, bitte." Frau Bachmaier nickte, entfernte sich wieder und schloss lautlos die Tür hinter sich.

„Einer schönen Frau bin ich immer gern behilflich", säuselte Winkler.

„Das freut mich", entgegnete sie galant. „Es geht um Ihren Kollegen, Matthias Renner."

Winkler schnaubte. „Renner. Das hatte ich doch bereits geklärt."

„Nicht mit mir", erwiderte sie samtweich, „Informationen aus erster Hand sind mir immer lieber." Sie setzte ein charmantes Lächeln auf.

Winkler lehnte sich zurück und faltete gönnerhaft die Hände über seinem Bauch. „Was wollen Sie wissen?"

„Es geht um einen Mord." Petridis legte ihm mit spitzen Fingern die Fotos des Toten auf den Tisch. Winkler gab seine bequeme Haltung wieder auf, beugte sich nach vorn und schnappte nach Luft. „Es gibt Hinweise darauf, dass einige Klienten Ihres ... Kollegen ... in den Fall verwickelt sind."

„Sie spielen auf ‚Thors Hammer' an?", nickte er und zog die Fotos zu sich heran. „Frau Dr. Petridis, unsere Kanzlei setzt sich auch für Menschen ein, die am Rande der Gesellschaft stehen." Er schob die Fotos auf dem Tisch hin und her, ohne sie zu betrachten.

„Sie meinen Rechtsradikale?", hakte Petridis nach.

„Sehen Sie, Sie stempeln sie schon ab. *Rechtsradikale.* Aber haben Sie sich schon einmal überlegt, warum diese Menschen so eine radikale Einstellung haben?" Er machte eine gekünstelte Pause, Petridis veränderte ihre Mimik nicht. Er würde es ihr sicher gleich erklären. „Sehen Sie", meinte er oberlehrerhaft, „das sind Menschen, die von der Gesellschaft vergessen wurden. Menschen ohne Job, ohne Geld, ohne Perspektive."

„Und deshalb ist es in Ordnung, wenn sie Dönerbuden niederbrennen, rassistische Parolen grölen und Menschen verprügeln?", fragte Petridis scharf.

„Das habe ich nicht gesagt", entgegnete Winkler aalglatt. „Aber sie haben wie jeder andere auch das Recht auf Unterstützung." Er presste seine Fingerspitzen gegeneinander. „Diese Menschen machen das ja nicht, weil es ihnen gut geht. Sie fühlen sich bedroht, vergessen von der Politik." Er sah Petridis ernst an. „Wir leben hier schließlich in einem demokratischen Rechtsstaat."

„Da haben Sie selbstverständlich recht", bestätigte die Juristin bedächtig.

„Jemand muss sich um sie kümmern", fuhr er achselzuckend fort, „sonst macht es ein Pflichtverteidiger." Er sah sie eindringlich an. „Auf diese Weise kann man vielleicht noch ein bisschen Einfluss geltend machen und wenigstens einen Teil zum Besseren bekehren."

Petridis hob eine Augenbraue und trank ihren Kaffee aus. So edel sein Ansinnen war, Renner schien dafür nicht der geeignete Mann, und sie war sich sicher, dass Winkler das genau wusste.

Kopfschüttelnd schob der Anwalt ihr die Fotos wieder hin, ohne sie sich genauer angesehen zu haben. „Es tut mir leid, aber in diesem Fall kann ich Ihnen nicht helfen." Er erhob sich. „Jetzt habe ich Termine."

„Einen Moment noch, bitte." Petridis klopfte auf ein Foto Timo Fetzers, und Winkler setzte sich widerwillig wieder hin. „Kennen Sie ihn?"

Er nahm das Foto nun doch in die Hand und hielt es auf Armeslänge von sich. Mit zusammengekniffenen Augen musterte er es einen Moment und schüttelte dann den Kopf. „Nein, nie gesehen."

Petridis stand nun ihrerseits auf und nahm ihm das Foto aus der Hand. „Vielen Dank, Herr Dr. Winkler." Sie reichte ihm galant eine Karte. „Herr Renner soll sich bitte so schnell wie möglich bei mir melden, ich hätte noch ein paar Fragen an ihn."

Winkler erhob sich mit missbilligender Miene.

„Sie wollen doch sicher auch nicht, dass Ihre Kanzlei mit diesem abscheulichen Mord in Verbindung gebracht wird?", ergänzte die Staatsanwältin mit einem perfekten Augenaufschlag.

„Natürlich nicht", ereiferte sich Winkler. „Ich werde es ihm ausrichten."

*

„Hier, ich habe was." Amir wedelte mit einer Liste, als Jana und Forster ihr Büro betraten.

„Was ist das?", wollte Jana wissen.

„Fetzers Anrufliste", erklärte Amir. „Hier. Regelmäßige Anrufe bei Laura. Und einige bei seinem Kontaktmann beim LKA. Das war's."

„Wie – das war's?" Erstaunt nahm ihm Jana die Liste aus der Hand.

„Wahrscheinlich hatte er noch ein zweites Handy mit Prepaid-Karte. Er ist ja nicht doof", meinte Forster.

„Seine Eltern? Pizza-Bestellung? Gar nichts?", ignorierte Jana Forsters Einwand, auch wenn sie ihm insgeheim zustimmte. Sie schlug mit der Hand auf die Liste und ging dann mit dem Zeigefinger die Nummern durch.

„Die Anrufe enden zwei Tage vor seinem Tod", stellte sie fest.

„Ich habe das Handy orten lassen", berichtete Amir weiter, „die letzte Verbindung mit einer Funkzelle war von seiner Wohnung aus."

„Aber dort war kein Handy", stellte Jana fest.

„Gibt's was Neues von Schneider?", wollte Forster wissen.

„Nein, nichts", antwortete Amir. „Die Fahndung läuft."

„Hat er Familie?", hakte Jana nach.

„Nein, Eltern verstorben, keine Geschwister, nichts." Amir blätterte in einer Akte. „Das ist interessant. Die Eltern starben bei einem Autounfall. Der Unfallverursacher war ein Herr Abdel Kadir Demirci." Er rieb sich das Kinn. „Vielleicht kommt daher sein Hass auf Ausländer?"

„Schon möglich", bestätigte Jana. „Wie alt war er da?"

„Vier. Er kam in eine Pflegefamilie, wurde ziemlich herumgereicht, der Arme."

„Und jetzt ist er verschwunden ... und wir wissen nicht, wo wir suchen sollen", grübelte Jana.

„Wir müssen dringend diesem Ralf Hammerschmidt einen Besuch abstatten", konstatierte Forster. „Er ist die einzige Verbindung."

„Soll ich ihn herbestellen?", fragte Amir.

„Nein. Ich möchte ihn überraschen."

„Ich gehe davon aus, der rechnet schon damit, dass wir bald aufkreuzen", meinte Jana.

„Ja, das schon. Aber so könnte ich mir zusätzlich ein Bild von ihm machen. Und zwar jetzt." Er nickte Amir zu. „Kommen Sie mit?"

Amir sah Jana fragend an.

„Laura Fetzer kommt gleich. Ich denke, die ist bei Frau Schröder besser aufgehoben", meinte Forster. „So von Frau zu Frau redet es sich besser, wissen Sie?"

„Ha – ha", schnaubte Jana. „Aber Sie haben recht. Amir, geh nur! Ich schaffe das allein."

Wenig begeistert schnappte sich Amir seine Jacke und folgte Forster, der schon durch die Tür verschwunden war.

*

Kaum waren die beiden draußen, ließ Jana sich in ihren Schreibtischstuhl fallen, lehnte sich zurück und schloss die Augen. Sie konzentrierte sich auf ihre Atmung und spürte, wie sie ruhiger wurde.

Forster setzte sie unter Dauerstrom. Seltsamerweise funktionierte die gemeinsame Arbeit gut, oft dachte er ihre Gedanken weiter oder sprach aus, was ihr gerade durch den Kopf ging. Trotzdem war er ein unmöglicher Mensch. Aber dennoch, vorhin beim Verhör mit Gruber hatte er so verletzlich gewirkt, das hatte ihn fast sympathisch erscheinen lassen. Wahrscheinlich hatte er auch sein Päckchen zu tragen und sie verstand, dass er ausgerechnet mit ihr nicht darüber reden wollte. Im Grunde konnte es ihr auch egal sein. Forster war erstaunlich offen gewesen, das schien ihn selbst für einen Moment irritiert zu haben. Sie fragte sich, warum Gruber es darauf angelegt hatte, ihn zu verletzen und warum er diese Bianca erwähnt hatte.

Jana glaubte Forster, dass diese Bianca nichts mit dem Fall zu tun hatte. Also musste sie darüber nicht nachdenken. Sie sollte ihre Energie lieber in wichtigere Dinge investieren.

Sie kramte einen Schokoriegel aus ihrer Schublade und zupfte an der Folie.

Gruber war ein Arschloch, zumindest darüber waren sie sich einig. Auch sie hatte das Gefühl, dass da mehr dahintersteckte. Ob Gruber direkt in den Fall involviert war oder nur seine Vorteile aus Timos Tod ziehen wollte, war ihr nicht klar, aber irgendetwas hatte er zu verbergen. Sie hoffte, bei Laura Fetzer weiterzukommen.

Der Schokoriegel war befreit, Jana biss hinein und ließ die Schokolade genüsslich auf ihrer Zunge zergehen.

Von Schneider gab es immer noch keine Spur. Er war wie vom Erdboden verschluckt. Hoffentlich hatten sie nicht bald noch einen Toten.

Ihre Blicke wanderten zu der Plexiglas-Wand mit den Tatortfotos. Wie konnte man jemanden so hassen, dass man ihn bei lebendigem Leib dermaßen zurichtete? Und warum diese Symbolik?

Während sie noch in die Betrachtung der Fotos vertieft war, klingelte ihr Telefon. Laura Fetzer stand unten am Empfang.

Diesmal ging sie selbst, um sie abzuholen.

*

Lauras Augen waren gerötet und sie sah blass aus.

Jana gab sich wieder teilnahmsvoll, was ihr nicht schwerfiel. Der Tod ihres Ehemanns schien Laura sehr nahe zu gehen, andernfalls war sie eine verdammt gute Schauspielerin.

Bevor Jana sie in die Pathologie brachte, bat sie sie, ihr noch ein paar Fragen zu beantworten.

„Frau Fetzer, wir wissen, dass Nico nicht Timos Sohn ist", begann sie direkt. „Sein Vater ist Alexander Gruber, richtig?"

Laura schniefte und richtete ihre großen Augen auf Jana. „Woher ...?", flüsterte sie.

Bingo, dachte Jana. „Das tut nichts zur Sache." Sie lächelte freundlich und wartete.

„Timo hat es gewusst. Es war in Ordnung für ihn. Er war homosexuell. Das müssten Sie ja auch wissen."

„Weiß ich", entgegnete Jana und bedeutete ihr, weiterzureden.

„Sie kennen seine Eltern?", fragte Laura. Es war mehr eine rhetorische Frage und Jana nickte.

„Sein Vater hatte hohe Erwartungen an Timo. Jura-Studium, Familie, Firma. Wenn er es herausbekommen hätte ..." Sie zupfte an ihren Fingern, dann hob sie den Kopf.

„Ich war mit Alex zusammen und schwanger. Alex wollte das Kind nicht. Ich schon. Aber ich hatte wenig Geld und Angst, entlassen zu werden. Alex und Timo waren gute Kumpels. Wir haben uns ... arrangiert. Timo hatte seine Vorzeige-Familie und Ruhe vor seinen Eltern, Alex war sein Kind los und ich hatte eine Perspektive für mich und meinen Sohn. So einfach war das."

Puh, dachte Jana. So, wie Laura es erzählte, klang es wirklich einfach. Eine Win-Win-Situation für alle.

„Mit ‚Perspektive' meinten Sie Geld und die Firma?"

„Ja. Wissen Sie, ich hatte nie viel Geld. In meinem Job gab's gerade genug zum Leben. Aber zu wenig für ein Kind. Und wann hätte ich mit Nico noch arbeiten sollen?"

„Was haben Sie denn gemacht?", wollte Jana wissen.

„Ich war Verkäuferin bei einer großen Modekette. Herrenabteilung, dort habe ich auch Alex kennengelernt." Versonnen spielte sie mit ihren Fingern. „Er brauchte einen Anzug."

Ihr Blick wanderte verständnisheischend zu Jana. „Es wurden gerade Stellen abgebaut und die waren froh, mich unkompliziert loszuwerden." Sie machte eine Pause. „Wenn Nico etwas größer ist, kann ich in die Firma einsteigen. Und Nico wird alles erben."

Laura legte bedächtig die Fingerspitzen aneinander.

„Das mag jetzt etwas hart klingen, aber die Fetzers sind – nicht einfach. Das war der Preis dafür, dass ich Timo den Rücken freigehalten habe. Er war ein lieber Kerl und es tut mir unendlich leid, dass er tot ist."

Jana nickte verständnisvoll, auch wenn sie diese Abmachung abstoßend fand.

„Sie werden doch Hartmut und Margot nichts sagen?", fragte Laura erschrocken.

„Wollte Alexander seinen Sohn zurück?", fragte Jana anstelle einer Antwort bedächtig. Das wäre immerhin ein mögliches Motiv.

„Alex ist ganz vernarrt in den Kleinen." Laura lächelte. „Aber er hielt sich an die Abmachung."

„Während Timos Abwesenheit war er oft bei Ihnen?"

Laura zögerte. „Ja", meinte sie dann.

„Und wäre er gern für immer geblieben?"

Laura zuckte erschrocken zusammen. Offensichtlich hatte sie bemerkt, worauf die Kommissarin hinauswollte. „Ich – weiß es nicht."

Jana beließ es dabei und wechselte das Thema.

„Fällt Ihnen jemand ein, der Timo umgebracht haben könnte?", fragte sie freundlich.

Laura schüttelte den Kopf. „Timo war ein lieber Mensch. So jemanden bringt man nicht um." Sie begann zu schluchzen. Jana legte ihr sanft eine Hand auf den Arm.

„Eine Frage habe ich noch, Frau Fetzer. Kennen Sie Steffen Schneider?"

„Nein, wer soll das sein?"

Jana zeigte ihr ein Bild, was Laura eingehend betrachtete.

„Nein, den habe ich noch nie gesehen. War das sein Freund?"

*

Währenddessen dirigierte Amir Forster durch Offenbach in die Waldstraße, wo Hammerschmidt eine KFZ-Werkstatt mit Wohnung besaß.

Forster parkte den Dienstwagen auf dem Hof. Der silberne BMW wirkte seltsam deplatziert zwischen den getunten Sportwagen, die offensichtlich Hammerschmidts Hauptgeschäft ausmachten. Ein junger Mann mit öligem Overall und schmutzigen Händen, die er sich an einem noch schmutzigeren Tuch abwischte, kam ihnen entgegen.

„Hi! Geile Karre! Was steht an?", fragte er Forster, der als erstes ausgestiegen war. Er begutachtete den BMW. Dann fiel sein Blick auf Amir. Er verzog angewidert das Gesicht und zeigte dabei seine ungepflegten Zähne. „Gehört der zu dir? Dann tut's mir leid." Sein Naseninhalt wanderte geräuschvoll nach oben.

„Forster, LKA." Er nickte in Amirs Richtung. „Mein Kollege, Trageser. Wir wollen zum Chef."

„Der Chef ist nicht da."

Forster ließ ihn einfach stehen und marschierte in Richtung der Werkstatt. Amir folgte ihm.

„Ey, das geht nicht, ihr könnt nicht einfach …" Er lief den beiden hinterher.

In der Werkstatt befand sich ein Auto auf einer Hebebühne. An dem hatte der junge Mann offensichtlich gerade gearbeitet, denn sein Werkzeug lag daneben. Im hinteren Bereich war das Büro, abgetrennt durch eine Glaswand. Aus dem kam nun ein Mann mittleren Alters, ebenfalls im Overall, aber sauber. Seine Haare waren adrett gescheitelt und seine Hände blitzblank.

„Schon gut, Harry." Mit einem falschen Lächeln forderte er Forster und Amir auf, zu ihm ins Büro zu kommen. Harry machte sich wieder an die Arbeit.

„Sind Sie Ralf Hammerschmidt?", fragte Forster, obwohl er dessen Foto schon in den Akten gesehen hatte.

„Ja, und Sie sind?"

„Forster, LKA. Mein Kollege Trageser von der Kripo Offenbach", wiederholte er.

„Was führt Sie zu mir?", wollte Hammerschmidt wissen.

„Tom Fischer, kennen Sie den?"

„Tom Fischer, Tom Fischer ...", druckste er herum und tat so, als überlege er. Hammerschmidt war ein schlechter Schauspieler.

Forster knallte ihm ein Foto der Leiche auf den Tisch. „*Diesen* Tom Fischer."

Hammerschmidt starrte entsetzt auf das Foto. „Der ist tot", stellte er fest.

„Ermordet", ergänzte Amir.

„Wie schrecklich. Aber warum kommen Sie damit zu mir?" Forster entging nicht, dass er die Frage noch immer nicht beantwortet hatte.

„Darf ich mal Ihr rechtes Handgelenk sehen?", fragte Forster stattdessen.

Hammerschmidt verschränkte die Arme. „Nein", sagte er grimmig. „Was wollen Sie wirklich von mir?"

„Kennen Sie den ‚Futhark'?", fragte Amir stattdessen. „Das Runenalphabet? Der dritte Buchstabe ist Thurisaz, der Dorn."

„Was wissen Sie schon über Runen", meinte Hammerschmidt abschätzig und musterte Amir von oben bis unten mit steinerner Miene.

„So einiges", entgegnete der.

„,Thors Hammer'", bellte Forster. „Ich muss Ihnen nicht erzählen, dass die Rune deren Erkennungszeichen ist."

„Was habe ich damit zu tun?", fragte Hammerschmidt gedehnt.

„Wir wissen, dass Sie einer der führenden Köpfe dieser ... Organisation ... sind. Tom Fischer war einer von Ihnen. Und Sie wollen ihn nicht kennen?" Forster verlor langsam die Geduld.

„Das habe ich nicht gesagt", meinte Hammerschmidt langsam. „Zeigen Sie nochmal das Bild." Er betrachtete es eingehend.

„Doch, ja, ich habe ihn schon einmal gesehen." In seinen Augen zeigte sich ein gefährliches Glitzern. „Unsere – Organisation ist sehr groß. Da kann man nicht jeden mit Namen kennen."

„Und mit seinem Tod haben Sie und Ihre Leute natürlich auch nichts zu tun", stellte Forster zynisch fest.

„Herr Forster, das ist eine Unterstellung", giftete Hammerschmidt. „Wenn Sie noch weitere Fragen haben, wenden Sie sich bitte direkt an meinen Anwalt. Und jetzt entschuldigen Sie mich, ich habe zu tun."

*

„Den haben wir aufgeschreckt", meinte Forster, als sie wieder im Auto saßen.

„Was für eine braune Mischpoke", schüttelte Amir den Kopf. „Ohne mich mit meinem hübschen Äußeren hätten Sie das gar nicht herausgefunden", meinte er gewitzt. Er strich sich mit einer narzisstisch wirkenden Geste die schwarzen Haare aus dem Gesicht.

„Stimmt", lachte sein Kollege. „Mit Ihrem Wissen über Runen haben Sie ihn außerdem ganz schön aus dem Konzept gebracht." Er wandte sich Amir interessiert zu.

„Meine Mutter ist Iranerin", meinte Amir, der ahnte, was Forster wissen wollte. „Mein Vater ist Deutscher, hat sich aber ziemlich schnell verkrümelt." Er zuckte die Achseln. „Eigentlich will ich mit dem auch nichts mehr zu tun haben."

Forster startete den Motor und sie machten sich auf den Weg zurück. „Tut mir leid wegen heute Morgen", murmelte er.

„Ach, schon gut. Mir tut leid, was ich zu Ihnen gesagt habe." Amir meinte es ehrlich. Eigentlich war Forster gar nicht so übel.

„Ihre Chefin hat Ihre Aussage bestätigt", meinte dieser resigniert.

Amir musste lachen. „Jana? Das kann ich mir gut vorstellen."

„Frau Schröder mag mich wohl nicht besonders." Forster starrte auf die Fahrbahn.

Amir rutschte unbehaglich auf seinem Sitz hin und her. „Jana ist ein lieber Kerl. Sie hatte es nicht leicht."

Forster konzentrierte sich auf die Straße.

„Ihr Mann wurde im Dienst erschossen", fuhr Amir fort. „Christian. Auch ein lieber Kerl. Er hat es nicht verdient. Sie beide nicht. Und Kai, ihr Sohn, der war damals erst zwölf. Ich weiß nicht, ob sie je darüber hinweggekommen ist. Sie redet nicht gern darüber."

„Aber Sie schon?", fragte Forster. Es war ihm unangenehm, dass Trageser ihn in Schröders Geheimnisse einweihte. Er war sich ziemlich sicher, dass diese wenig begeistert darüber wäre. Im Grunde wollte er das alles auch gar nicht wissen. Es ging ihn nichts an.

„Tut mir leid. Ja, Sie haben recht. Verraten Sie mich bitte nicht", meinte Amir zerknirscht. „Ich wollte bloß nicht, dass Sie denken, Sie sei … ach, was weiß ich." Bevor er sich weiter in die Bredouille brachte, hielt er lieber den Mund.

*

Laura Fetzer stand schluchzend vor der Leiche ihres Mannes. Auf ihre Art hatte sie ihn tatsächlich geliebt, dachte Jana.

„Am Samstag ist Ü-30-Party im Südbahnhof", raunte Federica ihr zu. Sie standen im Nebenraum und beobachteten Laura.

„Und?", meinte Jana möglichst unbeteiligt. Ihr schwante, worauf ihre Freundin hinauswollte.

Laura Fetzer küsste ihren Mann auf die Stirn. Dann strich sie ihm zärtlich über die Haare.

Federica puffte sie in die Seite. „Sitzt du lieber allein zuhause?"

Tatsächlich graute Jana davor. „Nein ... aber ... "

Laura warf ihrem Mann einen letzten Blick zu.

„Kein ‚Aber', du kommst mit!"

Jana resignierte. Federica hatte recht.

Die beiden Freundinnen setzten einen mitfühlenden Gesichtsausdruck auf, als Laura Fetzer mit tränenfeuchten Wangen den Raum betrat.

Federica tätschelte ihr teilnahmsvoll den Arm.

„Ich bringe Sie raus", meinte Jana und fasste Laura Fetzer am Ellenbogen.

7

Im Treppenhaus begegnete ihr Amir, der auf dem Weg zu Karl war. Jana beschloss kurzerhand, mitzukommen und ließ sich von ihrem Kollegen Bericht erstatten. Das private Gespräch, das er mit Forster geführt hatte, ließ er allerdings aus.

Karl präsentierte ihnen einen USB-Stick mit den Daten von Schneiders Festplatte.

„Ist was Interessantes drauf?"; fragten beide gleichzeitig.

Karl zuckte mit den Achseln. Ihm war das egal, seine Aufgabe war erledigt.

„Ich war in dem Chat. Der hier", er tippte auf den Laptop, „war nicht so vorsichtig."

Jana und Amir sahen sich an.

„Zeig!", riefen sie wie aus einem Munde.

Karl klappte den Laptop auf und tippte eine Weile.

„Hier. Er nennt sich Thorgal. Schimpfen über Ausländer, Frauen und Homosexuelle. Ich hab's kopiert." Er deutete auf den Stick und öffnete eine weitere Seite. „Informationen vom Chef. Thor." Ein germanischer Hüne mit einem Hammer dominierte den Bildschirm. Karl klickte darauf.

„Huh!" Jana atmete scharf ein. „Verräter werden bestraft. Ihr solltet ein Exempel statuieren, keinen Mord begehen", zitierte sie. „Hast du uns das auch kopiert?"

Karl schüttelte den Kopf. „Das ist extra gesichert. Geht nicht." Er deutete auf den Stick. „Aber ich habe Fotos gemacht. Sind da drauf."

„Karl, du bist der Größte", lobte Jana ihn begeistert.

„Nein. Nur Einsfünfundsiebzig", war die Antwort. Er tippte wieder in schneller Folge und zeigte auf den Bildschirm.

„Das habe ich noch gefunden."

Jana kniff die Augen zusammen und verfolgte den Browserverlauf.

„Meine Güte, er wollte aussteigen." Sie las einige Informationen genauer. „Es war ihm offenbar sehr ernst."

„Wundert dich das etwa?", fragte Amir.

„Hier." Karl drückte Jana eine Liste in die Hand.

„Was ist das?", fragte sie perplex.

Es waren Steffen Schneiders Handydaten. Karl hatte die Nummer auf dem Laptop gefunden und sofort die Daten angefordert.

Jana küsste Karl auf die Wange und machte sich mit Amir auf den Weg nach oben.

*

Zurück im Büro informierte Jana ihre Kollegen über das, was sie von Laura Fetzer erfahren hatte.

„Dieser Gruber wird immer unsympathischer", stellte Amir fest.

Während sie noch sprachen, klingelte Janas Telefon. Es war Dr. Petridis, die ihr von dem Gespräch mit Winkler berichtete. Jana stellte auf ‚Laut'. Petridis versprach, sich um Matthias Renner zu kümmern.

„Also gut. Sortieren wir mal, was wir wissen." Jana schnappte sich einen weißen Stift und kritzelte an die Plexiglas-Tafel.

„Laura Fetzer ist raus", meinte sie. „Sie hat mir bereitwillig alles erzählt." Sie grinste. „Gruber wird begeistert sein. Aber der", sie tippte auf sein Bild, „würde von Timos Tod profitieren. Er bekäme Frau, Geld und seinen Sohn zurück."

„Den er eigentlich nie haben wollte", fiel Forster in ihre Überlegungen ein.

„Schon", meinte Jana. „Aber als Timo weg war, ging er bei Laura ein und aus. Das neue Haus, sein Sohn – real, nicht bloß als Gespenst auf einem Ultraschall-Bild, die Aussicht auf das Erbe der Fetzers – das könnte einen Gesinnungswandel ausgelöst haben. Herr Forster, was meinen Sie? Sie kennen ihn besser als wir."

„Mit dem Geld wäre es vorbei, sobald Vater Fetzer die ganze Wahrheit wüsste." Forster verzog das Gesicht. „Sie könnten aber dennoch recht haben. Alexander war schon immer auf seinen Vorteil aus. Ich könnte mir gut vorstellen, dass er dafür über Leichen geht. Und wenn man Familie Fetzer im Glauben ließe, Nico sei Timos Sohn, dann wäre das auch in Lauras Interesse."

„Trauen Sie Gruber diese Aktion zu, Fetzer an ‚Thors Hammer' zu verraten und einen Mord in Auftrag zu geben? Warum hat er Fetzer nicht einfach selbst umgebracht und in den Main geworfen?" Jana strich sich nachdenklich über das Kinn.

„Ja, das spricht gegen ihn", stimmte Forster ihr zu. „Alexander ist ein Ekel, aber das hier", er wies auf die Fotos der Leiche, „traue ich ihm nicht zu. Immerhin war Fetzer sein Freund." Er grübelte. „Deshalb wollte er es vielleicht auch nicht selbst erledigen."

„Wir müssen dringend noch einmal mit ihm reden", bestimmte Jana.

„Ich bestelle ihn nachher ein", erklärte sich Amir bereit.

„Aber wem gilt diese Botschaft: ‚Verräter werden bestraft'? Doch kaum uns ..." Jana sah zu Forster und stellte irritiert fest, dass er sie beobachtete.

Schnell wendete er den Blick ab. „Wenn wir das herausfinden, haben wir unseren Thor."

*

Im Konferenzraum mit Beamer sahen sie sich gemeinsam den Inhalt von Schneiders Festplatte an, die interessanter war als die von Fetzer. Sie enthielt E-Mails, Rechnungen, außerdem Gedichte, die Schneider für seinen Freund geschrieben hatte, und Fotos der beiden. Auch eine Menge rechtsradikaler Inhalte waren zu finden. Forster wollte sie mit zum LKA nehmen und an die Kollegen vom Verfassungsschutz weiterleiten.

Sie sahen sich noch einmal den Browser-Verlauf an. Offenbar war es Schneider sehr ernst gewesen, aber er hatte noch keine Idee gehabt, wie er das Vorhaben in die Tat umsetzen sollte.

„Ob er von Timos wahrer Identität gewusst hat?", meinte Forster grübelnd.

Dann öffnete Amir die Fotos der Seiten von Thor.

„Wow", entfuhr es Forster. „Ihr Karl ist wirklich ein Genie."

„Wer ist nur dieser Thor?", meinte Amir. „Ob das Hammerschmidt sein könnte?"

„Nein", antwortete Jana, „schau mal, wie der formuliert." Sie wandte sich einigen älteren Beiträgen zu. „Der ist gebildet. Manipulativ. Hier: *In unseren Reihen befindet sich ein Verräter. Wer glaubt, das sei hinnehmbar, stellt sich gegen die Ordnung.* Der beherrscht den Konjunktiv." Sie zeigte auf einen weiteren Eintrag. *Wir müssen ein Exempel statuieren, auf dass uns niemand mehr betrügen wird.* „Ein Exempel statuieren? Das haben seine Getreuen wohl falsch verstanden." Sie zeigte auf die Zeilen, die Karl ihr schon gezeigt hatte.

„Das heißt, Fetzers Ermordung war eine Warnung an alle, die auf irgendeine Weise nicht komplett hinter der Gruppe stehen? Menschen wie Steffen Schneider?" Amir strich sich die Haare aus der Stirn.

„Möglicherweise steckt aber auch etwas Anderes dahinter", grübelte Forster.

„Was wissen Sie, Herr Forster, was wir nicht wissen?", fragte Jana scharf.

„Nichts weiß ich", entgegnete er. „Und das ist es, was mich beunruhigt." Sein Gesicht nahm einen ernsten Ausdruck an. „Ich kümmere mich darum. Versprochen."

Jana dachte einen Moment darüber nach, dann beschloss sie, ihm zu vertrauen.

Sie tippte auf die Anrufliste, die sie von Karl erhalten hatte.

„Hier, das hätte ich fast vergessen." Sie reichte sie Forster. „Schauen Sie sich mal den letzten Anruf an, den er kurz vor seinem Verschwinden gemacht hat."

„Das gibt's ja nicht!"

Auf der Liste stand der Name Alexander Gruber.

*

„Verkaufen uns denn alle hier für dumm?", schimpfte Jana. „Keiner will ihn gekannt haben, aber alle haben mit ihm telefoniert."

„Vielleicht hatte er eine anonyme Kummerkasten-Hotline für von der Gesellschaft vergessene Rechtsradikale", flachste Amir.

„Morgen fahre ich nach Wiesbaden. Dann nehme ich mir Gruber direkt nochmal vor", meinte Forster grimmig. Amir nickte, das ersparte ihm die Arbeit.

„Brauchen Sie wieder Hilfe?", fragte Jana fürsorglich.

Seine Miene war undurchdringlich. „Danke, Frau Schröder, das schaffe ich schon." Er würde seinen Kollegen Max Zimmermann, Fetzers Kontaktmann, hinzuziehen. Vielleicht konnte der ihm auch endlich umfassende Informationen über ‚Thors Hammer' und Fetzers Ermittlungen geben. Forster wurde das Gefühl nicht los, dass ihm hier bewusst Informationen vorenthalten wurden.

„Machen Sie mir bitte eine Kopie der Liste?"

„Sie haben die Liste gerade in der Hand. Da hinten steht der Kopierer. Ich bin nicht Ihre Sekretärin." Jana drehte sich auf dem Absatz um und verließ den Raum. Amir warf Forster einen bedauernden Blick zu und zuckte die Achseln. „Geben Sie her, ich mach's."

*

Jana hatte das Gefühl, in einer Sackgasse zu stecken. Schneider blieb verschwunden, an Ralf Hammerschmidt kamen sie nicht heran und auch sonst fehlten ihnen jegliche Hinweise. Sie hoffte, dass Forster morgen endlich weitere Informationen erhalten würde.

Jana beschloss, mehr über Steffen Schneider in Erfahrung zu bringen. Er arbeitete bei einer großen Handelskette als Elek-tronik-Fachverkäufer. Denen würde sie jetzt einen Besuch abstatten. Forster war einverstanden.

Außerdem bat sie Amir, diesen Harry zu checken, der in Hammerschmidts Werkstatt arbeitete. Sie hätte wetten können, dass er auch zu ,Thors Hammer' gehörte. Am besten wäre es, ihn vorzuladen und zu verhören, ohne dass sein Chef in Reichweite stand. Vermutlich würde Renner auftauchen und die Sache beenden, aber einen Versuch wäre es wert.

Er schickte eine Streife zu Hammerschmidts Werkstatt, um Harry zu holen.

*

Jana fand einen Kollegen, der enger mit Schneider zusammengearbeitet hatte. Herr Sahin, ein freundlicher junger Mann, führte sie in den Aufenthaltsraum, der gerade leer war.

Schneiders ausländerfeindliche Haltung war ihm bekannt gewesen, auch wenn dieser versucht hatte, sie bei der Arbeit zu verbergen. Er wäre sonst schnell seinen Job losgeworden.

111

Sahin hatte deswegen keinen Ärger mit ihm gehabt, war ihm aber so gut es ging aus dem Weg gegangen.

Auch in der Personalabteilung erfuhr Jana nichts Neues. Schneider war seit drei Tagen nicht zur Arbeit erschienen, keiner wusste etwas über seinen Verbleib, das habe man auch schon ihren Kollegen von der Fahndung gesagt. Man wunderte sich darüber, denn er war ein sehr zuverlässiger Mitarbeiter, immer pünktlich und sehr penibel. Jana hinterließ ihre Karte und bat um Nachricht, falls jemandem etwas einfiel oder Schneider wieder auftauchen sollte.

*

Amir und Forster beobachteten Harald Mindermann alias Harry durch die einseitig blickdichte Scheibe des Vernehmungsraums. Mindermann war mehrfach vorbestraft wegen Körperverletzung, die Opfer waren Frauen oder Menschen mit Migrationshintergrund. Auch bei Schlägereien auf verschiedenen Demonstrationen, die einen eindeutig rassistischen Hintergrund hatten, war er ins Visier der Polizei geraten.

„Sie machen das", meinte Forster, „Sie und Frau Schröder. Vielleicht lockt ihn das aus der Reserve."

„Gute Idee", meinte Amir, „ich freu mich drauf."

Jana war unterwegs, so lange konnte Mindermann zappeln und warten.

Als sie zurückkam, nahm sie Forsters Instruktionen ausnahmsweise mit einem zufriedenen Grinsen zur Kenntnis.

*

„Kriminalhauptkommissarin Jana Schröder", stellte sie sich vor, „meinen Kollegen, Kriminalkommissar Amir Trageser, kennen Sie ja bereits."

112

Mindermann bohrte abschätzig in der Nase.

„Ist das alles, was die deutsche Polizei zu bieten hat? Weiber und Ausländer?"

„Sie sind Harald Mindermann?", fragte sie, ohne darauf einzugehen, und blätterte beiläufig in einer Akte. „Oh!" Sie zeigte gespieltes Erstaunen. „Sie sind vorbestraft." Jana bewegte sich mit aufreizenden Bewegungen in Mindermanns Richtung und lehnte sich direkt vor ihm an den Tisch. Sie fixierte seinen Blick. „Zeigen Sie mal Ihr rechtes Handgelenk." Ihre Stimme hatte einen bedrohlichen Unterton angenommen, während sie nach seinem Arm griff.

Mindermann sprang auf. „Hey, du Fotze, Finger weg!"

„Hinsetzen!" Harry gehorchte reflexartig. Jana stemmte die Hände in die Hüften und beugte sich leicht nach vorn. „Würden Sie das bitte wiederholen?", fragte sie liebenswürdig.

Mindermann sprang erneut auf und ließ seine Hand vorschnellen, aber Jana war darauf vorbereitet und knallte ihn mit einem gezielten Griff auf den Tisch. Sie hielt seine Hände hinter dem Rücken verschränkt fest und drückte gleichzeitig sein Gesicht nach unten. Dann legte sie ihm Handschellen an.

„Oh, jetzt auch noch ein tätlicher Angriff auf eine Beamtin, das wird teuer", flötete sie und schob ihn unsanft zurück auf seinen Stuhl. Feindselig schwieg er.

„Thors Hammer?", fragte sie zuckersüß. Das Tattoo war ihr längst aufgefallen.

„Ohne meinen Anwalt sage ich gar nichts", erwiderte Mindermann trotzig.

„Gut", erwiderte Jana seidenweich. „Herr Renner wird sicher gleich hier sein."

Sie nickte Amir zu und gemeinsam verließen sie den Raum.

*

„Das war ja besser als erwartet", kommentierte Forster.

„Lassen Sie ihn noch eine halbe Stunde schmoren, und Sie haben freie Bahn", prognostizierte Jana und bedeutete Forster, ihr zu folgen. „Das Tattoo haben Sie gesehen?"

„Ja. Und wenn Renner jetzt auftaucht?"

„Dann schicken wir ihn erst mal zu Dr. Petridis."

Sie schnappte sich den Ordner, den Forster gestern mitgebracht hatte, und blätterte darin.

„Kein Harry Mindermann. Aber dafür Steffen Schneider. Warum verpfeift Fetzer seinen Freund?"

„Vielleicht wollte er ihn schützen?", schlug Amir vor. „Schneider wollte aussteigen. Wenn er aussagen würde, könnte er über das Zeugenschutzprogramm ein neues Leben anfangen."

„Aber dann …", begann Jana.

„… hätte Schneider gewusst, wer sein Freund in Wahrheit ist", ergänzte Forster.

„Und wenn das stimmt …"

„… ist er in großer Gefahr", setzten sie das Wechselspiel fort.

„Wenn er überhaupt noch lebt", bemerkte Amir düster.

„Mal sehen, ob unser Harry zwitschert", meinte Jana. „Herr Forster, zeigen Sie ihm, was einen deutschen Mann ausmacht!" Sie nahm eine militärische Haltung an. „Aber vorher koche ich Ihnen noch einen Kaffee.".

Forster konnte es kaum glauben, als sie ihm ohne weitere Bemerkungen eine Tasse reichte.

*

Sie beobachteten Mindermann durch die Scheibe. Er rutschte auf seinem Stuhl hin und her oder marschierte durch den Raum und schimpfte gelegentlich vor sich hin. Ab und zu rief er laut. „Ey, was soll das?" oder „Ich hab nicht ewig

Zeit", rasselte mit seinen Handschellen, verlangte nach etwas zu trinken oder wollte den Chef sprechen.

„Ich glaube, es reicht", meinte Forster und nahm Jana die Akte aus der Hand. „Erlösen wir ihn mal."

Er trat durch die Tür und blieb stehen, mit unbewegtem Blick beobachtete er Mindermann.

„Ah, der Mann mit dem geilen Auto", stellte dieser fest, „Förster?"

„Kriminalhauptkommissar Daniel Forster." Er löste Mindermann die Handschellen und setzte sich mit verschränkten Händen ihm gegenüber.

„‚Thors Hammer'?", fragte er ruhig und bestimmt.

Sein Gegenüber schlug mit der Hand auf den Tisch. „Ich hab der Tussi doch schon gesagt, dass ich nicht rede ohne Anwalt." Er verdrehte die Augen.

„Herr Renner ist verhindert." Forster blieb ruhig. „Sie können gerne hier auf ihn warten. Vielleicht kann er es sich ja morgen einrichten." Er stand auf und griff nach der Akte.

„Nein, warten Sie!" Mindermann puhlte an seinen schmutzigen Fingernägeln.

„Ja?" Forster blieb stehen.

„Vielleicht weiß ich ja was", brummte Mindermann.

„Wie bitte? Ich habe Sie nicht verstanden", entgegnete Forster kalt.

„‚Thors Hammer'. Was wollen Sie wissen?" Er zupfte an seiner Lippe.

Forster setzte sich wieder hin und legte die geschlossene Akte vor sich. „Was tut Ihr Verein denn so?" Interessiert sah er sein Gegenüber an und schlug einen kumpelhaften Ton an. „Sicher nur für Männer, hm?"

Nun kam Leben in Mindermann. „Ja, klar, Weiber brauchen wir da nicht." Er rutschte nach vorn. Forster nahm seinen Mundgeruch wahr, aber er hielt stand und beugte sich sogar noch etwas weiter vor. „Nein." Er nickte verschwörerisch in

Richtung der blickdichten Scheibe. „Meine Kollegin ist am besten, wenn sie Kaffee kocht. Aber das will ja hier niemand hören." Forster stellte sich belustigt Schröders empörtes Gesicht vor.

„Ja, die Weiber und die Ausländer, die nehmen uns unsere Arbeitsplätze weg und niemanden schert das. Da müssen wir das eben selbst in die Hand nehmen. Wir sind hier schließlich in Deutschland."

„Und das machen Sie bei ‚Thors Hammer'?"

„Ja." Er machte eine Pause. „Der Chef, der kümmert sich. Hat mir auch Arbeit gegeben."

„Ralf Hammerschmidt?"

„Genau der." Er kam noch näher. „Eine Hand wäscht die andere."

„Ah. Und was haben Sie für ihn getan?", wollte Forster wissen.

„Dies und das." Mindermann wand sich unbehaglich. Dann wurde er sich seiner Situation wieder bewusst. „Das geht Sie nichts an", meinte er bockig.

„Wer ist denn noch so dabei?", fragte Forster möglichst beiläufig, aber Mindermann durchschaute das Manöver.

„Nee, nee, nee, so blöd bin ich nicht. Das hätten Sie wohl gern." Er fuchtelte mit dem Zeigefinger herum und schüttelte den Kopf.

„Gut. Dann andersrum." Forster öffnete die Akte und legte Mindermann Fotos von Steffen Schneider und Timo Fetzer vor. „Schonmal gesehen?"

Der Verhörte rutschte auf seinem Stuhl hin und her. „Kann sein", brummte er.

„Wie bitte? Sie reden schon wieder so leise." Forsters Stimme nahm einen scharfen Unterton an.

„Ja", quetschte Mindermann hervor, „aber die waren schon länger nicht mehr da."

„Warum nicht?", hakte Forster nach. Mindermann zuckte trotzig mit den Achseln.

„Vielleicht deshalb?" Er legte ein Foto der Leiche auf den Tisch.

Mindermann sah nicht hin. „Keine Ahnung."

Forster packte die Fotos wieder ein. Mehr würde er heute hier nicht erfahren.

„Sie bleiben erst mal hier", meinte er kalt.

Mindermann hob überrascht den Kopf. „Warum? Das können Sie nicht machen."

„Tätlicher Angriff auf meine Kollegin, Mitgliedschaft in einer rechtsradikalen Vereinigung, Beteiligung an einem Mord, reicht Ihnen das?"

„Sie sind genauso ein Verräter!" Mindermann formte aus seiner Hand eine Faust und erhob sie gegen Forster.

*

Forster fuhr mit Schneiders Laptop im Gepäck nach Wiesbaden. Das Gespräch mit Harald Mindermann war ein voller Erfolg gewesen. Aufgrund seiner Aussagen hatten sie bei Dr. Petridis einen Durchsuchungsbeschluss für seine Wohnung erhalten. Trageser und Schröder würden das übernehmen.

Schröder hatte erstaunlicherweise gelassen auf seine Bemerkung reagiert. Sie hatte ihm noch eine Tasse Kaffee in die Hand gedrückt, und der war wirklich gut. Er musste schmunzeln.

Sie war verärgert darüber, dass sie den Laptop abgeben mussten. Der Verfassungsschutz hatte diesen sofort für sich beansprucht. Inzwischen war Forster froh, dass Karl so ein Profi war. Er überlegte, ob er ihre Ergebnisse zunächst für sich behalten sollte. Das würde er davon abhängig machen, was er erfahren würde. Oder was eben nicht.

Schließlich ging es hier um Mord.

Jana und Amir fuhren mit der Spurensicherung in Mindermanns Wohnung. Er wohnte wie Fetzer und Schneider in Lauterborn in einem Hochhauskomplex.

„Alter Schwede!", entfuhr es Amir, als sie das Wohnzimmer betraten. Über dem zerschlissenen, ehemals dunkelgrünen Sofa hing eine Reichskriegsflagge, an der Wand ein Porträt von Adolf Hitler. Auch Jana sog scharf die Luft ein. Sie sah sich in der vergammelten Wohnung um und rümpfte die Nase.

„Was für ein Mief", bestätigte Amir.

Jana war froh, dass sie Handschuhe trug. Mit spitzen Fingern hob sie einen leeren Pizzakarton hoch. „Ach, unser deutscher Freund mag italienisches Essen", meinte sie ironisch.

„Er hat halt keine Frau gefunden, die für ihn kocht", entgegnete Amir.

Auf dem Couchtisch fanden sie Zeitschriften mit rechtsradikalem und pornographischem Inhalt. Angewidert blätterte Jana darin. „Deutschland den Deutschen", murmelte sie, „na, auf die hier kann ich gern verzichten."

„Kein Laptop, kein Computer, nichts", stellte Amir enttäuscht fest.

„Der Chef kümmert sich?", erinnerte Jana ihn. „Der war bei Hammerschmidt im Netz."

„Wir müssen an Hammerschmidt ran", meinte Amir.

Sie wiesen die Kollegen an, alles mitzunehmen. Harry würde bestimmt nicht so schnell wieder hierher zurückkehren.

*

Später rief Forster bei Jana an. Er sagte ihr, sie solle die Finger von Hammerschmidt lassen. Die Anordnung war deutlich. Er selbst war auch nicht glücklich damit, aber der Verfassungsschutz wollte an Thor heran. Wenn sie Hammerschmidt jetzt in die Zange nähmen, wäre die Chance vertan. Forster hatte eine Menge Überzeugungsarbeit leisten müssen, damit sie von dem Fall nicht abgezogen wurden.

*

Amir und seine neue Liebe Selin genossen den lauen Frühlingsabend im Eißnert-Park. Sie hatten sich eine Picknick-Decke mitgebracht und tranken Prosecco aus Dosen. Amir bevorzugte Bier, aber Selin zuliebe machte er heute eine Ausnahme. Die Luft duftete schon frühlingsschwer. Amir hatte seine Jacke ausgezogen und für Selin als Kopfkissen zusammengerollt. Einen Arm auf den Ellenbogen gestützt, betrachtete er sie liebevoll.

Amir konnte sein Glück kaum fassen. Er kannte sie erst zwei Tage, doch es fühlte sich an wie eine Ewigkeit. Ihre dunklen Augen sahen mitten in ihn hinein.

Zärtlich strich er ihr eine Haarsträhne aus dem Gesicht. „Warum hat Murat mir nicht schon früher von dir erzählt?"

Sie lächelte. „Ja, komisch, oder? Ich kenne ihn schon eine ganze Weile." Sie fuhr mit dem Finger seine Lippen nach. „Man könnte ihm glatt böse sein." Dann lachte sie. „Zum Glück habe ich im Moment kaum Zeit zum Kochen, sonst wären wir uns nie begegnet."

Selin studierte in Frankfurt an der Goethe-Universität Grundschullehramt. Sie stand kurz vor ihrem ersten Staatsexamen und freute sich schon auf ihr Referendariat. Schon während des Studiums hatte sie an der Mathildenschule unterrichtet. Die Schulleitung setzte sich dafür ein, dass sie dort bleiben konnte.

„Du wirst eine tolle Lehrerin sein." Amir bewunderte alles an seiner Freundin, und auch Selin genoss die erste Zeit mit rosaroter Brille im ausnahmslosen Glück.

So ineinander versunken bemerkten sie die zwei Gestalten, die sich ihnen genähert hatten, erst, als sie direkt neben ihnen standen.

Einer der Männer riss Selin unsanft in die Höhe, während der andere Amir einen Springerstiefel auf die Brust setzte. „Scheiß Ausländer", blaffte er und spuckte Amir ins Gesicht.

Amir, dank seiner Ausbildung auch in solchen Situationen reaktionsfähig, schnappte sich das Bein und warf den Mann mit einer schwungvollen Bewegung um, während er selbst aufstand und den Spieß umdrehte. Mit einem gezielten Faustschlag setzte er ihn außer Gefecht. Selin indes hatte ihrem Angreifer den Ellenbogen gegen die Nase gerammt. Er hielt sie trotzdem fest, aber Amir kam ihr zu Hilfe, riss ihm die Arme auf den Rücken und drückte ihn auf den Boden.

Sein Herz klopfte wild. „Was soll das?", presste er hervor. Aus den Augenwinkeln sah er, dass sich ein paar Zuschauer um sie versammelt hatten.

„Selin, mein Handy!" Mit dem Knie fixierte er den Mann und rief seine Kollegen an. „Schnell!", bedeutete er ihnen.

Der andere kam wieder zu sich und rappelte sich auf. „Du Arschloch!", schrie er und sprang wutentbrannt seinem Freund zu Hilfe.

Amir war noch damit beschäftigt, dessen Kumpanen zu Boden zu drücken, doch er hatte nicht mit Selin gerechnet. Sie stellte sich ihm in den Weg, die Arme in die Hüften gestemmt. „Was willst du von uns?" Furchtlos reckte sie ihr Kinn hoch und sah ihn zornig an. „Willst du es mit mir aufnehmen, du Pussy?" Sie schüttelte eine Faust. „Nur zu!"

„Selin!" Amir war verzweifelt. Er war mit dem Typen am Boden beschäftigt, der sich nach Kräften wehrte. Aber er konnte nicht zusehen, was sie da tat. Also versetzte er ihm

120

einen Faustschlag gegen die Schläfe, der ihn außer Gefecht setzte. Das war gegen sein Berufsethos, aber hier war eindeutig Gefahr im Verzug.

Die Menge der Zuschauer hatte sich vergrößert, doch es kam ihm niemand zu Hilfe. Er fühlte sich deshalb nicht nur von den beiden bedroht, sondern auch noch beobachtet. Aber Selin war in Gefahr. Da sollte ihm der Rest egal sein.

Zu seiner Erleichterung hörte er ein lauter werdendes Martinshorn. Die Kollegen waren schnell.

Der Angreifer, der gerade zum Schlag gegen Selin ausgeholt hatte, hielt inne. „Arschloch", spuckte er Amir erneut entgegen und ergriff dann die Flucht. Auch die Zuschauer entfernten sich rasch.

„Selin, alles okay?"

Sie sackte auf die Decke. „Nein", hauchte sie, „meine Knie sind butterweich und mein Herz klopft bis zum Anschlag."

Amir nahm sie in den Arm. „Das war sehr mutig von dir."

„Meinst du?" Sie holte tief Luft. „Eher dumm …"

Als Kacper mit seinen Kollegen erschien, fing der bewusstlose Nazi an, sich langsam zu bewegen.

„Den könnt ihr mitnehmen!", meinte er mit einem Kopfnicken. „Und uns bitte auch."

Kacper schlug ihm freundschaftlich auf die Schulter. „Na klar, Kollege, Taxi steht bereit."

*

Jana, die schon zuhause gewesen und gerade in ihre Jogging-Kleidung geschlüpft war, fuhr nach Amirs Anruf sofort zurück ins Präsidium. Er hatte einen Kratzer im Gesicht davongetragen, während Selin unversehrt schien. Ihre langen schwarzen Haare standen ihr wirr vom Kopf.

Jana lauschte dem Bericht der beiden. Keiner hatte ihnen geholfen, aber sie konnte die mangelnde Zivilcourage verstehen. Es war immer öfter zu beobachten, dass niemand half, aus Angst, selbst zu Schaden zu kommen. Außerdem waren die Menschen abgestumpft. Sie machte niemandem einen Vorwurf.

Der Angreifer saß im Nebenraum. Glücklicherweise war ihr Chef, Kriminalrat Rudolph, noch vor Ort gewesen. Er führte das Verhör, Jana nahm Amirs und Selins Bericht zu Protokoll. Anschließend ließ sie Selin von einer Streife nachhause bringen, Amir weigerte sich zu gehen. Jana überlegte, ob sie Forster informieren sollte, entschied sich aber dagegen.

Zusammen mit Amir beobachtete sie das Verhör.

Was sie erfuhren, beunruhigte sie. Der Angreifer, Robert Talheim, hatte eine ähnliche Auffassung wie Mindermann – Ausländer nahmen ihnen die Arbeitsplätze weg und verschandelten Offenbach. Im Gegensatz zu Harry nahm er kein Blatt vor den Mund und redete wie ein Wasserfall. In seiner Schulklasse hatte er nur einen einzigen Mitschüler ohne Migrationshintergrund gehabt, viele hatten kaum die deutsche Sprache beherrscht. „Des is alles wegen die Ausländer", wetterte er und gab dieser nicht näher bestimmten Gruppe die Schuld für seine mangelhafte Schulbildung.

Rudolph war ein guter Zuhörer. Er gab sich mitfühlend und väterlich, offensichtlich brauchte er das, auch wenn Jana ihn am liebsten sofort eingesperrt hätte. „Deine Gewalt ist nur ein stummer Schrei nach Liebe, Arschloch", fiel ihr ein Liedvers der ‚Ärzte' ein. In der Hoffnung, endlich Gerechtigkeit zu erlangen, hatte sich Talheim durch Ralf Hammerschmidts Vermittlung ‚Thors Hammer' angeschlossen. Hier traf er auf Gleichgesinnte, hier hatte er die Möglichkeit, sich zu wehren, etwas zu tun.

Jana erinnerte sich an das, was Dr. Petridis ihr gesagt hatte. Von der Gesellschaft vergessen. Vielleicht hatte Winkler ja recht. Wer hörte denen zu? Niemand. Und da niemand ihnen zuhörte, kamen sie auf dumme Gedanken und schlossen sich

Gruppen wie ‚Thors Hammer' an. Intelligente Menschen wie dieser ‚Thor' machten sich dies zunutze und missbrauchten sie wiederum für ihre Zwecke, eine Art Todesspirale, aus der kaum ein Weg hinausführte.

Am liebsten hätte sie Hammerschmidt gleich festgenommen. Offensichtlich war er der Drahtzieher, doch Rudolph bremste sie aus und auch Forsters Anweisungen waren eindeutig gewesen. Wenn sie dies jetzt täten, kämen sie nie an ‚Thor' heran. Hammerschmidt schien nur dessen Handlanger zu sein und Rudolph war sich sicher, dass er ‚Thor' nicht verpfeifen würde. Wahrscheinlich wusste er selbst nicht einmal, wer dahintersteckte.

Auch Robert Talheim wurde wieder auf freien Fuß gesetzt, kassierte aber eine Anzeige wegen Körperverletzung.

Jana war frustriert und wütend. Was musste eigentlich noch alles passieren?

*

Zurück in ihrer Wohnung war Jana die Lust auf's Joggen vergangen, es war auch schon zu spät, wie sie fand. Wie so oft in letzter Zeit fühlte sie sich einsam. Sie schenkte sich ein Glas Rotwein ein, machte den Fernseher an und versuchte schließlich, Federica zu erreichen. Die ging nicht ran, also unterhielt sich Jana mit ihrem Teddy. Unschlüssig starrte sie auf ihr Handy.

Dann rief sie aus einem Impuls heraus Forster an.

„Frau Schröder, was gibt's?", fragte er geschäftsmäßig und Jana bereute ihre Idee sofort. Dennoch berichtete sie ihm, was vorgefallen war, und stellte erstaunt fest, wie gut ihr das tat. Forster ließ sie reden, und erst, als sie ihren Bericht beendet hatte, meldete er sich wieder zu Wort.

„Frau Schröder, wir finden die Kerle. Alle." Jana fand es fast rührend, wie er versuchte, sie zu beruhigen. Sie bedankte sich bei ihm, und sie meinte es ernst.

„Schlafen Sie gut, Frau Schröder", verabschiedete er sich prompt, und noch bevor sie antworten konnte, hatte er aufgelegt.

8

„Morsche." Amirs Stimmung war deutlich gedrückt. Er sah kaum von seinem Bildschirm auf.

„Guten Morgen, Amir", entgegnete Jana und klopfte ihm auf die Schulter. „Alles gut bei dir?"

„Geht so. Das von gestern ... verdammt, da sollte ich doch drüberstehen." Er seufzte tief.

„Quatsch. Nur weil du Polizist bist, heißt das nicht, dass dir alles an den Kleidern hängenbleibt." Sie tätschelte seinen Arm. „Wie geht's Selin?"

„Lenkt sich mit Arbeit ab." Amir sah von seinem Computer auf. „Ich habe die beiden gecheckt. Die Arschlöcher von gestern." Er deutete auf den Bildschirm. „Der zweite war auch in Forsters Aktenordner."

„Und?", fragte Jana und folgte seinem Zeigefinger.

„Im Grunde das Gleiche wie bei Harry. Ein paar kleinere Delikte. Dieser Hammerschmidt weiß genau, wen er ansprechen muss."

„Hm." Jana rieb sich das Kinn. „Wie kommt der an die Typen?"

„Vermutlich über Renner. Diesen Anwalt. Der Name taucht in jedem Protokoll auf."

„Die Petridis ist an dem dran", meinte Jana. „Er sollte heute bei ihr aufschlagen. Ich denke, dass er sich daran hält. Er will schließlich nicht negativ auffallen."

„Pfff!" Amir verzog das Gesicht. „Apropos ‚negativ auffallen' – wo ist denn unser Freund Forster heute?"

Jana musste lachen. „In Wiesbaden. Er will mit Gruber sprechen, schon vergessen?"

„Aaah, stimmt!" Amir lehnte sich entspannt zurück. „Unter uns: wie schön."

Sie schmunzelte. „Ja. Aber genug Arbeit haben wir trotzdem. Rudolph hat Hammerschmidt herbestellt. Schließlich ist sein Name gestern mehrfach gefallen. Wir sollen den Ball flach halten. Der Chef übernimmt das Verhör selbst, aber wir sollen zuschauen und Augen und Ohren offenhalten."

„Klar. Mit Weibern und Ausländern redet Hammerschmidt bestimmt nicht."

„So isses." Jana beugte sich zu ihrem Kollegen hinab. „Außerdem glaube ich, Rudolph hat Feuer an dem Fall gefangen. Und wir können hier jede Hilfe gebrauchen."

„Allemal besser als Forster", meinte Amir trocken und widmete sich wieder seinem Computer.

*

Forster hatte indes seinen Kollegen Max Zimmermann aufgesucht, der Timo Fetzers Kontaktmann gewesen war. Das Gespräch mit Schröder ging ihm nicht aus dem Kopf. Er hatte gerade den Abend mit einem Bier vor dem Fernseher verbracht. Sie hatte ohne Punkt und Komma geredet und er war verwundert gewesen, dass sie sich ausgerechnet ihn als Trostspender ausgesucht hatte. Er konnte so etwas nicht. Es hatte ihn seltsam berührt und es war ihm letztendlich nichts anderes übriggeblieben, als die Flucht anzutreten.

Zimmermann zeigte Forster die Infos, die sie von Fetzers Festplatte gewonnen hatten. Der Bericht wies viele Lücken auf, er war jäh unterbrochen worden. Dabei waren auch die Fotos der Lagerhalle, die Karl schon gefunden hatte. „Die erwähnt er auch in seinem Bericht. Sie muss irgendwo in Offenbach-Bieber sein, im Gewerbegebiet."

Forster wurde hellhörig. War dort nicht auch die Kanzlei, in der Renner angestellt war? Und waren dort nicht auch die meisten von deren Kunden ansässig? Die Lagerhalle gehörte laut Fetzer ‚Schönemann Invest', einem Bauunternehmen, das auch zu den Kunden von ‚Winkler und Söhne' zählte. Das mussten sie dringend unter die Lupe nehmen. Er schickte die Infos an Schröder mit der Bitte, herauszufinden, wo sich die Lagerhalle befand. Verdammt, warum hatte Fetzer das nicht in seinem Bericht erwähnt? Auch ein paar Namen von Mitgliedern der Vereinigung waren zu finden, manche mit Fotos. Offenbar warb Ralf Hammerschmidt die Leute an, einige kamen als Kunden in seine Werkstatt, andere wurden ihm von ‚Thor' vorgeschlagen. Zu diesem allerdings gab es keine Hinweise. Höchstwahrscheinlich hatte Fetzer etwas herausgefunden und deshalb sterben müssen.

Außerdem war es den Technikern gelungen, mithilfe von Fetzers Laptop den Chat von ‚Thors Hammer' im Darknet auszulesen. Mit einer gewissen Befriedigung, über die er sich selbst wunderte, stellte Forster fest, dass sie nicht weitergekommen waren als Karl.

*

Jana brauchte aufgrund von Forsters Informationen nicht lange, um die Lagerhalle ausfindig zu machen. „Wir sollten uns die mal ansehen", schlug sie vor und nickte Amir zu.

Der hatte die Liste der Mitglieder, die Forster ihnen geschickt hatte, mit denen des Kletterparks abgeglichen, jedoch keine Gemeinsamkeiten gefunden.

Dr. Petridis indes hatte über ‚Schönemann Invest' recherchiert und die Informationen an Jana weitergeleitet.

Auf der Homepage der Firma lächelte sie ein adretter Mittfünfziger im dunkelblauen Anzug an, der ihnen versprach, die passende Immobilie für sie zu finden. Offenbar waren mehrere Projekte in Planung. Die Bilder sahen vielversprechend aus – Neubauten inmitten grüner Parks mit Blick auf den Main, komfortabel ausgestattet und vor allem eins: teuer.

„Hm", meinte Jana, „ich frage mich – wenn ich das Geld hätte, das für diese Wohnungen nötig ist, würde ich es dann ausgeben, um ausgerechnet in Offenbach zu investieren?"

127

„Was hast du gegen Offenbach?", fragte Amir irritiert.

„Nichts. Ich liebe diese Stadt. Und ich liebe sie gerade deshalb, weil es sowas Dekadentes", sie wies auf den Bildschirm, „hier bisher nicht gab. Es wirkt immer noch fehl am Platz."

„Verstehe. Aber inzwischen ist es reizvoll für reiche Investoren geworden, sich hier einzukaufen. Denk nur mal an das Hafenviertel und den Kaiserlei."

„Klar, Blick auf den Main, Einkaufsmöglichkeiten. So eine Penthouse-Wohnung ist sicher toll. Aber wo sind die Reichen und Schönen unter sich? In welche Schulen sollen ihre Kinder gehen? Da braucht es noch eine Menge an Infrastruktur."

„Wir sollten diesen Jörg Schönemann mal unter die Lupe nehmen", meinte Amir.

„Ja", stimmte Jana ihm zu, „aber da müssen wir echt aufpassen! Da könnten wir uns schnell die Finger verbrennen." Sie griff sich ihre Jacke. „Vielleicht finden wir ja in dieser Lagerhalle den ultimativen Hinweis."

*

Auf dem Weg nach draußen begegnete ihnen Kriminalrat Rudolph. Er bat Jana um ihre Anwesenheit beim Verhör Hammerschmidts. Sie informierte ihn über das, was sie über ‚Schönemann Invest' herausgefunden hatten. Wie erwartet wies Rudolph sie an, vorsichtig zu sein. Schönemann war ein hochrangiger Unternehmer und Steuerzahler mit einer großen Lobby. Sie einigten sich darauf, dass Jana ihm am Montag zusammen mit Dr. Petridis einen Besuch abstatten sollte. Die Juristin würde den richtigen Ton treffen.

*

Amir fuhr durch das Gewerbegebiet Bieber-Waldhof, während Jana das Foto der Lagerhalle vor sich hatte.

„Schau mal!", meinte Amir und zeigte auf ein Wahlplakat der Bürgermeisterkandidatin Melanie Breitenbach. „Offenbach wieder attraktiver machen", zitierte er den Slogan. „Also, *ich* finde Offenbach *sehr* attraktiv. Ich weiß nicht, warum ich die wählen sollte."

„Willkommen im Club", meinte Jana. „Aber unser Schönemann ist da sicher ihrer Meinung."

„Orkun Yilmaz finde ich viel sympathischer", meinte Amir. „Der will wenigstens wirklich was für die Stadt tun. Zumindest sagt er das ..."

Jana nickte. „Nächsten Freitag ist er in der Stadthalle. Ich werde ihn mir mal anschauen und hören, was er sagt. Willst du mitkommen?"

„Ach, nee. Lass mal. Ich weiß auch so, dass ich ihn wählen werde. Die Breitenbach ist absolut keine Alternative."

„Das stimmt allerdings." Jana ließ ihren Blick weiter schweifen. „Stopp! Da! Dahinten ist es."

Amir riss das Lenkrad nach rechts und bog mit einem rasanten Manöver in eine Seitenstraße ein. Jana klammerte sich an der Tür fest. „Puh, Amir! Die Halle ist nicht flüchtig."

„Und Festhalten an der Beifahrertür hat noch niemandem das Leben gerettet", flachste Amir.

Er parkte vor der unscheinbaren, mit Waschbeton verkleideten Halle auf einem betonierten Hof direkt vor einer überdachten Laderampe. Darüber befand sich eine Fensterreihe, die Büroräume vermuten ließ. Die Scheiben waren jedoch völlig verdreckt, was die Annahme nahelegte, dass sich dort niemand aufhielt. „Nicht viel los hier", meinte er.

Die beiden umrundeten die Halle und fanden an der Seite eine verschlossene Eingangstür mit Drahtglasscheibe. Nichts wies darauf hin, von wem oder wofür die Halle genutzt wurde. Auch das Tor an der Laderampe war verschlossen.

„Wozu braucht ein Immobilienhai eine solche Lagerhalle?", grübelte Jana.

„Gehen wir rein?", meinte Amir abenteuerlustig.

„Nein, wir können da nicht einfach so reinmarschieren", entschied Jana. „Wer weiß – vielleicht gibt es eine Alarmanlage?" Sie scannte mit den Augen den Eingangsbereich und zeigte dann auf ein unscheinbares Kästchen. „Bingo. Außerdem sollen wir vorsichtig sein. Für einen Durchsuchungsbeschluss haben wir nichts in der Hand, am Ende finden wir etwas und können es nicht verwenden."

„Vielleicht sollten wir die Halle observieren?", schlug Amir vor.

„Und wer soll das machen?" Jana schüttelte den Kopf. „Dafür werden wir kaum Leute bekommen. Auf welcher Grundlage? Wegen eines Fotos?"

„Ach, Scheiße." Amir fluchte. „Mein Bauchgefühl sagt mir, dass hier mehr dahintersteckt."

„Warten wir's ab", meinte Jana. Insgeheim musste sie ihrem Kollegen recht geben. Irgendwas stimmte hier nicht.

*

„Was willst du denn jetzt noch?"; fragte Alexander Gruber ungehalten, als Forster ihn ins Vernehmungszimmer führte. Er trug die Uniform einer privaten Sicherheitsfirma und kam direkt vom Nachtdienst. Forsters Kollege Zimmermann beobachtete das Ganze durch die blickdichte Scheibe.

„Du hast uns angelogen", meinte Forster kalt. „Nico ist dein Sohn. Laura hat uns alles erzählt."

Gruber verdrehte die Augen. „Ich weiß, die dumme Kuh hat gequatscht. Und? Deswegen bringe ich meinen Freund doch nicht gleich um."

„Außerdem kennst du Steffen Schneider", fuhr Forster unbeirrt fort.

„Wer soll das sein?" Gruber trommelte, wie beim letzten Mal, mit seinem Fuß auf den Boden.

Forster legte ihm noch einmal das Bild vor. „Ihr habt telefoniert. Kurz vor Timos Tod. Also?"

Gruber schwieg und starrte auf seine Hände. Forster lehnte sich zurück und wartete.

„Also gut. Der Typ", er zeigte auf Schneiders Foto, „gesehen habe ich ihn nie, hat mich angerufen und gesagt, er sei ein Freund von Tom. Ich müsse ihm helfen, Tom sei in Gefahr." Er zupfte an seinen Fingern. „Ich habe ihm gesagt, ich kenne keinen Tom. Als ich ihn gefragt habe, woher er meine Nummer hätte, hat er aufgelegt. Ich habe dem Ganzen keine Bedeutung beigemessen."

„Warum hast du uns das nicht gleich erzählt?", fragte Forster argwöhnisch.

„Ja, mein Gott, ich habe nicht daran gedacht", brauste Gruber auf. „Du hast mir das Foto gezeigt und nach einem ‚Steffen Schneider' gefragt. Ich kenne den nicht. Der Anruf ist mir erst jetzt wieder eingefallen, wo du direkt danach gefragt hast." Jetzt wippte der Unterschenkel. Forster war sich sicher, dass er nicht die Wahrheit sagte, denn der besagte Anruf dauerte laut Liste 15 Minuten. Er wunderte sich über Grubers Selbstsicherheit. Oder war es tatsächlich Vergesslichkeit? Er sollte doch wissen, wie Polizeiarbeit funktionierte.

„Und du bist dir sicher, dass dir zu dem Anruf nicht noch mehr einfällt?", hakte er deshalb nach.

Gruber verschränkte die Arme. „Ja", entgegnete er patzig.

Forster machte eine Pause und ließ ihm etwas Zeit, aber Gruber verharrte in seiner abweisenden Haltung.

„Hattest du noch Kontakt zu Timo?", fragte Forster schließlich.

„Ich habe ihn mal gesehen, am Wochenende, er hat Laura und Nico besucht. Wir haben zusammen ein Bier getrunken, das war's."

„Hat er von seinem Einsatz erzählt?"

„Daniel, du weißt doch selbst, wie das läuft. Natürlich nicht. Ich habe ihn nicht danach gefragt. Warum sollte ich auch?"

Forster schwieg. Damals hatte es Gruber mit Ermittlungsgeheimnissen nicht so genau genommen. Die Art und Weise, wie er über Laura sprach, ließ Forster vermuten, dass sich daran nichts geändert hatte.

„War's das jetzt?", frage Gruber genervt. „Ich habe die ganze Nacht gearbeitet, müsste mal schlafen."

„Ja, das war's." Forster erhob sich. „Für's *erste*."

*

„Er lügt", meinte Zimmermann sofort. „Hast du seinen Fuß beobachtet? Kein Wunder war er so nervös."

„Ja. Und dann die Sache mit dem Anruf – für wie dämlich hält er uns? Gruber ist ein ganz mieser Typ. Die arme Laura. ‚Blöde Kuh' hat er sie genannt. Er muss ja schwer verliebt in sie sein."

„Was läuft da eigentlich zwischen euch?", wollte Zimmermann wissen. „Er war damals dein Kontaktmann, oder? Und kurz darauf wurde er suspendiert."

Forster sah auf seine Hände. Er hatte keine Lust, darüber zu sprechen, andererseits hatte er Zimmermann hinzugezogen aus Angst, nicht objektiv sein zu können. Er konnte froh sein, dass er nicht wegen Befangenheit abgezogen wurde. Dennoch, ihr alter Zwist hatte mit dem aktuellen Fall nichts zu tun.

„Alex hat die Informationen, die ich ihm gegeben habe, zu seinem Vorteil genutzt. Ich war an einem dicken Fisch dran, es ging um Geldwäsche im großen Stil. Alex hat mich damit in Gefahr gebracht. Ich habe es herausgefunden und gemeldet. Er wurde suspendiert. Dafür gibt er mir insgeheim die Schuld." Und nicht nur er, dachte Forster grimmig.

Zimmermann schüttelte den Kopf. „So ein Quatsch. Du hast vollkommen richtig gehandelt."

Forster zuckte die Achseln. „Ja, wahrscheinlich."

„Hast du morgen Abend schon was vor?", fragte Max.

Sie verabredeten sich auf Bier und Burger bei ‚Schöneberger'.

*

„Ich möchte jetzt gern meinen Mandanten sprechen. Sofort!"

Die laute Stimme aus dem Flur schreckte Jana und Amir aus ihren Überlegungen. Das musste Renner sein.

„Sie können nicht einfach …", hörten sie die Stimme eines Kollegen, kurz darauf stand ein Mittdreißiger mit Habichtnase und sandfarbenem Anzug in der Tür.

Jana ging ihm entgegen, sie wollte nicht, dass er die Plexiglaswand mit den Ermittlungsergebnissen sah.

„Herr Renner?", fragte sie freundlich und gab Amir einen Wink. Sie reichte ihm die Hand. „Hauptkommissarin Jana Schröder." Er erwiderte den Händedruck. Höflich, aber bestimmt geleitete sie ihn aus dem Büro. „Frau Dr. Petridis, die Staatsanwältin, möchte Sie gerne sprechen. Sie wartet schon auf Sie." Sie hoffte, dass Amir Petridis erreichte. „Sie wissen, wo Sie sie finden?"

„Warum hat man mich nicht sofort angerufen?", wetterte er.

„Aber Herr Renner", erwiderte Jana mit gespielter Überraschung, „Frau Dr. Petridis hatte sie doch hergebeten. Wir hatten viel früher mit Ihnen gerechnet."

„Ich möchte jetzt zu meinem Mandanten", erwiderte er scharf.

„Selbstverständlich. Aber zuerst möchte die Staatsanwältin Sie sehen." Jana wies den Flur entlang Richtung Ausgang.

„Ich werde mich über Sie und Ihre Kollegen beschweren", schimpfte Renner.

„Tun Sie das. Frau Dr. Petridis nimmt Ihre Beschwerde sicher gern entgegen."

*

Jana war heilfroh, dass sie sich nicht mit diesem unangenehmen Menschen beschäftigen musste. Sie war gespannt auf Dr. Petridis' Bericht. Sie nutzten die Zeit, indem sie die Namen in den Akten vom LKA mit denen des Kletterparks abglichen und auf einen Treffer hofften. Ihre Suche wurde unterbrochen durch Forsters Anruf, der sie über sein Gespräch mit Gruber informierte.

Jana bedankte sich und wünschte ihm ein schönes Wochenende. Sie freute sich trotz der vielen Arbeit auf die zwei Tage, sie musste dringend runterkommen. Auch arbeitsintensive Wochenenden halfen ihr zumindest ansatzweise dabei. Am Sonntag war sie zusammen mit Kai und seiner Freundin Amelie bei ihren Eltern zum Essen eingeladen. Obwohl sie nicht weit weg in Seligenstadt wohnten, besuchte sie sie viel zu selten, wie sie fand. Allerdings hatten die beiden Senioren seit ihrer Pensionierung kaum Zeit, sie waren ständig unterwegs oder im Urlaub. Jana beneidete sie insgeheim. Jedenfalls war ein halber Tag in Seligenstadt am Main genau das Richtige zum Erholen, den würde sie sich gönnen. Die Eisdielen hatten gerade wieder geöffnet, und sie konnten im Klostergarten spazieren gehen. Das Wetter versprach gut zu werden.

Kaum hatte sie aufgelegt, rief Rudolph an. Hammerschmidt war da. Sie nickte Amir zu und machte sich auf den Weg in den Beobachtungsraum.

Rudolph ging sehr vorsichtig vor. Er beteuerte Hammerschmidt, dass es sich lediglich um eine Zeugenbefragung handele, da sein Name des Öfteren im Zusammenhang mit rassistisch motivierten Unruhestörungen gefallen sei.

Hammerschmidt gab sich freundlich und zuvorkommend, selbstverständlich sei ihm das unangenehm und er wolle helfen. Er kümmere sich um die jungen Menschen, die den Halt in der Gesellschaft verloren hätten. Er bemühe sich sehr darum, dass so etwas wie im Eißnert-Park nicht wieder vorkäme. Jana kamen fast die Tränen ob solcher Philanthropie. Von Aktivitäten im Darknet wisse er nichts, was der Kriminalrat ihm damit unterstellen wolle? Einen ‚Thor' gebe es nicht, die germanische Gottheit sei nur der Namensgeber der Gruppe, mehr nicht.

Rudolph gab sich dankbar und verständnisvoll und entschuldigte sich, er habe nichts unterstellen wollen. Selbstverständlich könne Hammerschmidt Harald Mindermann auch wieder mitnehmen, wenn er verspreche, dass dieser sich ab sofort unauffällig verhalten werde.

Hammerschmidt zeigte großes Verständnis für das Verhalten der Polizei, wenngleich er das Auftreten des Herrn Forster etwas zu forsch fand.

Rudolph entschuldigte sich noch einmal, aber Hammerschmidt müsse verstehen, welche Brisanz der Fall für sie habe, da stünden sie alle unter Druck.

„Herr Rudolph, Sie sind ein Heuchler", stellte Jana trocken fest, als dieser Hammerschmidt verabschiedet hatte.

Rudolph zog eine Augenbraue nach oben. „Frau Schröder, das ist unser Job. Soviel ich weiß, beherrschen Sie diese Kunst ebenso meisterhaft." Er schüttelte sich. „Da muss man aufpassen, dass einem nicht schlecht wird."

„Was machen wir jetzt?", fragte Jana ihren Chef ratlos.

„Wochenende", meinte der überraschend. „Wir hängen gedanklich fest, vielleicht kommen wir zuhause auf bessere Ideen. Aber Sie bleiben in Bereitschaft, das Handy bleibt an, Tag und Nacht." Er hob mahnend den Zeigefinger.

„Ja", bestätigte Jana. Das war immerhin besser als erwartet. Und da sie weder vorhatte, sich haltlos zu betrinken, noch weiter weg zu fahren, stellte das für sie kein Problem dar.

*

Als sie zurückkam, wartete Dr. Petridis bereits in ihrem Büro. Amir hatte ihr eine Tasse Kaffee besorgt, und sie trank in kleinen Schlucken.

„Danke", begann Jana, „dieser Renner war ..."

„Schwierig", ergänzte Dr. Petridis und lächelte. „Aber nicht unmöglich."

„Oh, haben Sie etwas herausgefunden?"

„Nun ja", holte Petridis aus, „zunächst einmal hat er sich wortreich über Sie und Ihre Kollegen beschwert."

„Ja, das hat er angedroht", meinte Jana und gab sich zerknirscht.

Petridis lachte. „Aalglatter Typ. Juristisch gesehen kann man ihm nicht beikommen. Er kennt alle Tricks und Hintertürchen. Ich habe ihn in Sicherheit gewiegt. Jetzt werden wir sehen. Ich hoffe, seine Gruppe macht weiter. Der Verfassungsschutz beobachtet sie, und jede kleinste Aktion von ‚Thors Hammer' landet auch auf unserem Schreibtisch. Sie müssen vorsichtig sein, und irgendwann machen sie einen Fehler."

„Immerhin wissen sie jetzt aber, dass wir es wissen", meinte Jana und berichtete Dr. Petridis von dem Gespräch mit Hammerschmidt.

„Umso besser. Das lockt sie vielleicht aus der Reserve."

*

Jana war froh, endlich nach Hause zu kommen. Amir hatte sich fröhlich verabschiedet, er würde das Wochenende mit Selin verbringen.

Es war Freitagabend, und Jana hatte keine Lust auf ihre einsame Wohnung. Also zog sie sich ihre Sportsachen an und ging ins Fitnessstudio. Sie powerte sich aus und trank anschließend an der Bar mit Jochen, einem alten Bekannten, noch ein Bier. Jochen war so alt wie sie und führte eine langweilige Ehe. Jana fragte sich, wo sie und Christian jetzt ständen, ob sie auch freitagabends flüchten würde oder ob sie noch immer gemeinsam auf der Couch Arm in Arm den Krimi schauen und sich über die unlogische Handlung und das stümperhafte Verhalten der Polizei amüsieren würden.

9

Während Jana in Offenbach zunächst ausschlief, ihre Wohnung putzte, eine Runde joggte und anschließend duschte, tat Forster in Frankfurt-Bornheim exakt das Gleiche.

Danach jedoch unterschieden sich ihre Tätigkeiten.

Nachdem Jana sich im Bademantel eine Fertigpizza einverleibt hatte, stand sie planlos vor ihrem Kleiderschrank und überlegte, was sie anziehen sollte. Schließlich entschied sie sich für eine eng anliegende Jeans, eine dunkelblaue Bluse mit tiefem Ausschnitt und Stiefeletten mit Absatz. Neben Federica würde sie so oder so aussehen wie Aschenputtel, aber das war ihr egal. Sie kam sowieso nur ihr zuliebe mit. Dennoch schminkte sie sich sorgfältig, dezent, nicht zu auffällig. Sie betonte ihre blauen Augen mit einem Lidstrich und legte einen schimmernden rosa Lippenstift auf. Ihre Naturlocken brachte sie mit gefühlt einer Tonne Haarspray zur Geltung. Federica dagegen trug grellroten Lippenstift, einen knappen Minirock und hochhackige Stiefel. Sie musste am Morgen noch beim Friseur gewesen sein, ihre Frisur war top gestylt.

„Hi *bella*, siehst toll aus", begrüßte sie ihre Freundin. „Du solltest öfters mal deine ewigen Sneakers gegen ein Paar vernünftige Schuhe austauschen."

Jana schnaubte. Im Dienst ging nichts über Sneakers. Gemeinsam machten sie sich auf den Weg, um mit der S-Bahn nach Frankfurt zu fahren.

Forster indes zog sich eine bequeme Jeans und einen seiner Rollkragenpullover an, schlüpfte in seine Sneakers und machte sich zu Fuß auf den Weg ins ‚Schöneberger' in der Berger Straße in Frankfurt. Er war oft dort, Pedro, der Kellner, kannte ihn und begrüßte ihn mit Namen. Er setzte sich an einen Tisch in der Ecke und wartete auf Max Zimmermann, seinen Kollegen vom LKA, der im Nordend wohnte.

*

Jana ließ sich treiben zu den Klängen von Nirvana. Sie tanzte mit geschlossenen Augen, Bilder waberten durch ihre Gedanken, Christian, der sie eng umschlungen hielt, *hello, hello, hello, how low*, im Rhythmus des Songs, *oh well, whatever, never mind*, Forster, der sie mit seinen eisblauen Augen ansah, *a denial, a denial, a denial* …

Sie spürte, wie ihr Handy vibrierte. Ihr Herz setzte einen Schlag aus. Es war Forster.

„Ja?", brüllte sie gegen die Musik an. „Moment!" Sie ging vor die Tür und suchte sich eine ruhige Ecke. „So, jetzt. Herr Forster?"

„Meine Güte, Frau Schröder, was ist das für ein Lärm? Kein Wunder hat Rudolph Sie nicht erreicht."

Rudolph? Scheiße, dachte Jana. Sie sah auf ihre Anrufliste und ihr schlechtes Gewissen meldete sich sofort. Vor fünf Minuten hatte er es bei ihr versucht.

„Jetzt bin ich ja dran", meinte sie schärfer als beabsichtigt. „Was gibt's?"

„Ich hoffe, Sie sind nicht betrunken."

„Was erlauben Sie sich?" Jana war empört.

„Schneider wurde gefunden. Tot. Im Eißnert-Park. Wo sind Sie? Zuhause?"

Schneider? Jana war sofort hochkonzentriert. Es ging ihn nichts an, wo sie ihre Samstagabende verbrachte, trotzdem antwortete sie vage. „In Frankfurt. Mit der S-Bahn. Dauert also etwas."

„Ich nehme Sie mit. Wo soll ich Sie abholen?" Sein Ton ließ ihr keine Zeit, sich zu wundern.

„Am Südbahnhof", meinte sie langsam.

„In zwanzig Minuten?"

„Äh – ja." Meine Güte, Federica, dachte sie. „Frau Doktor Cavelli ist auch hier. Soll ich die gleich mitbringen?"

„Sicher." Er machte eine kurze Pause. „Also, in zwanzig Minuten vorm Südbahnhof."

„Ja. Sagen Sie Rudolph Bescheid? Sagen Sie ihm … ach, egal", meinte sie trotzig.

„Mache ich." Forster legte auf.

*

Er hatte sein Handy auf dem Tisch liegen gehabt und somit Rudolphs Anruf sofort entgegennehmen können. Dieser war ungehalten, weil er Schröder nicht erreicht hatte. Forster versprach, sich darum zu kümmern.

Schröder. Eigentlich hatte er sich am Wochenende von ihr erholen wollen. Ihr Kollege hatte sie einen ‚lieben Kerl' genannt. Nun, er war sich sicher, dass er gleich wieder ein paar spitze Bemerkungen kassieren würde.

Die beiden Frauen am Nachbartisch warfen ihm und Max eindeutige Blicke zu und Max war geneigt, darauf einzugehen. Forster hatte keine Lust. Das brachte sowieso nur Ärger. Außerdem hatte er gerade mit Schröder genug zu tun, es wurmte ihn, dass er ständig über sie nachdenken musste. Schröder, das war vermintes Gebiet, gefährliches Terrain, er durfte ihr nicht zu nahekommen, das war gegen seine Prinzipien.

Und daran würde er sich halten.

*

Jana fand ihre Freundin immer noch an derselben Stelle, an der sie sie verlassen hatte, intensiv beschäftigt mit ihrer neuen Bekanntschaft. Federica wird begeistert sein, dachte sie düster, und tippte ihr vorsichtig auf die Schulter.

„Federica? Die Klinik hat angerufen", sprach sie den Code.

„Oh, na dann ... Ich muss los", meinte sie an den Mann gewandt und küsste ihn noch einmal wild. Dann machte sie sich mit Jana auf den Weg zur Garderobe.

„Tut mir wirklich leid", meinte diese zerknirscht. Sie berichtete ihr von Forsters Anruf. „Der wird gleich vor der Tür stehen."

„Macht nichts. Der Typ war nett, aber wiedersehen will ich ihn sowieso nicht." Federica zwinkerte ihr zu.

Jana schüttelte den Kopf. „Wie kannst du das nur?"

„Was – Spaß haben? Solltest du auch mal versuchen", entgegnete Federica achselzuckend.

„Ich *hatte* Spaß", protestierte Jana, während sie ihre Jacke in Empfang nahm.

„Klar." Federica hakte sie unter. „Komm, dein Schatzi wartet!"

Jana schnaubte und ließ sich von ihr nach draußen ziehen.

*

Kurz darauf hielt ein schwarzer Audi A5 Sportback mit Alufelgen direkt vor ihnen. Jana schielte ins Innere und erkannte Forster. Federica bugsierte sie unauffällig zur Beifahrertür.

„Guten Abend, Herr Forster."

„Guten Abend, die Damen. Spaß gehabt?", fragte er knapp und musterte Jana von oben bis unten.

„Bis zu Ihrem Anruf", meinte sie frech. „Und Sie? Herrenabend?" Forster war unrasiert und Jana stieg ein leichter Geruch nach Bier und Zwiebeln, vermischt mit seinem After-Shave, in die Nase. Er antwortete nicht.

„Wie konnten Sie so schnell hier sein?", wollte Federica von hinten wissen.

„Ich wohne hier", war die kurze Antwort.

Jana war ehrlich überrascht. Sie war der festen Überzeugung gewesen, Forster wohne in Wiesbaden.

„Steffen Schneider wurde gefunden", kam Forster sofort zur Sache und heizte durch Frankfurt Richtung Kaiserlei. „Er liegt ohne Zunge am Ehrenmal im Eißnert-Park."

„Am Ehrenmal?", meinte Jana. „Hat er sonst noch irgendwelche Verletzungen?"

Forster nickte nach hinten. „Frau Dr. Cavelli sitzt hier in meinem Auto, woher soll ich das also wissen?"

*

Jana war froh, dass sie trotz Federicas Einladung zu einem Weißwein beim Bitter Lemon geblieben war. Sie brauchte einen klaren Kopf, und die frische Luft wischte die letzten dumpfen Klänge von Nirvana aus ihrem Hirn.

Die Blaulichter der unzähligen Polizeiautos tauchten den Wald in ein surreales Schimmern, gegen das die Flutlichter des Waldemar-Klein-Stadions nicht ankamen. Jana warf einen sehnsüchtigen Blick zu den Kickers. Wie lange war sie schon nicht mehr dort gewesen? Sie riss sich los und wandte sich dem grauen Denkmal zu, das sich bedrohlich vor dem flackernden Hintergrund erhob. Das Konterfei des Soldaten, welcher mit grimmigem Blick über der Treppe wachte, erinnerte sie an den Donnergott Thor, der der Gruppe ihren Namen gegeben hatte.

Es war eindeutig Schneider. Er lag auf dem Rücken, die Augen blicklos nach oben gewendet, auf dem Podest in der Mitte des kleinen Tempels. Die ausgebreiteten Arme und die Beine hingen leicht über den Betonsockel, sein Mund klaffte auf und es war deutlich zu sehen, dass die Zunge fehlte. Auf seinem hellen T-Shirt hatte sich ein dunkler Blutfleck ausgebreitet. Aber auch seine Hose war blutgetränkt.

Jana sah interessiert zu, wie Federica diese vorsichtig öffnete. Sandra hatte ihr ihre Utensilien mitgebracht und irgendwie hatte sie es geschafft, sich mit ihrem Minirock in einen weißen Overall der Spurensicherung zu quetschen. An dem Podest konnte sie fast stehen wie an ihrem Sektionstisch, sie hatte sich dazu auf eine kleine Kiste gestellt, um die Leiche besser inspizieren zu können.

„Dem fehlt nicht nur die Zunge", meinte sie und winkte Jana und Forster zu sich heran.

„Oh." Jana stellte sich auf die Zehenspitzen und starrte gebannt auf die Wunde, während Forster den Blick abwendete.

„Na, Herr Forster, Sie sind ja so blass um die Nase?", frotzelte Federica. Jana fragte sich, woher sie in dieser Situation ihren Humor nahm.

„Ohne Zunge und kastriert? Was hat das zu bedeuten?" Jana rieb sich das Kinn. „Das macht keinen Sinn."

„Schau mal." Federica wies auf Schneiders Arm, das Tattoo, ein verschnörkeltes T, war nicht zu übersehen.

„Und wer den Tod im heiligen Kampfe fand", las Forster die Inschrift am Ehrenmal vor, die er mit der Taschenlampe beleuchtete, während er es einmal umrundete.

„… ruht auch in fremder Erde im Vaterland", ergänzte Jana auswendig. „Auch das macht keinen Sinn." Sie stellte irritiert fest, dass Forster sie von oben bis unten anstarrte.

„Ist was?", fragte sie deshalb.

Forster schüttelte sich. „Nein." Schnell wandte er den Blick ab.

„Na dann …" Sie zog ihre Unterlippe zwischen die Zähne. „Wer hat ihn gefunden?"

Forster wies in Richtung der uniformierten Kollegen. Kacper kümmerte sich gerade um ein junges Pärchen. Sie hatte sich an den Arm ihres Freundes geklammert, der immer wieder fassungslos den Kopf schüttelte. Jana machte sich auf den Weg, Forster im Schlepptau.

Sie stellte sich vor und legte der jungen Frau beruhigend die Hand auf die Schulter. „Geht's?", fragte sie behutsam. Die Frau schniefte, der Schreck stand ihr ins Gesicht geschrieben. „Kann ich Ihnen ein paar Fragen stellen?", wandte sie sich an den Mann, der sich als Leon Beier vorgestellt hatte. „Ja, klar", meinte er und strich seiner Freundin beruhigend über die Hand.

„Sind Sie öfter hier, Leon?", begann sie vorsichtig.

Leon trat nervös von einem Bein auf das andere. „Ja. Hier hat man seine Ruhe. Man kann hier sitzen und den Sternenhimmel beobachten."

Janas Blick wanderte instinktiv nach oben. Tatsächlich. Ohne die flackernden Blaulichter hatte man einen freien Blick ins Himmelsgewölbe. „Ist Ihnen heute etwas aufgefallen? War etwas anders als sonst?"

„Sie meinen, außer dem hier?" Er wies in Richtung des Toten, der nun hell beleuchtet und von einem Heer von Menschen in weißen Overalls umschwärmt wurde.

„Ja. Denken Sie nach. Jedes noch so kleine Detail könnte wichtig sein."

Leon überlegte, dann zog er die Stirn kraus.

„Da war ein Auto ...", erinnerte er sich. Jana ließ ihm Zeit. „Ja, ein dunkler Kombi. Er kam uns entgegen, auf dem Weg da drüben." Er deutete in Richtung des breiten Fahrweges, den auch die Polizei genommen hatte. „Er hat Aylin fast umgefahren." Leon wies auf seine Freundin.

„Ich habe mich auch gewundert, wo der herkam", meinte die Frau und strich sich eine Haarsträhne hinters Ohr. „Ich meine – da dürfen doch gar keine Autos fahren."

„Konnten Sie den Fahrer sehen?", fragte Jana interessiert.

„Nein, es war zu dunkel. Und es ging auch sehr schnell." Leon überlegte wieder einen Moment. „Aber es war nur einer, das weiß ich sicher."

Jana bedankte sich bei den beiden und wies Kacper an, sie nach Hause zu fahren.

„Komisch", meinte sie dann, „ich möchte wetten, der Typ hat die Leiche hier abgeladen. Ich bin gespannt, ob die Spurensicherung Reifenspuren gefunden hat."

„Hat sie", antwortete Sandra, die gerade zu den beiden stieß. „Sie könnten zu einem Kombi passen. Vielleicht können wir die Auswahl noch etwas eingrenzen, was Marke und Modell betrifft."

„Irgendwie passt das ganz und gar nicht zu ‚Thors Hammer'", wunderte sich auch Forster. „Warum sollte einer allein hier aufkreuzen und eine Leiche abladen? Und wo wurde Schneider misshandelt?"

Jana gähnte. „Ich denke, damit sollten wir uns morgen beschäftigen. Heute können wir hier nichts mehr machen."

Forster stimmte ihr zu. „Soll ich Sie nach Hause fahren?"

Jana nahm das Angebot gern an.

*

Forster parkte vor Janas Hoftor. Am Horizont zeigten sich bereits erste Anzeichen der Morgendämmerung.

„Danke für's Heimfahren." Jana angelte nach ihrer Handtasche, die sie in den Fußraum geworfen hatte, und wollte nach dem Türöffner greifen.

„Jana." Forster hielt sie am Arm zurück. Sie spürte ein Kribbeln in der Bauchgegend, was sich rasch nach oben verbreitete und ihr die Sprache verschlug. Ihr Herz begann wild zu klopfen.

Scheiße, dachte sie. Das ist *Forster*. Sie fühlte leise Panik in sich aufsteigen.

„Ich – muss dann ..." Sie war unfähig, sich zu bewegen. Mit leicht geöffneten Lippen konnte sie nicht anders, als ihn anzustarren.

Plötzlich nahm er seine Hand wieder von ihrem Arm und fixierte einen Punkt hinter der Windschutzscheibe.

„Ja, klar. Sie sollten etwas schlafen, und ich auch."

Jana nickte, dann erwachte sie aus ihrer Starre und verließ fluchtartig Forsters Auto. Ihre Hände zitterten, als sie den Hausschlüssel aus der Handtasche zog, fast wäre er ihr runtergefallen. Sie brauchte drei Anläufe, bis er im Hoftor steckte. Dann ging sie schnellen Schrittes in ihre Wohnung und lehnte sich gegen die Tür. Sie holte tief Luft. In ihrer Nase hatte sich der Duft von Forsters After-Shave festgesetzt.

Jana war unfähig, einen klaren Gedanken zu fassen oder irgendetwas zu tun. Sie schaffte es, ihre Jacke an die Garderobe zu hängen, ihre Schuhe auszuziehen und sich so, wie sie war, auf ihr Bett zu legen. Dort schnappte sie sich ihren Teddybären und klammerte sich an ihm fest. So starrte sie an die Decke, Forsters Duft in der Nase und seinen Blick in die Netzhaut gebrannt. Sie versuchte an Christian zu denken, aber die Bilder wirbelten durch ihren Kopf.

Irgendwann schlief sie ein. Sie träume von Christian und Forster, beide sahen sie lächelnd an und beide hielten sie fest im Arm. Es fühlte sich richtig an, und doch lief sie weg.

*

Forster schalt sich selbst einen Idioten. Er wusste nicht, was über ihn gekommen war. Es musste diese Situation gewesen sein, Schröder, zurechtgemacht wie für ein Date, in seinem Wagen, verdammt, sie war hübsch, ... wie sie ihn gerade angesehen hatte, er hätte sie einfach küssen sollen.

Und dann, fragte er sich. Was hätte das gebracht? Nichts als Ärger.

Sie konnte ihn ohnehin nicht leiden.

Er würde nicht den Fehler machen, sich in sie zu verlieben. Dieses Thema hatte er abgeschlossen. Seine Erfahrung mit Bianca hatte ihm gereicht.

Schröders Gesicht tauchte vor ihm auf, er hörte ihre vorwurfsvolle Stimme mit dem leicht sarkastischen Unterton, den sie für ihn so gern verwendete: „Herr Forster, Sie wissen schon, dass das nicht geht."

Ja, Frau Schröder, dachte er, da haben Sie ausnahmsweise einmal recht.

10

Jana schreckte hoch, als es an der Tür Sturm klingelte. Sie hatte einen schalen Geschmack im Mund und langsam kam die Erinnerung an die gestrige Nacht wieder hoch.

Oh Gott, Forster, dachte sie, das geht gar nicht.

Sie setzte sich auf und machte sich auf den Weg zur Tür, als der Schlüssel sich im Schloss drehte.

Kai steckte den Kopf zur Tür herein. „Mum?!?", entfuhr es ihm erschrocken. Jana wunderte das nicht. Schließlich stand sie mit wirren Haaren und zerknitterter Kleidung in der Tür zum Schlafzimmer. „Wie siehst du denn aus? Geht's dir gut?"

„Ja, ja, alles klar", murmelte sie. Mist, Kai war hier, um sie abzuholen. Sie hatte es vergessen. Kurz darauf betrat auch Amelie die Wohnung. „Guten Morgen, Jana", grüßte sie und wirkte ebenfalls irritiert.

„Ich – sorry, ich war bis heute früh unterwegs. Schon wieder ein Toter im Eißnert-Park. Ich habe wohl verschlafen ..." Sie strich sich durch die Haare, die vom Haarspray und vom Liegen verfilzt waren.

„Verstehe." Kai war beruhigt, auch wenn sich ein leicht belustigter Zug in seine Mundwinkel stahl. „Dann koche ich dir jetzt einen Kaffee und fahre mit Amelie allein zu Oma und Opa. Du musst ja sicher gleich ins Präsidium." Für ihn war es nichts Ungewöhnliches, dass Familienwochenenden gelegentlich spontan ausfallen mussten, er kannte es nicht anders und es machte ihm nichts aus. Wie seine Eltern hatte er sich für eine Laufbahn bei der Polizei entschieden und studierte an der Polizeiakademie in Mühlheim. Daran hatte auch der tragische Tod seines Vaters nichts ändern können.

Jana nahm dankbar die Tasse entgegen, die Kai ihr reichte. Sie hatte ein schlechtes Gewissen wegen ihrer Eltern, aber ihr Sohn beruhigte sie. „Das holen wir nach."

„Na ja", meinte sie, „wahrscheinlich freuen sie sich sowieso viel mehr, dich zu sehen als mich."

Kai lachte. „Ach, Mum, so'n Quatsch. Aber wir müssen jetzt." Verschmitzt wedelte er mit der Hand vor ihr herum. „Vergiss nicht zu duschen – du siehst schrecklich aus."

„Danke, charmant wie immer", lachte sie und begleitete die beiden zur Tür.

*

Jana duschte länger als sonst. Sie hatte absolut keine Lust, ins Präsidium zu fahren und Forster zu begegnen, aber es blieb ihr wohl nichts anderes übrig. Vorher würde sie aber Federica in der Pathologie einen Besuch abstatten. Dann könnte sie die Konfrontation noch etwas hinauszögern. Sie hatte keine Ahnung, wie sie sich nach dem gestrigen Abend ihm gegenüber verhalten sollte.

Gerade zog sie die Jacke an, als ihr Handy klingelte. Forster. Jana spürte verärgert, wie ihr Herz anfing, wild zu klopfen. Mit zitternden Fingern nahm sie ab.

„Frau Schröder? Wo bleiben Sie denn?", bellte er.

„Ihnen auch einen guten Morgen", entgegnete sie schärfer als beabsichtigt. Er hatte ihr die Entscheidung gerade abgenommen. Was hatte sie auch anderes erwartet? Am besten taten sie so, als wäre nichts geschehen. „Ich wollte Sie gerade anrufen", log sie, „ich bin auf dem Weg in die Pathologie."

„Dann treffen wir uns gleich da", meinte er unwirsch und legte auf.

„Nicht nötig", murmelte Jana, aber Forster konnte sie schon nicht mehr hören.

*

Als sie den Sektionsraum betrat, war Forster noch nicht da. Federica, immer noch in Minirock und Stiefeln, begrüßte sie neugierig. Wie konnte sie nach dieser langen Nacht noch so gut aussehen, fragte sich Jana nicht zum ersten Mal.

„Und?"

„Und was?"

Federica rollte die Augen. „Forster und du?"

„Wie – Forster und ich?" Jana steuerte auf die Leiche zu. Sie hatte keine Lust, sich darüber zu unterhalten.

„Na, er hat dich doch heimgefahren. Den ganzen Abend hat er dich angeschmachtet, hast du das etwa nicht gemerkt?", rief Federica ungläubig und gestikulierte wild mit den Armen.

Jana zuckte die Achseln. „Mir doch egal. Ich habe kein Interesse." Genervt fuhr sie fort: „Er kommt gleich her, dann kannst du ihn ja selbst fragen."

Federica schüttelte den Kopf. „Du bist echt ein hoffnungsloser Fall." Dann schlug sie das Tuch zurück.

„Hier." Sie zeigte Jana die Handgelenke. „Er war gefesselt, wahrscheinlich schon etwas länger." Blaue Striemen, zum Teil verkrustet, waren zu sehen.

„Er hat versucht, sich zu befreien", meinte Jana sachlich und stellte fest, dass die Fußgelenke die gleichen Verletzungen aufwiesen.

„Schön, dass Sie auf mich gewartet haben", tönte Forsters Stimme sarkastisch von der Tür her. Jana bemerkte, dass er sich rasiert hatte.

„Guten Morgen, Herr Forster", begrüßte Federica ihn freundlich, „gut geschlafen?"

Forster ging nicht auf ihre Frage ein und näherte sich der Leiche. Dabei war er peinlich darauf bedacht, Jana nicht zu nahe zu kommen. Federica zeigte auch ihm die Striemen und Forster kam zu demselben Schluss wie Jana.

„Sonst noch was?", fragte er knapp.

„Ich warte noch auf den toxikologischen Befund, aber ich habe eine Vermutung", erklärte Federica. „Es gibt überhaupt keine Abwehrspuren, von den Ektomien hat er wahrscheinlich nichts mitbekommen. Die Schnitte sind sauber ausgeführt. Ich gehe davon aus, er wurde vorher betäubt."

„Hm. Auch das passt nicht zu dem Mord an Fetzer", grübelte Jana, „irgendwie passt hier nichts zusammen, außer die fehlende Zunge und der Fundort, das war's."

„Der hier hat außerdem ein Skalpell benutzt, würde ich sagen. Bei Fetzer dagegen", sie zeigte auf ein Foto an der Wand, „sieht das eher nach einem schartigen Messer aus."

„Vielleicht ein Trittbrettfahrer", mutmaßte Forster, „aber warum? Was hat Schneider gewusst?"

Federica hob abwehrend die Hände. „Ihr seid die Polizei."

„Schicken Sie mir den Bericht bitte so schnell wie möglich", forderte Forster sie auf und verschwand, ohne Jana noch eines Blickes zu würdigen.

„Was war *das* denn?", fragte Federica ihre Freundin perplex.

„*Das* war Forster. Und genau *deshalb* habe ich kein Interesse. Klar?"

Jana verabschiedete sich schnell und ließ eine irritierte Federica zurück.

*

Von unterwegs rief sie Amir an und bat ihn, ins Präsidium zu kommen. Er war sauer, weil sie ihn in der Nacht nicht informiert hatte.

Dort wurde sie schon erwartet von Rudolph. Forster war gerade damit beschäftigt, die Tatortfotos an die Plexiglaswand zu heften. Jana ignorierte ihn und wandte sich an ihren Chef. Sie berichtete ihm, was sie in der Pathologie erfahren hatten, und erklärte ihm ihre Theorie von dem Trittbrettfahrer.

„Ich will Alexander Gruber noch einmal hier haben. Und Sie sprechen nochmal mit Hammerschmidt", bestimmte sie energisch.

Jetzt wurde Forster doch hellhörig. „Gruber?"

„Ja", entgegnete Jana bestimmt. „Ich möchte mit ihm allein sprechen. *Mich* kennt er nicht so gut wie Sie. Vielleicht hört er dann auf zu lügen."

„Was ...", wollte Forster einwenden, aber Rudolph war schneller.

„Das ist eine sehr gute Idee, Frau Schröder. Machen Sie das!" In strengem Tonfall wandte er sich an Forster. „Sie halten sich zurück. Sie kennen ihn von früher, das ist nicht unbedingt ein Vorteil."

Jana freute sich insgeheim über ihren Triumph und sah, wie Forster die Lippen zusammenpresste.

Irgendwas war da zwischen Forster und Gruber, und Jana hatte das Gefühl, dass das, auch wenn es nichts mit dem Fall zu tun hatte, die Konversation zwischen den beiden erschwerte. Der Name Bianca geisterte ihr durch den Kopf. Sie spürte einen Stich im Innern und wischte den Gedanken schnell beiseite. Es nutzte nichts, wenn sie jetzt auch noch ihre Objektivität verlor.

„Gibt es was Neues von der KTU? Die Reifenspuren, Fingerabdrücke?" Sie sah fragend in die Runde und ließ sich von Forsters finsterer Miene nicht aus der Ruhe bringen.

„Nein, nichts", entgegnete der.

Jana schlängelte sich an ihm vorbei, um sich die Fotos zu betrachten. Dabei stieg ihr sein Duft in die Nase und sie konzentrierte sich schnell auf die Bilder.

Schneider lag mit ausgebreiteten Armen in der Mitte des kleinen Tempels. Also hatte sich der Täter noch die Mühe gemacht, ihn zu drapieren. Die Zeit dürfte knapp gewesen sein, er hatte riskiert, gesehen zu werden, was ja auch der Fall gewesen war. Die Leiche trug ein beigefarbenes T-Shirt, dieses war blutgetränkt und verschmutzt. Auch die Jeans wies außer dem Blut noch mehrere dunkle Flecken auf. Schneider trug noch seine Schuhe und Socken. Fetzer war barfuß gewesen. Der Tote sah trotz allem friedlich aus. Wahrscheinlich hatte Federica recht und er hatte von seiner Verstümmelung nichts mitbekommen.

Irgendjemand wollte sie glauben lassen, es seien dieselben Täter wie bei Fetzer. Aber wer und warum? Jana seufzte.

„Entschuldigung!" Amir platze ins Büro.

„Herr Trageser, auch schon da?", begrüßte Rudolph ihn streng.

Jana drehte sich um. „Das ist meine Schuld", meinte sie schnell. „Ich habe ihn eben erst angerufen."

Rudolph gab sich damit zufrieden. Ein paar Überstunden weniger, die noch irgendwann abgebaut werden mussten.

Draußen schien die Sonne, und Jana dachte wehmütig an ihre Familie, an Seligenstadt und seine Eisdielen. Sie fühlte ein starkes physisches Verlangen nach einer großen Kugel ihrer Lieblingssorte Sahne-Nougat. Hier musste sie sich mit einem Schokoriegel, einer Tasse lauwarmen Kaffees und einem missmutigen Kollegen begnügen. Forster und sie bemühten sich nach Kräften, sich gegenseitig aus dem Weg zu gehen. Der Tag hätte wahrlich besser sein können.

Sie verbrachten den Rest des Tages mit der Suche nach Puzzleteilen, die sich irgendwo in den Akten verborgen hielten. Dabei stießen sie auf zwei Mitglieder von ‚Thors Hammer', die sie auf Fotos von einer Demo neben Schneider entdeckt hatten und die Amir und Forster direkt aufsuchten. Sie erwähnten einen Samuel Neuberger, der mit Schneider befreundet gewesen sein soll, bis Tom Fischer der Gruppe beigetreten war. Sie beschlossen, ihn für den nächsten Tag vorladen zu lassen.

Federica rief an und teilte ihnen mit, dass Schneiders Mageninhalt nur aus trockenem Toastbrot bestanden hatte, was die Theorie unterstützte, dass er eine Weile gefangen gehalten worden war. Die KTU hatte die Flecken auf Schneiders Kleidung untersucht und war zu einem ersten Ergebnis gekommen: Estrich, Putz und Urin. Dr. Petridis hatte Jana eine Vorladung für Gruber zukommen lassen, sie wollten ihn jetzt nicht mehr als Zeugen befragen. Sie bestellte ihn gleich für den nächsten Morgen ins Präsidium, was er mit wenig Begeisterung aufnahm.

*

An diesem Abend verspürte Jana das dringende Bedürfnis, Christian einen Besuch abzustatten. Sie ging nicht oft auf den Friedhof, fand Christian zuhause, im Grünen, wo immer sie gemeinsame Zeit verbracht hatten. Hier, vor der Marmorplatte an der Urnenwand, fehlte ihr oft der Bezug.

Sie strich mit den Fingern über das eingravierte Ginkgo-Blatt neben seinem Namen. „Da hast du mir was eingebrockt", flüsterte sie, legte die flache Hand auf die Platte und lehnte ihre Stirn dagegen. „Mich einfach allein lassen ..." Eine Weile stand sie so da, fühlte den kühlen Stein unter der Stirn und ließ ihre Gedanken fließen.

Sie hielt Zwiesprache mit Christian, erzählte ihm von dem Fall und von Forster und den verwirrenden Gefühlen, die dieser in ihr auslöste. Christian schien ihr zuzuhören, sie sah seine warmen braunen Augen, ein Lächeln umspielte seine Mundwinkel und sie glaubte seine Stimme zu hören, er flüsterte sanft ihren Namen. Gott, wie sie ihn immer noch vermisste! Tränen liefen ihre Wangen hinunter, schon lange hatte sie sich das nicht mehr gegönnt, und es tat unendlich gut.

„Es ist okay, Janni", hörte sie ihn sagen, „es ist okay." Er machte eine Pause. „Sei nett zu ihm!", flüsterte er dann und lachte leise.

Jana wusste nicht, wie lange sie dort gestanden hatte, aber als ihre Tränen versiegten und sie zum Abschied noch einmal über die Ginkgo-Gravur strich, fühlte sie sich zum ersten Mal seit Tagen ruhig.

„Danke, Chris", flüsterte sie.

11

Als Jana am Montag ins Büro kam, war sie die erste. Sie nahm sich die Aussagen von Gruber noch einmal vor, insbesondere die Befragung, die Forster geführt hatte, sah sie sich sehr genau an. Sie war der Meinung, er hätte ihn ruhig etwas härter rannehmen können. Nun, sie würde ihn nicht mit Samthandschuhen anpacken, sie waren schließlich keine alten Bekannten und teilten auch keine prekären Geheimnisse miteinander. Jana grübelte nach, was das sein konnte. Kurz überlegte sie, ob sie im Personenregister nach Forster suchen sollte, aber sie schob den Gedanken schnell weit von sich. Sie waren Kollegen, man spionierte keine Kollegen aus.

Wie bestellt stand er in der Tür. „Guten Morgen", sagte sie knapp und sah wieder in ihre Akten. Er brummte einen Gruß zurück und setzte sich an seinen Schreibtisch.

„Kaffee?", fragte Jana vorsichtig. Irgendwas musste sie tun, so konnten sie nicht zusammen arbeiten. ‚Sei nett zu ihm', hatte Christian ihr geraten. Forster sah überrascht auf. Sie wartete nicht auf seine Antwort und holte ihm eine Tasse des frisch gebrühten Getränks.

„Danke", meinte er vorsichtig. Er rührte konzentriert um, sichtlich überfordert mit der Situation.

Amir rettete ihn durch sein Erscheinen. „Morsche", schmetterte er wie immer.

„Gruber kommt gleich." Jana wandte sich an Forster, der seine volle Aufmerksamkeit seinem Getränk widmete. „Gibt es etwas, das ich wissen sollte?" Es kostete sie viel Kraft, einen nüchternen Ton beizubehalten.

Er fixierte sie über den Rand seiner Tasse hinweg. „Nein", entgegnete er nur.

„Gut", meinte sie ruhig und begann, sich ein paar Notizen zu machen.

Kurz darauf erschien Dr. Petridis. Sie wollte bei Grubers Verhör zusehen. Forster und Amir machten sich auf den Weg zu Ralf Hammerschmidt, den sie mit Schneiders Tod konfrontieren wollten.

Gruber saß Jana wieder mit wippendem Fuß gegenüber. Er hatte sich zurückgelehnt, die Beine breit und die Hände in den Hosentaschen.

„Wo ist Daniel?", wollte er wissen.

„Hauptkommissar Forster ist heute leider verhindert", erklärte Jana und blätterte seelenruhig in ihren Akten. Dann hob sie ernst den Kopf. „Sie haben uns angelogen, Herr Gruber. Schon wieder."

Gruber verdrehte die Augen. „Was denn noch? Ja, Nico ist mein Sohn, na und? Ist das wichtig?" Er fuhr sich nervös durch die Haare.

„Sie kannten Steffen Schneider", erwiderte Jana sachlich.

„Das – oh Mann, das habe ich doch Daniel schon erklärt", brauste er auf. „Reden Sie überhaupt miteinander?" Erwischt, dachte Jana.

„Sie sagen, Sie kennen ihn nicht, telefonieren aber über eine Viertelstunde mit ihm kurz vor seinem Verschwinden?", stellte sie klar.

Gruber rutschte auf seinem Stuhl hin und her und zupfte an seinen Fingern.

„Na und? Der war halt schwer von Begriff. Hat mir nicht geglaubt, dass ich keinen Tom kenne."

„Kein Wunder", bemerkte Jana, „weil Sie genau wussten, wer Tom Fischer war." Sie beugte sich nach vorne und sah ihn scharf an. „Was wollte Schneider von Ihnen?"

Gruber kaute auf seiner Unterlippe und hüllte sich in Schweigen.

„Herr Gruber, was für ein Auto fahren Sie?"

Gruber zeigte sich überrascht ob des Themenwechsels. „Einen silbernen zweier BMW. Was soll das denn jetzt schon wieder?"

Jana schürzte kurz die Lippen. Schade. Ein dunkler Kombi wäre ihr lieber gewesen.

„Wann haben Sie Timo Fetzer das letzte Mal gesehen?", wollte sie wissen.

„Hm, lassen Sie mich überlegen." Gruber sah angestrengt an die Decke. „Das müsste so vor vier Wochen gewesen sein. Timo hat Laura erzählt, er habe ein freies Wochenende und wir haben ein Bierchen zusammen getrunken."

„Hat er Ihnen da irgendwas gesagt?" Sie rückte etwas näher an ihn heran. „Immerhin waren Sie alte Kollegen und gute Freunde. Jeder hat mal das Bedürfnis zu reden, oder? Und Ihnen konnte er doch sicher vertrauen?"

„Das schon. Also gut. Ich wusste von seinem Einsatz, aber nichts Genaues. Nur, dass er verdeckt ermittelte."

„Hat er Ihnen von seinem Freund erzählt? Dass er sich verliebt hat?"

Gruber starrte Jana an, und sie wusste, dass es stimmte. An wen sonst hätte Fetzer sich wenden sollen, nachdem er zusammen mit Schneider aussteigen wollte? Der Zeitpunkt käme hin, kurz nach dem Brand in der Dönerbude. Das deckte sich auch mit Schneiders Internet-Recherche über Aussteiger.

„J – ja."

„Er brauchte Ihre Hilfe", stellte Jana fest.

Gruber knetete seine Hände, sein Bein wippte hektisch und Jana konnte sehen, wie er mit sich kämpfte.

„Er wollte weg. Ich musste ihm versprechen, mich um Laura zu kümmern. Er hat sich Geld besorgt, seine Mutter hatte ihm was überwiesen für das Haus, das hat er mitgenommen. Keine Ahnung, was er damit vorhatte."

„Und dabei hat er Ihnen von Steffen Schneider erzählt."

Gruber nickte resigniert. „Die beiden wollten ein neues Leben anfangen. Gemeinsam. Timo wollte nicht, dass irgendwer wusste, wo er war."

„Und das ist Ihnen nicht seltsam vorgekommen?"

„Warum sollte es? Ich bin davon ausgegangen, dass er seinen Eltern entkommen wollte." Gruber zuckte die Achseln.

„Was wollte Steffen Schneider von Ihnen?"

Grubers Fuß fing wieder an zu wippen. „Er hat mir gesagt, dass Timo tot ist. Hat mich gefragt, ob ich ihm helfen kann." Er stellte seine Bewegungen ein. „Aber ich hatte kein Interesse. Ich kannte ihn ja gar nicht."

Jana nickte. „Sie helfen nur Ihren Freunden", meinte sie trocken. Sie blättere in seiner Akte. „Wenn Sie so ein vertrauenswürdiger und kameradschaftlicher Mensch sind, warum hat man Sie dann suspendiert?", fragte sie ihn offen.

„Ich weiß nicht, was Daniel Ihnen erzählt hat, aber es war ganz bestimmt nicht so, wie er sagt", wetterte er.

„Wie war es dann?", fragte Jana und setzte ihr Pokerface auf. Sie war sich nicht sicher, wie weit sie gehen sollte, es war Forsters und Grubers Privatsache. Aber es war auch wichtig herauszufinden, wie Alexander Gruber tickte. Warum log er die ganze Zeit? Das alles hätte er ihnen doch gleich erzählen können.

„Das alles war Daniels Schuld", zeterte Gruber. „Er hätte einfach die Klappe halten können, und es wäre nichts passiert. Ich hätte das Geld zurückgezahlt, es wäre keinem aufgefallen." Offenbar ging Gruber tatsächlich davon aus, dass Jana Bescheid wusste, und sie ließ ihn in dem Glauben.

„Hätten Sie das, ja?", meinte sie, als er nicht weiterredete.

Wütend fuhr er fort. „Dann hat er noch meine Schwester mit reingezogen."

„Bianca?", fragte Jana.

„Wenn Sie doch alles schon wissen, was fragen Sie mich dann." Aufgebracht fuhr er von seinem Stuhl hoch.

„Ich mache mir gern selbst ein Bild", entgegnete Jana ruhig.

„Wissen Sie denn überhaupt, wie es ist, alles zu verlieren? Ich hatte einen guten Job, Freunde und Familie, und dann hatte ich nichts mehr." Er wedelte mit der Hand durch den Raum. „Jetzt mache ich Nachtschichten bei einer Sicherheitsfirma, um halbwegs über die Runden zu kommen." Er schlug mit der flachen Hand auf den Tisch. „Ich habe studiert. Ich war Kriminalbeamter mit einer sicheren Zukunft, und jetzt?"

„Ihr Freund Timo war das auch. Und jetzt ist er tot", schloss Jana den Kreis.

„Was wollen Sie damit sagen?", brauste Gruber auf.

„Nichts, Herr Gruber", entgegnete sie sanft. „Ich wollte Ihnen nur zeigen, dass auch das nicht unbedingt eine sichere Option gewesen wäre." Sie dachte an Christian. Nein, ganz und gar nicht.

„Danke", meinte sie abschließend. „Sie können gehen."

*

Kurz darauf resümierte sie das Gespräch mit Dr. Petridis, die irritiert war über die Informationen, die Gruber mit Forster in Verbindung brachten. „Vielleicht sollten wir ihn wegen Befangenheit abziehen", überlegte sie.

Jana überraschte sich selbst damit, dass sie ihr widersprach. Sie glaubte nicht, dass der alte Fall etwas damit zu tun hatte. Sie sah es eher als Vorteil, dass Forster Gruber kannte.

„Gruber lügt, wenn er den Mund aufmacht", stellte sie fest, und Dr. Petridis gab ihr recht. Ihr war seine Nervosität nicht entgangen. Außerdem hatte sie ihn als impulsiv und aufbrausend wahrgenommen. Er gab anderen die Schuld an seinem Übel und glaubte sich im Recht, wenn er sich deshalb woanders bereicherte. Jana vermutete, er sei eifersüchtig auf seinen Freund gewesen. „Sie haben zusammen studiert", meinte sie, „und dann hat Gruber alles verloren. Vielleicht hatte er die Idee, sich zumindest einen Teil zurückzuholen?"

„Aber er hat Fetzer nicht umgebracht", meinte Dr. Petridis, „das waren die Nazis. Auch wenn wir immer noch nicht alle Beteiligten zusammenhaben."

Jana grübelte. Dann kam ihr plötzlich ein zuvor verworfener Gedanke wieder in den Sinn. „Was, wenn er genau gewusst hatte, was sein Freund gemacht hat? Und wenn er das den entsprechenden Leuten mitgeteilt hätte?"

„Sie meinen, er hat seinen Freund bei den Nazis verpfiffen?"

„Warum nicht? Freundschaft, Kameradschaft, Kollegialität – das alles scheint ihm nicht besonders wichtig zu sein, wenn er selbst keinen Vorteil darin sieht."

„Niemand käme auf ihn, und er hätte die Frau, das Geld und seinen Sohn. Gut, Frau Schröder, sehr gut." Dr. Petridis schnippte mit den Fingern. „Aber wie passt Schneider da rein?"

„Vielleicht hat er es herausgefunden und ihn erpresst? Schneider wollte Geld, um auszusteigen, und Timo wollte das Geld besorgen. Kein Timo, kein Geld. ‚Er hat mich gefragt, ob ich ihm helfen kann', hat Gruber gesagt. Vielleicht entsprach das sogar der Wahrheit?"

„Frau Schröder, Sie sind fantastisch. Bleiben Sie an Gruber dran!" Sie erhob mahnend den Zeigefinger. „Sprechen Sie dringend mit Forster."

Wenn das so einfach wäre, dachte Jana. „Ohne ihn wären wir nie so schnell auf Gruber gekommen", bestätigte sie stattdessen und freute sich insgeheim über das Lob der Staatsanwältin.

Dr. Petridis schickte sich an, zu gehen, drehte sich aber noch einmal um. „Ach, fast hätte ich es vergessen – Fetzer wird am Mittwoch beerdigt. Jemand sollte hingehen." Sie sah Jana fragend an, denn sie kannte ihre Vorgeschichte.

„Ja, klar. Ich mache das." Jana nickte. Sie würde das schaffen, sie konnte nicht immer nur davonlaufen.

„Prima. Vielen Dank. Wir sehen uns nachher zum Date mit Schönemann."

Jana grinste. „Ja. Bis nachher."

*

Inzwischen fuhren Amir und Forster fuhren in Hammerschmidts Werkstatt, wo sie ihn in seinem Büro vorfanden. Von Harry war nichts zu sehen.

Der Chef begrüßte sie freundlich und zuvorkommend und bot ihnen einen Kaffee an. Amir und Forster lehnten ab und konfrontierten ihn direkt mit Schneiders Tod. Hammerschmidts Gesichtszüge wechselten im Bruchteil einer Sekunde von falscher Freundlichkeit hin zu echter Überraschung. Er ließ sich in seinen Bürostuhl fallen und schüttelte immer wieder fassungslos den Kopf. Die Kommissare warteten, bis er sich wieder gefasst hatte.

„Aber wie …?" Hammerschmidts Augen waren weit aufgerissen.

Forster zeigte ihm ein Foto des Toten und beschrieb ihm, wie sie ihn aufgefunden hatten. Hammerschmidt wendete schnell den Blick ab.

„Können Sie sich erklären, warum er kastriert wurde?", fragte Forster wenig sensibel.

Der Angesprochene sah hilfesuchend von Forster zu Amir und schüttelte den Kopf.

„Wussten Sie, dass er homosexuell war?", fuhr Forster im selben Ton fort.

Hammerschmidts Augen wurden noch größer. Wieder schüttelte er den Kopf.

„Können Sie sich vorstellen, wer das hier getan hat?", erkundigte sich nun Amir freundlich.

162

„Nein." Hammerschmidt schüttelte vehement den Kopf.

Forster bedankte sich und die beiden Kommissare traten den Rückweg an.

„Der wusste wirklich von nichts", konstatierte Amir, kaum dass sie im Auto saßen.

„Fragt sich also, wer dahintersteckt. Und wie ‚Thors Hammer' reagieren wird, wenn sich jemand mit ihren Federn schmückt."

*

„Herr Forster, wir müssen reden", wurde er von Schröder empfangen, kaum dass er das Büro betreten hatte. Sie lehnte an ihrem Schreibtisch, als habe sie auf ihn gewartet, und klammerte sich mit den Händen an die Platte.

„Was ...?" Er fühlte sich überrumpelt. Eigentlich hatte er beschlossen, ihr aus dem Weg zu gehen.

„Anordnung von Dr. Petridis", unterbrach sie seine Einwände sofort.

Gruber. Er musste ihr irgendwas erzählt haben. Jetzt also auch noch die Staatsanwältin ... Er hätte damit rechnen müssen, schalt er sich selbst.

„Herr Forster", begann Schröder nun geduldig und schielte aus den Augenwinkeln zu Amir, der schnell etwas von „ich wollte gerade zur KTU" murmelte, das Büro verließ und die Tür hinter sich schloss.

„Frau Schröder", entgegnete er angriffslustig.

„Ich musste Frau Dr. Petridis überreden, Sie nicht von dem Fall abzuziehen." Schröder war sehr ernst.

Verwundert zog er eine Augenbraue nach oben. „Sie? Das hätte ich nicht gedacht."

„Ich auch nicht ...", entgegnete sie ehrlich und sah auf ihre Füße. Dann hob sie wieder den Kopf. „Ich kann verstehen, wenn Sie mir nicht vertrauen. Ich war nicht besonders nett zu Ihnen."

Forster zuckte die Achseln und schaute aus dem Fenster. „Ich auch nicht zu Ihnen." Er fixierte einen Punkt in der Ferne.

„Dann hätten wir zumindest das geklärt." Sie holte tief Luft und berichtete ihm von ihrem Gespräch mit Gruber. „Er hat eine Stinkwut auf Sie, aber da sind Sie in guter Gesellschaft. Ich glaube, dass er etwas mit Fetzers und Schneiders Ermordung zu tun hat."

„Alexander? Sind Sie von allen guten Geistern verlassen?" Forster fiel in seine Angriffshaltung zurück. „Er ist ein kleines Arschloch, aber Mord?"

„Herr Forster", versuchte Schröder es freundlich, „er ist nicht nur ein ‚kleines Arschloch'." Sie markierte die Gänsefüßchen mit ihren Fingern in der Luft. „Dr. Petridis und ich glauben, dass er ein sehr problematischer Mensch ist und dass das einiges mit seiner Suspendierung vor fünf Jahren zu tun hat. *Sie* wissen darüber Bescheid, also sollten *Sie* mit mir reden."

Forsters Gedanken rasten. Sie hatte recht, das war das Schlimme. Er überlegte, wie viel er ihr sagen musste. Sie würde sich mit der Kurzfassung nicht zufriedengeben, dessen war er sich sicher.

„Sie können mir vertrauen", sagte sie sanft.

Forster sah in ihre Augen, und dort fand er nichts, was dem widersprochen hätte. Ihr Blick war offen und ehrlich, vielleicht war es gar nicht so, dass sie ihn nicht leiden konnte? Hätte sie sich sonst für ihn eingesetzt? Aber ausgerechnet ihr sollte er vertrauen? Schon einmal hatte er geglaubt, jemandem vertrauen zu können, und das hatte böse geendet. Er sah wieder Schröders Gesicht an dem Morgen nach Schneiders Ermordung vor sich und spürte ein Kribbeln im Nacken. Sie machte ihn völlig konfus. Es wäre ihm lieber gewesen, wenn sie nicht so freundlich zu ihm wäre.

„Vielleicht habe ich das ja verlernt", meinte er vorsichtig.

„Wir alle haben unsere Narben", entgegnete sie bitter und er dachte an das, was Amir ihm über sie gesagt hatte.

„Also gut", entschied er schließlich. Forster schaute wieder aus dem Fenster, die Frühlingssonne schien mild und warf ihre Strahlen durch die verstaubte Scheibe. „Aber nicht hier."

Schröder folgte seinem Blick. „Lassen Sie uns eine Runde gehen und dabei Sonne tanken."

„Einverstanden."

*

Schweigend gingen Jana und Forster durch die Kleingärten in Richtung Wetterpark, der nicht weit entfernt vom Präsidium lag. Es war frühlingshaft mild und die Sonnenstrahlen malten bunte Blattmuster auf den Boden. Sie liefen eine Weile nebeneinander her, peinlich darauf bedacht, sich nicht zu nahe zu kommen. Schließlich entdeckte Jana eine Bank mit Blick auf das Radom, dessen pentagonische Form sich weiß gegen den blauen Himmel erhob.

„Hier vielleicht?" Forster nickte, und sie setzten sich. Da er keine Anstalten machte zu sprechen, entschloss Jana sich, den Anfang zu machen. Sie betrachtete versonnen die Fünfecke.

„Mein Mann, Christian", sie sah auf ihre Hände. Vielleicht konnte sie Forsters Vertrauen gewinnen, wenn sie ihm ihres entgegenbrachte. Entschlossen wandte sie sich ihm zu. „Er wurde erschossen. Im Dienst. Ein ungefährlicher Einsatz, er war damals im Betrugsdezernat. Es sollte nur eine Befragung werden …" Sie schüttelte den Kopf. „Ich war in Eile. Unser Sohn musste in die Schule und ich pünktlich zum Dienst. ‚Bis heute Abend', hat er gesagt, das waren die letzten Worte, die

165

wir gewechselt haben. ‚Bis heute Abend', und ein flüchtiger Kuss. Wer rechnet schon mit sowas?"

Forster betrachtete seine Füße. Niemand, dachte er. Scheiß Job.

„Es tut mir leid", versuchte er es unbeholfen.

Jana gelang ein Lächeln. „Das muss es nicht. Sie haben ihn ja nicht erschossen."

„Haben – haben die Kollegen den Kerl gekriegt?"

„Das war nicht schwer. Nachdem Christian … Das SEK hat das Haus gestürmt und ihn geschnappt. Er sitzt lebenslänglich." Sie zuckte mit den Schultern. „Aber was ist das schon?"

„Nichts", flüsterte Forster. Dagegen schien ihm seine Geschichte plötzlich belanglos. Er spürte das Bedürfnis, sie in den Arm zu nehmen, aber das durfte er auf gar keinen Fall tun, nicht noch einmal so einen Versuch, und schon gar nicht jetzt. Unbehaglich rutschte er auf der Bank hin und her.

„Quid pro quo. Sie sind dran." Jana hatte nicht vorgehabt, ihm so viel zu erzählen, dennoch hatte es gutgetan. Sie bereute es nicht.

„Ja." Forster ließ sich Zeit. Er spürte die Sonne auf seinem Gesicht und schloss die Augen. Kurz versuchte er zu vergessen, wo er war, und nur die Wärme zu genießen, aber es gelang ihm nicht. „Wo soll ich anfangen?"

„Von vorne?", schlug Jana vor.

„Ich – wurde damals als verdeckter Ermittler eingesetzt. Es ging um Geldwäsche im großen Stil. Ich sollte mir das Vertrauen des Verdächtigen, genannt ‚der Boss', erwerben und so an Informationen kommen." Er starrte auf das Radom. „Das ist mir gelungen. Mein Kontaktmann war Alexander Gruber, und ich habe ihn regelmäßig informiert. Man wollte eine Razzia durchführen, aber Alex hat den Boss gewarnt und dafür ein hübsches Sümmchen kassiert. Die Aktion lief ins Leere."

„Was für ein Arsch", entfuhr es Jana.

„Meine Tarnung ist dadurch aufgeflogen und der Boss hat seinen Schlägertrupp auf mich angesetzt. Ich musste verschwinden und habe Alex gemeldet. Daraufhin wurde er wegen Bestechlichkeit und Missbrauch von Dienstgeheimnissen suspendiert."

„Und das hat er Ihnen übelgenommen?"

Forster lachte bitter. „Er hat mich angefleht, den Mund zu halten. Er hat angeboten, die Sache zu klären, aber ich bin nicht darauf eingegangen. Ironischerweise hat man den Boss geschnappt, weil man nun Alex genau unter die Lupe genommen hat. Das hat Alex noch mildernde Umstände eingebracht, weil er schließlich zur Mitarbeit bereit gewesen war, aber letztendlich hat man ihn aus dem Polizeidienst entlassen."

„Ja – aber – was hatte er denn erwartet?" Gruber hatte sich doch alles selbst zuzuschreiben, und warum hätte Forster den Mund halten sollen?

Forster kniff die Lippen zusammen. „Ich war damals mit seiner Schwester zusammen", murmelte er.

„Bianca?", hakte Jana nach.

„Ja, Bianca. Eine Kollegin. Sie wollte, dass ich für ihren Bruder schwieg, obwohl der mich in Lebensgefahr gebracht hatte. Aber ich konnte das nicht." Forster sah auf seine Füße. „Es tat weh, zu sehen, wie wenig ich ihr letztendlich bedeutet hatte. Es ging ihr nur um Alex. Sie hat sich schließlich von mir getrennt. Sie hat sich versetzen lassen, ich weiß nicht mal, wohin. Sie hat den Kontakt abgebrochen."

„Verstehe", meinte Jana sanft, „deshalb fällt es Ihnen so schwer zu vertrauen."

Er nickte. „Sie haben mich gefragt, warum jemand so etwas tut. Verdeckte Ermittlungen. Untertauchen." Sein Blick richtete sich auf einen unbestimmten Punkt in der Ferne. „Ich wollte weg. Sie wollte Kinder, Familie – und ich hatte Angst davor. Also bin ich geflüchtet."

Statt einer Antwort legte Jana vorsichtig eine Hand auf seinen Unterarm. Forster saß wie versteinert.

„Und Sie haben ein schlechtes Gewissen, weil es eigentlich Sie waren, der zuerst gegangen ist. Deshalb sind Sie so nachsichtig mit Gruber."

Forster war überrascht. „Woher wissen Sie das?"

Jana lächelte und nahm ihre Hand wieder weg. Forster entspannte sich etwas. „Alles, was ich wollte, war anerkannt und geliebt zu werden. Und doch bin ich genau davor weggelaufen." Er machte eine kurze Pause. „Verrückt, oder?"

„Nein, ganz und gar nicht", erwiderte sie und sah nachdenklich in Richtung des Präsidiums, dessen Glasfront sich hinter den Kleingärten erhob.

Forster tat es ihr gleich. Er holte tief Luft. „Wegen Sonntag … Ich wollte nicht … Es tut mir leid."

Janas Miene war unergründlich. „Mir auch, Daniel." Dann stand sie abrupt auf. „Ich glaube, wir sollten zurückgehen." Sie kicherte verlegen. „Amir gibt sonst noch eine Vermisstenanzeige auf."

*

„Wo wart ihr denn so lange?", wurden sie von Amir begrüßt. „Ich wollte gerade eine ..."

„Frische Luft schnappen", fiel Jana ihm ins Wort. „Gibt's was Neues?"

Er war tatsächlich bei der KTU gewesen, die ihm Genaueres zu den Flecken sagen konnten. Estrich und Putz waren handelsüblich und wurden derzeit in den meisten Neubauten verwendet. Möglicherweise hatte Schneider seine letzten Tage also auf einer Baustelle in einem Rohbau verbracht. Der Urin stammte von ihm selbst, es war keine fremde DNA zu finden gewesen. Sein Entführer und Mörder musste sehr vorsichtig gewesen sein. Sie hatten die Kleidung des Toten au-

168

ßerdem auf Textilspuren untersucht, die vielleicht einen Hinweis auf das Auto geben konnten, aber auch das war negativ. Wahrscheinlich war er gut verpackt gewesen.

Dennoch hatte Amir auch gute Neuigkeiten. Er hatte bei Karl vorbeigeschaut und diesen beim Chatten im Darknet ertappt. Der IT-Experte hatte sich unter dem Namen ‚Loki‘ bei ‚Thors Hammer‘ eingehackt und verfolgte nun interessiert die Nachrichten, die dort die Gemüter erhitzten. Amir verzichtete darauf, ihn zu fragen, wie ihm das gelungen war. Er hätte es sowieso nicht verstanden.

Die Kameraden waren nicht erfreut darüber, dass jemand einen Mord an einem ihrer Mitglieder als Tat der Gruppe tarnte. Man rätselte, wer das gewesen sein könnte, und drohte diesem wiederum mit Mord.

„Na, das ist doch mal was", freute sich Jana. Damit war klar, dass zumindest der zweite Mord eindeutig nicht Sache des Verfassungsschutzes war.

*

Während Jana und Dr. Petridis sich gemeinsam auf den Weg zu Jörg Schönemann machten, dessen Büro in Frankfurt lag, befassten sich Amir und Forster mit Samuel Neuberger, dem ehemaligen Freund Steffen Schneiders. Forster war froh, als Jana weg war. Er musste das Gespräch mit ihr erst verdauen, wusste mit den Gefühlen, die sie bei ihm auslöste, nicht umzugehen. Sie einigten sich darauf, dass Amir das Verhör zunächst beobachten würde. „Mit Ausländern wie mir redet der bestimmt nicht", meinte er grinsend.

Neuberger, ein blonder Hüne mit muskulösen Oberarmen und Stiernacken, zeigte sich verwundert über seine Vorladung. Forster fragte ihn direkt, ob er Tom Fischer oder Steffen Schneider kenne. Das leugnete er nicht, bezeichnete sie als ‚gute Kameraden‘ und bedauerte deren Tod.

„Woher wissen Sie, dass sie tot sind?", wollte Forster wissen.

„Warum sonst sollte ich bei der Mordkommission erscheinen?", entgegnete Neuberger. „Also, Tom, das hat sich rumgesprochen. Aber Steffen, das ist mir echt neu."

Plötzlich stützte der Hüne seine Stirn in die Hände und begann zu schluchzen.

„Sie waren mehr als nur Freunde?", fragte Forster sanft.

Neuberger schniefte, dann nahm er wieder Haltung an. Sein Gesichtsausdruck versteinerte.

„Wir waren befreundet. Das war's." Er presste die Lippen zusammen. „Ich habe gleich gedacht, dass dieser Tom Ärger machen wird."

„So sehr, dass er das verdient hat?" Forster legte ein Foto des Toten auf den Tisch. Neuberger betrachtete es emotionslos und zuckte mit den Schultern.

„Wo habt ihr ihn umgebracht?", fragte Forster scharf.

„Ohne meinen Anwalt sage ich gar nichts mehr." Feindselig verschränkte Neuberger die Arme.

„Nun denn – Herr Renner hat sein Plädoyer bestimmt schon vorbereitet."

*

„Wow, hier hat jemand Geld." Jana ließ ihren Blick durch die Lobby des im 27. Stock eines Hochhauses in der Mainzer Landstraße gelegenen Büros von ‚Schönemann Invest' gleiten. Neben Dr. Petridis in ihrem roséfarbenen Kostüm kam sie sich mit Jeans und Sneakers äußerst deplatziert vor.

Die Dame am Empfang wusste offensichtlich Bescheid. „Herr Schönemann wird gleich für Sie da sein." Sie wies auf eine cremefarbene Ledersitzgruppe. „Wenn Sie noch einen Moment warten würden? Kaffee?" Jana und Dr. Petridis lehnten ab und setzten sich.

Jana schielte auf Dr. Petridis' Pumps. *Sie* wäre damit nicht so tapfer gewesen, aber die Staatsanwältin schien sich darin wohlzufühlen. Auf dem Tisch lagen ein paar Exposés von Schönemanns Bauprojekten. Jana blätterte interessiert darin. Penthouse-Wohnung in Frankfurt mit Pool auf dem Dach, Luxuswohnungen in Kronberg, sie pfiff durch die Zähne und reichte Dr. Petridis die Exemplare.

„Schauen Sie mal hier." Dr. Petridis reichte ihr im Gegenzug eine dunkelblaue Mappe mit goldenem Schriftzug. Das ‚Quartier du port' versprach Wohnen direkt am Main in der Metropolregion Offenbach, das Projekt warb mit der Nähe zu Frankfurt, urbaner Vielfalt und luxuriöser Ausstattung.

„Wer sich das hier", Jana klopfte auf das Kronberg-Projekt, „nicht leisten kann, findet das Gleiche in Offenbach." Sie schüttelte den Kopf.

Kurz darauf erschien der attraktive Mittfünfziger, den Jana von der Website kannte, und stellte sich als „Jörg Schönemann" vor. Er trug auch live einen dunkelblauen Anzug, der perfekt zu seinem sorgfältig frisierten graumelierten Haar passte. Eine Krawatte in der gleichen Farbe rundete das Outfit ab. Er führte sie in ein geräumiges Büro, in dem ein Modell des ‚Quartier du port' Janas Aufmerksamkeit weckte. Ein großzügig angelegtes Gebäude erstreckte sich atriumartig um einen begrünten Innenhof. Wer sich den Blick auf den Main nicht leisten konnte, sollte doch zumindest ins Grüne schauen. Die Balkons in Mainrichtung waren treppenartig angelegt und boten viel Platz. Bodentiefe Fenster sorgten für Licht, und die Dachwohnung ließ, ähnlich wie beim Frankfurt-Projekt, Platz für Träume. Es musste fantastisch sein, von dort aus bei Sonnenuntergang die Skyline Frankfurts zu beobachten.

„Wenn Sie Interesse haben, lasse ich Ihnen gern ein Exposé zukommen", bot Schönemann Jana freundlich an. „Gerne setze ich Sie auf die Liste, da lässt sich bestimmt etwas machen." Er zwinkerte ihr zu.

„Herr Schönemann, das habe ich überhört. Ich bin nicht bestechlich. Außerdem bin ich sehr zufrieden mit meiner derzeitigen Wohnsituation." Jana nahm neben Dr. Petridis auf einem bequemen Rohrstuhl Platz. Offensichtlich hatte der Bauinvestor ein Faible für die Staatsanwältin, deshalb überließ sie ihr zunächst das Feld.

Dr. Petridis betonte mehrfach, dass es sich bei der Befragung um reine Routine handele. Sie lobte sein Engagement für die Stadt Offenbach und insbesondere sein Bauprojekt mit Blick auf den Main.

Jana spielte den Bad Cop. Sie stellte ihm die Fragen, die ihr selbst durch den Kopf gegangen waren, als sie seine Homepage und die Exposés angeschaut hatte. Wer sollte dort einziehen? Welche Schulen würden die Kinder besuchen? Wo würden die Menschen einkaufen? Wo ihre Abende verbringen? Etwa in Frankfurt? Welchen Anreiz biete Offenbach für diese Leute?

Sie erfuhren von den Möglichkeiten, die es gab, Offenbach wieder attraktiver zu machen. Er sei sich sicher, dass die Politik seine Ideen wohlwollend aufnehmen und umsetzen würde.

Jana schluckte ihre Widerworte tapfer hinunter und steckte Dr. Petridis' Tadel, nicht so negativ zu denken und offen für Neues zu sein, ein.

Die Staatsanwältin fragte Schönemann nach der Lagerhalle, die sie überhaupt erst auf seine Spur gebracht habe.

„Ach, die! Die hätte ich fast vergessen ... Ich versuche, sie loszuwerden, aber offenbar braucht niemand in Offenbach eine Lagerhalle." Er lachte gekünstelt. „Aber jetzt muss ich mich leider entschuldigen, der nächste Termin ..." Er sah demonstrativ auf seine Armbanduhr, eine Rolex, wie Jana feststellte, und geleitete sie zur Tür.

„Dann haben Sie ja sicher nichts dagegen, wenn wir uns dort umsehen?", fragte Dr. Petridis beiläufig.

Schönemann, der ihnen gerade die Tür öffnen wollte, hielt in seiner Bewegung inne.

„Wie bitte?"

„Die Lagerhalle", meinte Jana liebenswürdig.

„Was wollen Sie da?", entgegnete Schönemann feindselig. „Ich glaube nicht, dass das notwendig ist."

„Das überlassen Sie mal uns", antwortete Dr. Petridis. Ihre Stimme hatte einen scharfen Unterton angenommen. „Im Übrigen brauchen wir Ihr Einverständnis nicht. Morgen haben wir den Durchsuchungsbeschluss." Sie öffnete selbst die Tür. „Danke, wir finden allein raus."

Draußen entschuldigte Dr. Petridis sich schwülstig bei Jana. „Es tut mir leid, dass ich Ihren Vorstellungen eines attraktiven Offenbach nicht zustimmen kann, Frau Hauptkommissarin!" Die beiden brachen in Gelächter aus.

„Woher kenne ich diesen Satz – Offenbach wieder attraktiver machen?", grübelte Jana. Dr. Petridis wusste keine Antwort.

„Glauben Sie, wir bekommen überhaupt einen Durchsuchungsbeschluss?", wollte Jana wissen.

„Nein, dafür haben wir zu wenig in der Hand", die Staatsanwältin grinste verschwörerisch, „aber ich vermute stark, dass sich dort spätestens heute Nacht etwas tun wird. Lassen Sie die Halle observieren!"

Als sie kurz darauf durch Offenbach fuhren, wurden sie an jeder Straßenkreuzung von der Bürgermeisterkandidatin Melanie Breitenbach angelächelt mit der Aufforderung, sie zu wählen.

„Da, das ist es", rief Jana. „Schönemann hat ihren Wahlslogan benutzt."

„Das will nichts heißen", bremste Dr. Petridis sie. „Eingängige Parolen dieser Art prägen sich bei vielen Menschen besonders ein."

„Hm, aber Schönemann hat geäußert, die Politik werde seine Ideen gerne umsetzten. Orkun Yilmaz kann er damit nicht gemeint haben, und wenn Sie mich fragen, hat der die besseren Chancen, gewählt zu werden."

„Menschen wie Schönemann haben eine große Lobby", meinte Dr. Petridis nachdenklich. „Er wird sicher Möglichkeiten finden, seinen Einfluss auch bei Yilmaz geltend zu machen. Am Ende wird es auf einen Kompromiss hinauslaufen."

Jana zuckte die Achseln. „Wahrscheinlich haben Sie recht."

Aber ganz überzeugt davon war sie nicht.

*

Abends telefonierte Jana kurz mit ihren Eltern. Sie hatten von dem Mord in der Zeitung gelesen und von Kai die Neuigkeiten erfahren. „Pass auf dich auf, Kind!", ermahnte sie ihre Mutter wie so oft.

Anschließend rief sie Federica an, die wartete bestimmt schon darauf. Aber die Freundin hob nicht ab. Jana atmete innerlich auf. Sie hatte keine Lust, über Daniel zu reden. Im Grunde hatte sie überhaupt keine Lust mehr zu reden.

Stattdessen legte sie sich ins Bett, dachte an das Gespräch mit ihm und an seine eisblauen Augen und schlief schließlich ein, ihren Teddy im Arm.

12

Jana wusste nicht genau, was sie geweckt hatte – der Regen oder das Telefon. Im Halbschlaf nahm sie ab und war sofort hellwach, als sie Daniels Stimme hörte.

„Jana?"

Scheiße, dachte sie. Ohne Kaffee war sie morgens nicht sehr gesprächig. Ein Blick auf die Uhr sagte ihr, dass es noch sehr früh am Morgen war. „Hm", brachte sie heraus.

Man hatte an der Lagerhalle eine Gruppe Mitglieder von ‚Thors Hammer' festgenommen, die versucht hatten, Waffen wegzuschaffen.

„Ich komme sofort", antwortete sie.

„Soll ich dich abholen? Ich – weiß nicht genau, wo die Halle ist."

Janas Herz machte einen Sprung. „Gern. Wann bist du hier?"

„Gib mir zwanzig Minuten."

„Dreißig?", schlug sie zaghaft vor. Mit dem Handy am Ohr machte sie sich auf den Weg in die Küche. „Ich ..."

„Ja, kommt mir sehr entgegen. Bis gleich!" Er legte auf.

Während der Kaffee durchlief, duschte Jana im Schnelldurchgang. Nach zwei Tassen Kaffee und einem Brot mit Butter und Nutella intus war sie einigermaßen hergestellt. Sie packte ihre Sachen und machte sich auf den Weg nach draußen. Es regnete noch immer in Strömen, sie spannte ihren Schirm auf und wartete auf Daniel. Am Horizont wurde es langsam heller, der Ausdruck ‚Sonnenaufgang' wäre zu euphemistisch. Dunkle Wolken hingen am Himmel, von dem schönen Wetter gestern war nichts mehr übrig. Vor zwei Tagen hatte Daniel sie um diese Zeit nach Hause gefahren. Seitdem hatte sich etwas zwischen ihnen verändert.

Jana musste nicht lange warten, bis der schwarze Audi neben ihr hielt. Sie schüttelte ihren Schirm aus und stieg ein.

„Hi", grüßte sie und warf den nassen Knirps in den Fußraum.

„Guten Morgen." Daniel nickte ihr kurz zu. „Wo müssen
wir hin?"

„Einmal wenden, bitte. Dann in der Unterführung rechts."

Forster drehte mitten auf der Straße, es war so früh noch
nichts los.

Jana dirigierte Forster über die Bremer Straße, die Seligens-
tädter Straße entlang bis zur Ferdinand-Porsche-Straße. Sie
bogen noch einmal rechts ab und erreichten die ruhig am
Waldrand gelegene Halle. Nun herrschte davor jedoch
Hochbetrieb. Rudolph war schon da, und auch Dr. Petridis
stieg gerade aus ihrem Auto. Sie trug diesmal keine Pumps,
sondern Stiefel und Jana fragte sich, wie sie an diesem frühen
feuchten Morgen so elegant aussehen konnte. Sie ließ den
Knirps, wo er war, und stülpte sich stattdessen die Kapuze
ihres Parkas über den Kopf.

Dr. Petridis nickte ihr zu. „Guten Morgen, Frau Schröder.
Na, da ist unser Plan wohl aufgegangen."

„Guten Morgen, Dr. Petridis. Ja, ich bin gespannt, was
Schönemann dazu zu sagen hat."

„Ich auch. Nachher werde ich ihm einen Besuch abstatten,
kommen Sie mit?"

„Aber gern." Das ließ sich Jana nicht zweimal sagen. Sie
stapfte hinter Forster her die Rampe hoch zum Eingang der
Halle. Dort wartete Sandra bereits auf sie.

„Hi, Jana", begrüßte sie ihre Kollegin und zeigte ins Innere
der Halle. „Das müsst ihr euch ansehen!" Sie reichte Jana und
Daniel jeweils ein Paar Überzieher für die Schuhe.

Die große Halle wirkte leer, nur in der linken Ecke standen
ein paar rostige Regale. Dort war die KTU damit beschäftigt,
zwei große Kisten mit Waffen zu durchsuchen sowie ein paar
andere Utensilien. Der Regen trommelte laut auf das Dach.
Auch am hinteren Ende waren Scheinwerfer aufgebaut, in

deren Licht sich mehrere Gestalten in weißen Overalls tummelten. „Da hinten", wies Sandra sie an, und Jana steuerte, Daniel im Schlepptau, auf die Stelle zu.

Dort stand ein Rohrstuhl mit ehemals orangefarbenen Sitzbezügen, die deutliche Blutflecken aufwiesen. Auch der Boden war über und über mit Blut bedeckt. Jana war sich sicher, dass die DNA-Analyse es als Fetzers Blut identifizieren würde. Schneider war mit großer Wahrscheinlichkeit Opfer eines Trittbrettfahrers, und auch frischen Estrich und Putz, wie man sie an Schneiders Kleidung gefunden hatte, konnte sie nicht ausmachen.

„Ach du Scheiße", entfuhr es ihr.

An dem Stuhl hingen Reste von Kabelbindern. „Jetzt wissen wir wenigstens, wo Fetzer so zugerichtet wurde", meinte Forster, dem offenbar die gleichen Gedanken durch den Kopf gingen, und betrachtete den Stuhl genauer.

In den Blutlachen am Boden fanden sich Fußabdrücke. Die KTU würde einiges zu tun haben.

„Ich brauche Fotos hiervon, so schnell wie möglich", kommandierte Forster. „Vielleicht erzählt uns Hammerschmidt ja jetzt etwas", äußerte er, an Jana gewandt. Er seufzte. „Das wird ein langer Tag werden." Er wedelte mit der Hand in Richtung Tür. „Ich bin gespannt, was der Verfassungsschutz dazu zu sagen hat", grummelte er dann.

„Sie werden uns wieder ausbremsen", prognostizierte Jana. „Das alles hier bringt uns keinen Schritt weiter an ‚Thor' heran."

„Das stimmt", pflichtete Forster ihr bei, „letztendlich wird Hammerschmidt als Bauernopfer im Knast landen, und ‚Thor' geht unbehelligt seiner Wege und gründet eine neue Gruppe."

„Das ist *so* …" Jana stampfte mit dem Fuß auf, ihr fehlten die Worte. „Was machen wir hier überhaupt?"

Ihr Kollege zog eine Augenbraue nach oben. „Du hast ja recht. Trotzdem dürfen wir nicht aufgeben."

Jana presste die Lippen zusammen. „Ja. Machen wir nicht. Am Ende kriegen wir sie alle."

Die beiden Kommissare warfen noch einen Blick auf die Waffen. Sie passten zu der Beschreibung der im Darknet bestellten Gewehre, über die sie der Verfassungsschutz informiert hatte. Außerdem fanden sie eine Kiste mit T-Shirts, die dem glichen, welches sie in Schneiders Mülleimer gefunden hatten, sowie ein paar kleinere Waffen wie Messer und Schlagringe. Daniel forderte die KTU auf, alles einzupacken und genauestens zu untersuchen.

*

Forster und Amir, der inzwischen im Präsidium aufgetaucht war, übernahmen die Befragung der vier festgenommenen Mitglieder von ‚Thors Hammer'. Auch der sofort herbeigerufene Matthias Renner konnte nicht verhindern, dass sie wegen illegalen Waffenbesitzes und Mordverdachts verhaftet wurden. Da sie jedoch jegliche Aussage verweigerten, kamen sie nicht weiter.

Daniel verlief das alles zu glatt. Noch immer hatten sie nicht erfahren, woher ‚Thors Hammer' von der bevorstehenden Durchsuchung der Lagerhalle gewusst hatte.

„Schönemann hat als einziger davon gewusst. Dr. Petridis hat ihn auf die Halle aufmerksam gemacht." Jana hielt sich den Zeigefinger an die Nase. „Ich bin mir sicher, dass er Hammerschmidt oder sonst wen aus der Gruppe informiert hat. Bloß wie? Ich traue ihm zu, geschickt genug zu sein, um da nicht mit hineingezogen zu werden." Dozierend schwenkte sie ihren Finger in Richtung Forster. „Offenbach soll schöner werden? Mit seinen luxuriösen Bauvorhaben würde er davon profitieren, wenn Offenbach, sagen wir, weniger bunt wäre."

„Aber ein braunes Offenbach würde ihm auch nicht helfen", meinte Forster grübelnd. „Andererseits – wenn man ein paar Dönerbuden abfackelt und Ausländer verprügelt, bringt ihn das vielleicht schon seinem Ziel etwas näher." Schönemann würde eine passende Ausrede parat haben. Menschen wie ihm war schwer beizukommen, sie würden immer ein paar Bauernopfer finden und unbehelligt weitermachen können. Er seufzte.

„Aber warum sollte er mit ,Thors Hammer' zusammenarbeiten?", entgegnete Amir.

„Ganz einfach: Da er sich nicht selbst die Finger schmutzig machen will, braucht er ein paar Handlanger. ,Thors Hammer'." Jana sah von Amir zu Daniel. „Auf jeden Fall müssen wir herausfinden, ob es eine Verbindung zwischen ihm und Hammerschmidt gibt", bestimmte sie. „Wir müssen jeden Krümel dreimal umdrehen, irgendetwas *muss* es geben."

„Ich will jeden Kontakt dieser vier Personen und Hammerschmidts Telefondaten, Post, alles. Befragen Sie auch die Nachbarn!", wies Daniel die Kollegen an. „Irgendwie muss er davon erfahren haben, und ich will wissen, wie und von wem. Und überprüfen Sie auch die vier anderen. Wer hat sie in die Halle geschickt?"

Das Klingeln des Telefons unterbrach ihre Überlegungen. Bernhard Völker, der Kollege vom Verfassungsschutz, bedachte Forster mit Ermahnungen, statt ihn zu dem Ermittlungserfolg zu beglückwünschen. Er habe ihm doch gesagt, er solle sich zurückhalten, und diese Aktion habe sie um Meilen bei ihrer Suche nach ,Thor' zurückgeworfen. Wenn er sich noch einmal einmische, werde man ihn und sein Team von dem Fall abziehen.

Dr. Petridis ließ sich davon nicht beeindrucken. „Wir haben zwei Morde aufzuklären, und wir sind auf der richtigen

Spur", verteidigte sie das Team um Jana und Forster vehement. „Verweisen Sie doch Herrn Völker beim nächsten Mal an mich."

*

Sie fanden keine Verbindungen zwischen Schönemann, Hammerschmidt und den vier anderen. „Wahrscheinlich haben sie Prepaid-Handys benutzt", meinte Jana. „Wer sonst außer Schönemann wusste von der Durchsuchung der Halle? Es führt alles auf ihn zurück."

„Wir brauchen Beweise", bestätigte Forster ihre Idee. „Jana, sprich bitte mit Dr. Petridis. Ihr fahrt nachher zu Schönemann. Vielleicht fällt euch ja noch etwas ein."

„Was wohl der Verfassungsschutz dazu zu sagen hat?", erinnerte Amir an deren Zuständigkeit.

Daniel seufzte. „Ich telefoniere später mit Völker. Aber bevor er etwas dagegen sagen kann, verhören wir Hammerschmidt und befragen Schönemann. Frau Dr. Petridis hat recht. Wir haben zwei Morde aufzuklären und machen nur unsere Arbeit."

*

Während Jana und Dr. Petridis erneut nach Frankfurt aufbrachen, befassten sich Daniel und Amir mit Hammerschmidt.

Der behauptete, von der Lagerhalle nichts gewusst zu haben. Er bedaure es, dass Teile der friedlichen Gruppe ‚Thors Hammer' offenbar eigene Wege gegangen seien. Mit Waffen und dergleichen wolle er nichts zu tun haben. Wie die Gruppe sich Zugang zu der Lagerhalle verschafft habe, wisse er nicht, was sie mit den Waffen gewollt hatten, sei ihm ein Rätsel. Gerne könnten sie sein Handy überprüfen, er habe nichts zu verbergen.

„Hm, ich habe auch nichts zu verbergen", meinte Amir hinterher, „trotzdem würde ich nicht ‚gerne' mein Handy überprüfen lassen. Der ist ein bisschen zu sauber für meinen Geschmack."

Daniel stimmte ihm zu. „Hat die Überprüfung der Handydaten unserer vier Freunde schon etwas ergeben?"

„Nein. Auch hier alles sauber."

*

Auch wenn Jana und Dr. Petridis sich dieses Mal nicht bei Schönemann angemeldet hatten, schien er mit ihrem Erscheinen gerechnet zu haben. Er begrüßte sie mit derselben falschen Freundlichkeit wie beim letzten Mal und unterhielt sich bevorzugt mit der Juristin. Jana stellte mit einer gewissen Befriedigung fest, dass ihre wetterfesten Schnürstiefel, die sie heute statt ihrer Sneakers trug, feuchte Flecken auf dem hellblauen Teppich hinterließen. Die beiden Frauen setzten sich Schönemann gegenüber auf zwei Schwingstühle und Jana musste sich beherrschen, nicht die ganze Zeit zu wippen. Hinter Schönemann konnte sie aus der großen Fensterfront Frankfurts verregnete Skyline betrachten.

Dr. Petridis schlug galant die Beine übereinander und sprach ihr Gegenüber direkt auf die Lagerhalle an. Schönemann zeigte sich überrascht, er habe geglaubt, die Halle stehe leer, schon lange versuche er sie zu vermieten. Sie müssten verstehen, dass er nicht damit einverstanden gewesen sei, dass die Polizei dort auftauche. Es hätte den Verkauf noch erschwert. So allerdings sei es auch nicht besser, er werde sich vorbehalten, gegen die unrechtmäßigen Nutzer zu klagen.

„Das dürfte einen Interessenkonflikt geben", meinte Jana trocken. „Matthias Renner, der Anwalt der Gegenpartei, arbeitet bei ,Winkler und Söhne', das sind Ihre Anwälte, soweit wir informiert sind."

Schönemann zeigte sich überrascht. Man werde schon eine Lösung finden. Dr. Petridis stimmte ihm zu. Sie stand auf und verabschiedete sich wortreich.

„Kennen Sie Melanie Breitenbach?", fragte Jana beiläufig im Gehen. Volltreffer, dachte sie, als Schönemanns falsches Lächeln in seinem Gesicht gefror. Kurz starrte er sie an, bevor er sich wieder im Griff hatte.

„Die Bürgermeisterkandidatin?", meinte er betont gleichmütig. „Selbstverständlich." Er ließ seine Hand durch sein Büro schweifen. „In meiner Position ist es unerlässlich, dass man mit der Politik redet."

„Sie wollen gemeinsam Offenbach attraktiver machen?", fragte Jana interessiert.

„Frau Schröder, ich weiß nicht, was diese Frage an dieser Stelle soll."

„Das überlassen Sie mal mir", entgegnete Jana. „Schönen Tag noch."

„Ich werde mich über Sie beschweren", rief er ihr noch nach.

Als sie leicht durchnässt wieder im Auto saßen, brachen Jana und Dr. Petridis gemeinsam in Gelächter aus. „Ist die Beschwerde bei Ihnen angekommen?", meinte Jana.

„Ja, Frau Hauptkommissarin, so geht das nicht. Sie können den armen Herrn Schönemann nicht nach seinen Geschäftsgeheimnissen ausfragen! Ich muss Ihnen eine Rüge erteilen." Sie wedelte mit dem Zeigefinger. Dann wurde sie ernst. „Was läuft da mit der Breitenbach? Haben Sie sein Gesicht gesehen?"

„Klar. Seine gestellten Züge sind völlig entgleist. Entweder fließt da eine Menge Geld", sie zwinkerte Dr. Petridis zu, „oder ganz andere Säfte."

Die Staatsanwältin schloss kurz die Augen. „Ich könnte mir die gut zusammen vorstellen."

„Ja, der steht auch auf Sie. Die Breitenbach sieht Ihnen ein bisschen ähnlich, so vom Typ her. Ich bin da ganz bei Ihnen! Ob wir mal mit der reden?"

„Um Gottes willen! Aus welchem Grund? ‚Entschuldigen Sie, aber haben Sie was mit Jörg Schönemann?' Ein bisschen dünn, um eine OB-Kandidatin aufzuscheuchen." Dr. Petridis schüttelte entschieden den Kopf.

„Stimmt. Aber wir sollten es im Hinterkopf behalten."

*

Nachdem Daniel und Amir sich mit Jana über ihre Ermittlungen ausgetauscht hatten, telefonierte er noch einmal mit Bernhard Völker. Dieser war alles andere als erfreut darüber, dass Jana und Dr. Petridis Schönemann aufgesucht hatten. Dennoch rang er sich ein „Gute Arbeit!" ab. Er schlug vor, dass die Kripo sich verstärkt um den zweiten Mord kümmere. ‚Thor' mache im Darknet Stimmung gegen die Polizei, da diese ihre Waffen gefunden habe und die ‚Operation Siegfried' gefährde. Er motiviere seine Leute zum Weitermachen und schimpfe über den Trittbrettfahrer, der die Gruppe diskreditiere. Forster solle seine Leute aus Thors Schusslinie halten, sie hätten sich schon genug in Gefahr gebracht. Der Mord an Fetzer sollte reichen.

Daniel versprach ihm, sich daran zu halten. Er würde es sich nie verzeihen, wenn Jana etwas zustoßen würde.

Jana …

Seit ihrem Gespräch gestern sah er sie mit anderen Augen. Rückblickend war ihm klar, dass sie ihn vom ersten Tag an fasziniert hatte und seine ablehnende Haltung ihr gegenüber in seiner Angst vor Nähe und Vertrauen begründet gewesen war. An dem Morgen vor ihrem Haus hatte er einen Moment

183

der Schwäche zugelassen. Anfangs hatte er gedacht, sie erwidere seine Gefühle, aber jetzt war er sich dessen nicht mehr so sicher. Sie verhielt sich freundschaftlich ihm gegenüber, wahrscheinlich wollte sie nicht mehr als in Frieden und auf vertrauensvoller Basis mit ihm zusammenarbeiten. Er wusste einfach nicht, was er denken sollte. So einen Fauxpas wie am Sonntagmorgen wollte er nicht noch einmal riskieren.

„Morgen wird Fetzer beerdigt", sprach sie ihn gerade an. „Ich habe Dr. Petridis gesagt, dass ich hingehe."

„Ich komme mit", meinte Daniel sofort. „Er war schließlich mein Kollege. Hier können wir im Moment sowieso nicht viel machen."

Amir nickte. „Ich halte die Stellung."

*

Abends erreichte Jana endlich ihre Freundin Federica. Amir hatte sie mit nach Hause genommen.

Federica versuchte, sie zu einem Glas Wein bei Nello zu überreden, doch Jana war nach dem frühen Einsatz so müde, dass sie nur noch ins Bett wollte. Sie trug schon ihren Schlafanzug und hockte in eine Decke eingewickelt auf der Couch. Federica erzählte ihr freudig, dass der Typ, den sie bei der Party am Samstag kennengelernt und eigentlich nicht hatte wiedersehen wollen, sich bei ihr gemeldet und sie gestern auf einen Drink eingeladen hatte. Er sei doch ganz süß. „Allerdings denkt er immer noch, ich sei Ärztin. Naja, bin ich ja auch. Aber du weißt schon …"

„Ach, komm, wenn er dich wirklich mag, ist es ihm egal." Jana freute sich für ihre Freundin. „Aber was meint Uli dazu?"

„Ach, Uli", wiegelte sie ab. „Und du, Süße? Du kannst mir doch nicht im Ernst erzählen, dass da zwischen dir und Forster nichts läuft."

Jana seufzte. Was sollte sie dazu sagen? „Wir haben uns ausgesprochen. Jetzt kommen wir ganz gut miteinander klar."

„Das ist alles?" Federica war enttäuscht.

„Immerhin etwas, meinst du nicht? Eigentlich ist Daniel ja ganz nett ..."

„Aha, *Daniel*, so so? Och Süße, ‚nett' ist die kleine Schwester von ‚Scheiße'."

„Dann halt – ach, egal. Ich bin echt müde. Schlaf gut, meine Liebe!" Jana legte schnell auf, bevor ihr Federica noch entlockte, wie sie Daniel Forster wirklich fand.

13

Jana betrachtete sich unzufrieden im Spiegel. Schwarz stand ihr nicht, sie fand, sie wirke fahl, passend zum Wetter. Daran änderte auch der schicke schwarze Pullover mit Spitzenbesatz nichts. Für eine Bluse war es heute eindeutig zu kalt. Jana versuchte der Blässe mit etwas Make-up entgegenzuwirken. Sie warf einen sehnsüchtigen Blick auf ihre Sneakers und entschied sich für wetterfeste Chelsea-Boots. Auch wenn sie nur Zaungast bei Fetzers Beerdigung war, so wollte sie doch angemessen gekleidet sein. Jana schlüpfte in ihren schwarzen Trenchcoat und suchte ihren Schirm. Irgendwann fiel ihr ein, dass sie ihn in Daniels Auto vergessen hatte. Mist, dachte sie. Der Versuch, sich einen Zweitschirm für alle Fälle anzuschaffen, war nie erfolgreich gewesen, denn Schirme verschwanden bei ihr in einem schwarzen Loch. Wahrscheinlich gab es irgendwo ein Paralleluniversum, was nur aus ihren Schirmen und Kugelschreibern bestand.

Sie schlug den Kragen ihres Trenchcoats hoch und hoffte, im Präsidium ein verwaistes Exemplar zu finden.

Im Büro wartete Amir schon auf sie und drückte ihr ungefragt einen Kaffee in die Hand. „Gut siehst du aus", meinte er ehrlich und Jana verzog das Gesicht.

„Wie geht's Selin?", fragte sie und zauberte damit ein Lächeln auf Amirs Gesicht.

„Gut. Ich soll dich übrigens schön grüßen."

„Oh, danke." Sie startete ihren Computer. „Gibt's was Neues?"

„Hier, die Akten von der KTU sind gerade gekommen." Er warf sie zu Jana auf den Schreibtisch.

„Guten Morgen." Daniel, ebenfalls ganz in Schwarz, betrat das Büro. Da er häufig diese Farbe trug, wirkte er nicht so befremdlich, wie Jana sich fühlte. Er nickte Jana zu, die sich schnell verlegen in die Akten vertiefte.

Es hatte sich bestätigt, dass das Blut in der Lagerhalle von Fetzer stammte. Die Auswertung der Fingerspuren hatte ein paar Treffer ergeben: Samuel Neuberger und Harry Mindermann waren dabei, auch Steffen Schneider war offensichtlich beteiligt gewesen.

„Seltsam", wunderte sich Jana, „die erschlagen seinen Freund brutal und er schaut zu?"

„Vielleicht haben sie ihn gezwungen?", meinte Amir.

„Irgendjemand hat ihm das Zolpidem gegeben. Dasselbe haben wir in Schneiders Schlafzimmer gefunden." Er rieb sich das Kinn. „Was, wenn er es ihm gegeben hat? Damit er nicht leiden muss?"

„Puh." Jana verzog das Gesicht. „Da könnte was dran sein. Federica hat gesagt, man habe es ihm kurz vor seinem Tod erst verabreicht. Ich habe mich damals darüber gewundert. So allerdings", sie zeigte auf Daniel, „macht es wenigstens *etwas* Sinn."

„Wollen wir dann?", fragte Daniel, als es an der Zeit war, nach Wiesbaden aufzubrechen. Die Beerdigung war für elf Uhr angesetzt.

Jana sah aus dem Fenster. Noch immer regnete es.

„Bist du mit dem Auto da?", fragte sie deshalb.

„Nein, S-Bahn. Wir nehmen einen Dienstwagen." Er klimperte bereits mit einem Schlüssel und grinste. „Hast du etwa eine Vorliebe für Sportwagen entdeckt?"

Jana kicherte. „Nein, bedaure. Nur für Schirme. Meiner liegt noch in deinem Auto."

*

Jana und Daniel verfolgten die Zeremonie mit angemessenem Abstand. Er hatte seinen Knirps aufgespannt und sie hatte sich bei ihm eingehakt, damit beide darunter passten. Daniel wagte kaum, sich zu bewegen. Ihre Nähe brachte ihn durcheinander, er nahm ihren Duft wahr und ihre langen Haare kitzelten an seiner Hand. Er stand stocksteif. Sein linker Ärmel war völlig durchnässt, er hielt den Schirm so, dass sie möglichst trocken blieb.

Laura und Nico wirkten verloren vor dem offenen Fach in der Urnenwand. Hartmut Fetzer hatte es übernommen, die Urne seines Sohnes zu tragen. Margot huschte wie ein Schatten hinter ihm her. Alexander Gruber stand neben Nico und hielt seine Hand, ganz der fürsorgliche Patenonkel. Eine Menge Kollegen vom LKA waren anwesend, und der Kriminalrat hielt eine bewegende Rede, in der er Timos Engagement lobte und ihn als besonders geschätzten Kollegen pries. Auch Max Zimmermann war da. Jana hatte Daniel gefragt, ob er nicht zu seinen Kollegen gehen wolle, schließlich gehöre er auch zum LKA. „Ich kann dich doch nicht im Regen stehen lassen", hatte er grinsend geantwortet.

*

Laura verharrte mit Nico lange vor der Urne. Jana erinnerte sich daran, als sie mit Kai an der Hand einsam vor der Wand gestanden hatte, angestarrt und bemitleidet von etlichen Menschen, Freunden, Familie und Kollegen, die sie in ihrem Rücken spürte. Das war eigentlich das Schlimmste, sie wäre lieber allein gewesen. Allein mit dem Gefäß, in dem sich Christians Asche befand. Die Asche eines Menschen, dessen Berührung sie noch spürte, dessen Worte sie hörte und dessen Seele sie nicht verlassen hatte. „Halte durch, Janni, alles wird gut", hatte er geflüstert und seine Hände auf ihre Schultern gelegt.

Jana schwankte, und Daniel hielt sie fest. „Alles gut?", fragte er vorsichtig.

„Ja." Sie nickte. Er lockerte seinen Griff wieder. „Schau mal." Sie wies in Lauras Richtung. Hartmut Fetzer bemühte

188

sich aufrichtig um sie, er hielt ihren Arm und redete mit freundlicher Miene auf sie ein, missbilligend beobachtet von Margot Fetzer.

„Hm. Alternder Macho sucht hübsches Gesicht für marode Firma", meinte er trocken.

„Wenn Gruber den Mund hält, hat sie ausgesorgt", entgegnete Jana giftig. „Trotzdem tut sie mir leid."

„Und was sagt der wohl dazu?", fragte Daniel. „Schließlich wollte er sich ins gemachte Nest setzen. Wenn Laura mit dem Senior durchbrennt, ist für ihn kein Platz mehr." Alexander hatte Nico auf dem Arm und blödelte mit ihm unter einem mit Polizeiautos bedruckten Kinderschirm herum.

Jana boxte Daniel in die Seite. „Übertreib's mal nicht. Vielleicht ist der Alte einfach nur nett."

„Wer's glaubt …"

*

„Hi, ich bin Max!" Daniels Kollege begrüßte Jana mit Handschlag. „Freut mich, dich kennenzulernen."

„Jana", meinte sie verhalten.

Sie standen vor dem Friedhof, die Fetzers fuhren gerade in Richtung Leichenschmaus. Daniel hatte Jana seinem Kollegen vorgestellt, der schnurstracks auf sie zugekommen war.

„Wollen wir zusammen was essen gehen? Also, ich habe ganz schön Hunger."

Jana musste Max insgeheim zustimmen. Seit dem Frühstück hatte sie nichts mehr gegessen und sie hatte keine Lust, auf direktem Weg wieder nach Offenbach zu fahren. Ein Austausch mit den Kollegen vom LKA gehörte außerdem zu ihren Dienstpflichten, redete sie sich ein.

„Klar", antwortete Daniel. „Ich hab Bock auf Schnitzel." Er warf seinem Kollegen einen verschwörerischen Blick zu.

Jana sah ihn verwundert an. So hatte sie ihn noch nie reden hören.

„Oki. Dann los. Jana, kommst du mit?"

„Äh – ja." Sie war gespannt, wohin die beiden sie ausführen würden.

*

‚Junge Frankfurter Küche' versprach das Restaurant Henscheid in Bornheim, welches Daniel und Max ausgesucht hatten. Offensichtlich kannte man sie hier. Der Kellner führte Daniel und Jana kommentarlos zu einem kleinen Tisch in einer Ecke, an dem Max bereits auf der Eckbank saß und einen Äppler trank.

Er klopfte auf den Platz neben sich. „Hier, schöne Frau."

Daniel nahm Jana den Mantel ab und brachte ihn zur Garderobe. Als er zurückkam, saß sie auf der Eckbank neben Max. Ihm blieb nur der Stuhl gegenüber.

Max bestellte für alle einen Äppler und drei Grüne-Soße-Schnitzel. Jana winkte schnell ab. „Für mich nur eine Apfelschorle." Zu Daniel gewandt meinte sie: „Irgendwer muss den Dienstwagen noch nach Offenbach fahren." Aber auch der lehnte schweren Herzens den Alkohol ab. „Ich bin noch im Dienst." Jana wusste inzwischen, dass Daniel hier in Frankfurt-Bornheim wohnte, und Max teilte ihr sehr schnell mit, dass auch er Frankfurter sei.

„Das ist hart für mich", meinte Jana gespielt zerknirscht. Max fragte sie, ob sie sich für Fußball interessiere. Dank Kai, einem eingefleischten Kickers-Fan, konnte Jana mitreden. Max war Eintracht-Fan, und mithilfe ihres Pokerface und Kais Informationen gelang es ihr zumindest, ihren Gesprächspartner zu beeindrucken. Daniel verfolgte das Gespräch der beiden mit steinerner Miene. Er betrachtete sich intensiv die satirischen Comics, die die Wände des Restaurants schmückten.

Max machte es selbst Jana, die laut ihrer Freundin Federica den Stempel ‚spröde' trug, leicht, zu flirten. Er sah gut aus, seine schwarzen Haare hingen ihm wirr ins Gesicht und verliehen ihm den Ausdruck eines verkannten Genies. Daniels reserviertes Verhalten spornte Jana nur weiter an. Seine Blicke entgingen ihr nicht, und sie fragte sich, wie weit sie noch gehen sollte, bis er ihr endlich zeigte, dass sie ihm etwas bedeutete. Aber vielleicht stimmte das ja gar nicht und sie bildete sich alles nur ein. Dann hatte sie nichts zu verlieren.

Jana ermahnte sich, dass sie im Dienst sei, und fragte Max nach Informationen über Timo Fetzer. Er nannte Timo einen netten Kollegen, zwar etwas reserviert, aber zuverlässig. Er habe sich gewundert, dass er die schöne Laura abbekommen habe und diese auch noch gleich schwanger wurde, das habe so gar nicht zu ihm gepasst. Aber man stecke ja nicht in den Menschen drin. Er rückte immer näher an Jana heran. Offenbar war er der Meinung, dass für ihn heute Dienstschluss sei, und bestellte noch einen Äppler. Jana seufzte. Auch ohne Alkohol war sie in guter Stimmung, aber sie musste demnächst wieder zurück nach Offenbach.

„Jungs, wenn ihr noch ein bisschen feiern wollt, dann gerne, aber ich muss los." Sie schickte sich an aufzustehen. Max hielt sie galant am Arm fest und zog sie wieder auf die Bank zu sich heran. „Nicht so schnell!" Er flüsterte in ihr Ohr: „Vorher musst du mir versprechen, dass wir uns wiedersehen!" Er sah sie mit einem jungenhaften Lächeln an, das bestimmt die Herzen vieler Frauen schmelzen ließ, aber nicht Janas.

„Bestimmt werden wir das", entgegnete sie und zwinkerte ihm zu. Dann machte sie sich auf den Weg. Daniel sprang auf. „Ich komme mit." Er holte die Jacken und bestand darauf zu zahlen.

*

Schweigend liefen sie zum Auto. Es hatte aufgehört zu regnen und Jana wich den Pfützen aus. Der Himmel war immer noch grau und wolkenverhangen.

„Nett, dein Kollege", meinte sie, als sie sich durch Bornheim Richtung A661 kämpften.

„Ja", entgegnete Daniel knapp und hüllte sich weiter in Schweigen. Jana zuckte die Achseln und sah aus dem Fenster. Ihre gute Stimmung verflüchtigte sich, stattdessen fühlte sie sich wie das Wetter draußen. Grau in Grau standen die Fabrikhallen, der Main schlängelte sich als schmutziges Band durch das Industriegebiet und die glanzlosen Fassaden der Hochhäuser am Kaiserlei spiegelten milchiges Einerlei wider. Vielleicht hätte sie doch nicht so intensiv mit Max flirten sollen, der machte sich am Ende noch falsche Hoffnungen. Er sah gut aus, ja, aber er war ihr zu oberflächlich. Andererseits hatte sie jetzt endlich angefangen, sich aus ihrem Kokon herauszuwagen, und da Daniel offensichtlich kein Interesse an ihr hatte, konnte sie sich genauso gut mit Max treffen. Vielleicht steckte ja doch mehr in ihm.

Sie sollte sich besser auf den Fall konzentrieren.

*

Amir begrüßte sie mit ein paar Neuigkeiten. Er hatte sich Samuel Neuberger noch einmal vorgenommen und ihm klargemacht, dass er auf jeden Fall wegen Mordes dran sei. Da seine Fingerabdrücke am Tatort und an der Leiche gefunden worden waren, sei dies offensichtlich. Neuberger wollte sich jedoch nicht allein dafür verantworten. Zwar bestätigte er die Namen, die sie schon kannten, ließ jedoch Hammerschmidt aus dem Spiel. ,Thor' wollte, dass sie ein ,Exempel statuierten', er habe gegoogelt, was das heiße, und sei

192

schließlich auf die Idee mit dem Wassersprühfeld (er nannte es ‚Brunnen‘) gekommen. Mit dem Mord selbst aber habe er nichts zu tun, er habe nicht auf Fischer eingeschlagen. Dazu sei er viel zu sensibel. Es könne durchaus sein, dass Schneider, ebenfalls ein Sensibelchen, ihm ein Betäubungsmittel gegeben habe. Schließlich sei Tom ja seine große Liebe gewesen.

Warum Schneider denn dann überhaupt dabei gewesen sei, wollte Amir wissen.

Offenbar war dies Neubergers Rache an seinem Ex-Freund. Mit süffisantem Grinsen erklärte er dem Polizisten, dass er Schneider dazu gezwungen habe. Entweder er sei dabei, oder er würde den anderen erzählen, dass die beiden ein Paar seien. Dann wäre Schneider gleich mit dran gewesen.

Wen sie damit glaubten zu beeindrucken, fragte Amir.

Die Antwort hierauf sei sehr diffus ausgefallen, offensichtlich wusste Neuberger das auch nicht so genau. Ausländer, die uns unsere Wohnungen und Jobs wegnehmen und Politiker, die das auch noch fördern, nannte er als Feindbilder.

„Das ist interessant", meinte Jana. „Politiker. Ich habe ja Schönemann im Verdacht. Mal angenommen, der steckt wirklich mit der Breitenbach unter einer Decke, dann wäre das doch eine Möglichkeit, den politischen Gegner einzuschüchtern."

„Orkun Yilmaz passt komplett in sein Feindbild", bestätigte Amir. „Aber traust du das Schönemann wirklich zu?"

Jana seufzte. „Ich weiß nicht. Irgendwie weiß ich gar nichts mehr." Sie sah auf die Uhr. „Ich mache Schluss für heute. Wenn was ist, ruft mich an."

*

Jana war froh, ihre schwarzen Sachen endlich loszuwerden. Auch nach Christians Tod hatte sie kein Schwarz getragen, sie hielt ohnehin nichts davon, Trauer öffentlich zur Schau zu stellen.

„Ach, Christian", seufzte sie und nahm das Bild vom Regal. Was wäre wohl heute mit uns, fragte sie sich nicht zum ersten Mal. Ihr fiel keine Antwort ein, im Grunde konnte sie es sich gar nicht mehr vorstellen.

Sie wusste ja nicht einmal, was aktuell mit ihr selbst los war. Es war immer alles so klar gewesen, bis Daniel in ihr Leben getreten war. Gepoltert, wohl eher. Und jetzt? Was brachte das alles? Nichts. Sie würde sich gern wieder hinter die Mauer zurückziehen, die Daniel eingerissen hatte, aber es gelang ihr nicht mehr. Es half auch nichts, sich irgendwas einzureden, längst war ihr bewusst, dass sie sich in ihn verliebt hatte.

Erstaunt stellte sie fest, dass sie Christian dadurch nicht weniger liebte oder vermisste.

14

Auf der Hafentreppe mit den breiten, großzügig angelegten Stufen war schon die Hölle los. Die Streifenpolizisten hatten den Tatort gesichert, die KTU in ihren weißen Overalls war zur Untersuchung ausgeschwärmt.

Langsam suchte sich die Sonne ihren Weg und Jana blinzelte in Richtung des Krans, der sich wie ein mahnender Zeigefinger gegen den Himmel abhob, und gähnte verstohlen. Sie seufzte. Dieser Ort hatte etwas Friedliches. Man konnte hier stundenlang sitzen und sich vorstellen, dort hinten sei nicht der Main, sondern das Meer. Ein Bootsverleih, dessen Bude die Form eines Leuchtturms hatte, unterstützte diese Fantasie. Sie ließ den Blick schweifen über die Wohnblocks, von denen sie nicht wusste, ob sie sie künstlerisch gelungen oder hässlich finden sollte. Egal wie, sie verhalfen diesem Ort zu einem Charme, der an italienische Lagunen erinnerte. Neugierige Menschen hatten sich auf den zahlreichen Balkons eingefunden. Sie winkte einem Streifenbeamten und bat ihn, mit ein paar Kollegen die Anwohner zu befragen. Vergeblich hielt sie Ausschau nach Daniel, der sie mit seinem Anruf geweckt hatte.

Auch Kacper war wieder dabei. Er stellte Jana einen Mann mittleren Alters vor, der den Toten gefunden hatte und der ihr vage bekannt vorkam. Giovanni Messina arbeitete in der Bar am Hafen und hatte die reglos am Boden liegende Gestalt zunächst für einen Betrunkenen gehalten. Wahrscheinlich hatte er sie bei einem ihrer Besuche bedient. Würde sie jemals wieder so unbedarft die Stimmung hier genießen können?

Giovanni nippte an einem starken Kaffee und schüttelte unaufhörlich mit dem Kopf. Jana nickte Kacper unmerklich zu. „Ich komme gleich nochmal zu Ihnen", sagte sie und legte dem Kellner beruhigend eine Hand auf den Arm. Dann ging sie zu der Leiche, die mit ausgestreckten Armen in der

Mitte der regennassen Hafentreppe lag. Amir kam ihr schon entgegen. „Es ist Hammerschmidt."

Wie bei den anderen Leichen auch war sein Hemd blutbesudelt und ihm fehlte die Zunge, außerdem noch seine rechte Hand.

„Gleiches Szenario wie bei Schneider", stellte Jana fest. „Mist, der Regen hat bestimmt alle Spuren beseitigt." Sie begrüßte Federica, die gerade kam, und sah sich die Leiche genauer an.

Federica kniff die Augen zusammen. „Ich möchte fast wetten, dass ich bei dem kein Schlafmittel im Blut finde", meinte sie und beugte sich zu Hammerschmidt. „Schaut mal seinen Gesichtsausdruck an. Der hat nichts verschlafen."

Seine Züge waren schmerzverzerrt, die Augen weit aufgerissen. Federica begann mit der Untersuchung. „Verblutet ist er auch nicht." Sie wies mit dem Finger auf das Hemd. „Hier, seht ihr das? Eine Stichwunde."

„Wann ist er gestorben?", wollte Jana wissen.

„Kann ich jetzt noch nicht sagen, aber Pi mal Daumen, der Temperatur nach zu urteilen, so gegen zehn." Sie verzog das Gesicht. „Der ist klitschnass, aber unter ihm ist es trocken."

Jana schüttelte den Kopf. Hier lag eine übel zugerichtete Leiche und Federica beschwerte sich über die Nässe.

„Das heißt zumindest", fuhr die Rechtsmedizinerin fort, „dass er vor Mitternacht hier abgelegt worden ist – denn erst dann hat es angefangen zu regnen."

Jana nickte anerkennend.

„Wo habt ihr eigentlich euren Chef gelassen?", fragte Federica beiläufig, ohne den Blick von Hammerschmidt zu wenden.

„Hier." Jana zuckte erschrocken zusammen. Daniel stand direkt hinter ihr. Er schob sie wortlos zur Seite und ging neben ihrer Freundin in die Hocke. Sie ballte die Fäuste und atmete tief durch. Gefühle hatten hier nichts verloren. Dann drehte sie sich um und ging zu Giovanni Messina. Der konnte ihr jedoch nichts sagen, was sie weitergebracht hätte.

Wahrscheinlich hatten sie beim letzten Mal Glück gehabt, dass Leon mit seiner Freundin die schöne Frühlingsnacht genießen wollte und so den Täter bemerkt hatte. Bei dem Wetter in der letzten Nacht hatte es niemanden nach draußen gezogen. Vielleicht ergab die Befragung der Anwohner noch etwas, aber Jana war pessimistisch.

„Was passiert jetzt mit der Bar? Kann ich denn überhaupt öffnen?" Giovanni sah Jana fragend an.

„Das ist keine gute Idee. Wir brauchen hier noch eine Weile. Das Hafengelände bleibt erst mal großräumig gesperrt."

Der Kellner sah sie hilflos an. „Möchten Sie denn wenigstens einen Kaffee?"

Jana lächelte. „Gern. Viel Milch, wenig Zucker, wenn es Ihnen nichts ausmacht." Sie drückte ihm einen Fünf-Euro-Schein in die Hand. „Stimmt so."

Während Giovanni sich auf den Weg zur Kaffeemaschine machte, ging Jana zurück zur Leiche. „Noch was Neues?", fragte sie Federica. Die hob den verstümmelten Arm hoch.

„Schau mal, hier!" Sie zeigte Jana die Wundränder. „Sieht nach einer Axt aus. Schon wieder so ein mittelalterlicher kranker Mist." Federica verzog das Gesicht.

„Vor oder nach dem Tod?", hakte Jana nach.

„Ich vermute, ante mortem. Er hat viel Blut verloren, allerdings nicht hier. Mehr dann nach der Obduktion."

„Schicken Sie mir den Bericht so schnell wie möglich", wies Daniel sie an. „Ich fahre ins Präsidium. Jana, du kommst mit. Amir, du bleibst hier." Er drehte sich um und war verschwunden.

Jana sah hilfesuchend zu ihrer Freundin, die ihre Aufmerksamkeit tatsächlich von ihrer Leiche abgewendet hatte. Seufzend dachte sie an ihren Kaffee. Federica schüttelte verständnislos den Kopf. „Was ist denn jetzt schon wieder mit dem los? Vor Kurzem war er noch ‚nett' ..."

Jana zuckte die Achseln. „Du hast doch selbst gesagt – nett ist die kleine Schwester von Scheiße."

*

„Daniel, was ist los?", fragte Jana ihn direkt, als sie im Büro ankam.

„Nichts", war die knappe Antwort. „Wir sollten uns auf den Fall konzentrieren." Er vermied es, sie anzusehen.

„Gut, dann machen wir das." Sie startete ihren Computer und fand Fotos der dritten Leiche, die ihr die KTU bereits geschickt hatte. Sie druckte sie aus und heftete sie an die Plexiglaswand. „Nun also auch noch Hammerschmidt."

Daniel stellte sich neben sie, um die Fotos zu betrachten. Janas Herz begann wild zu klopfen. Reiß dich zusammen, schalt sie sich, er will dich nicht. Gestern noch hatte sie sich bei ihm eingehakt, bloß nicht noch so eine peinliche Situation provozieren. Sie starrte auf die Fotos, und langsam gewann der Fall wieder die Oberhand.

„Dieben hat man die Hand abgeschlagen", überlegte sie. „War Hammerschmidt ein Dieb?"

Daniel zuckte die Achseln. „Wir fragen am besten den Anwalt, Renner."

„Mich würde mal interessieren, was in deren Chat so kursiert", meinte sie. „Meinst du, der Verfassungsschutz hat da Einblick?"

„Ich rufe Völker an", entgegnete Daniel, „kann dein Karl da nicht vielleicht was machen?"

„Ich frage *meinen* Karl", stimmte Jana ihm zu. „Mache mich gleich auf den Weg."

*

Froh, Daniels Gegenwart entkommen zu sein, stattete Jana dem IT-Experten einen Besuch ab.

„Klar kriege ich das hin", meinte der. „Hast du einen Moment Zeit?" Den hatte sie.

Sie sah ihm dabei zu, wie er wild auf seiner Tastatur herumtippte. Irgendwann hatte er das bekannte Chatfenster geöffnet. „Ist noch das Log-in von dem Toten. Haben sie nicht gesperrt." Er trommelte weiter auf die Tastatur. „So. Loki is back."

„Wie bist du eigentlich auf diesen Namen gekommen?", wollte Jana wissen.

„Loki, Trickster, Gott der List. Ich dachte, das passt", antwortete Karl sachlich, ohne vom Bildschirm aufzusehen.

Jana zog sich einen Stuhl heran und setzte sich neben Karl. „Was schreiben die so?"

Die Stimmung bei ‚Thors Hammer' war schlecht. Man ärgerte sich über den Trittbrettfahrer und rühmte sich selbst mit Fetzers bühnenreifer Ermordung. Aber auch eine gewisse Angst machte sich breit. Hammerschmidts Tod hatte allgemein eine tiefe Betroffenheit ausgelöst. Er war beliebt gewesen.

Hallo Loki!

Karl schob der überraschten Jana das Keyboard hin, sodass sie den Chat nun ebenfalls verfolgen konnte.

„Was soll ich schreiben?" Jana kratzte sich am Kopf. Sie entschied sich letztendlich für ein unverbindliches *Hallo*.

Lange nichts von dir gehört, antwortete der Typ namens Hermann.

Hatte zu tun, tippte Jana. Sie fühlte sich sichtlich unwohl. Worauf hatte sie sich da bloß eingelassen? Sie wünschte, Daniel wäre hier.

Die Antwort stinkt. Wer bist du?

Jana begann zu schwitzen. Sie sah zu Karl, doch der hob nur die Schultern.

Ich kenne Thor, schrieb sie schließlich, wohl wissend, dass das eine Provokation war. Niemand kannte Thor, nicht einmal sein Handlanger Hammerschmidt.

Du lügst, kam auch direkt die Antwort.

Er benutzt euch nur, erklärte Jana. Sie wusste nicht, ob das schlau war, was sie hier tat.

Wer bist du?

„Können die uns aus dem Chat werfen?", fragte sie Karl.

„Das kann nur der Admin. Aber ich habe das überbrückt. Geht nicht."

„Können die rausfinden, wer wir sind?"

„Nein, mich findet niemand!", beruhigte Karl sie mit einem gewissen Stolz in der Stimme und Jana atmete auf.

„Dann warten wir jetzt einfach mal."

Loki wurde noch mehrfach aufgefordert, seine Identität preiszugeben. Irgendwann fingen sie an zu diskutieren, wer sich da eingeloggt hatte. Einer wusste, dass „Loki" Thors intriganter Halbbruder war und dieser Loki hier deshalb an Thors Stelle treten wolle. Aber man äußerte auch die Vermutung, dass Loki recht haben könnte und Thor angefangen habe, Abtrünnige selbst zu bestrafen.

„Das glaube ich nicht", meinte Jana. „Der hat nur Timo Fetzer auf dem Gewissen." Sie gab Karl einen Kuss auf die Wange. „Danke, Loki", meinte sie ehrlich.

*

Daniel hatte indes mit Bernhard Völker telefoniert und weit weniger Informationen erhalten. Von Janas Aktion zeigte er sich dennoch wenig begeistert. „Das hättest du mit mir absprechen sollen."

„Wann denn bitte?", fragte Jana gereizt. „Du hast mich ja selbst zu Karl geschickt."

Daniel presste die Lippen aufeinander und sagte nichts mehr.

„Also gut", meinte Jana versöhnlich, „konzentrieren wir uns auf den Trittbrettfahrer und überlassen ‚Thor' vorerst dem Verfassungsschutz."

Ihre Überlegungen wurden unterbrochen durch das Klingeln von Daniels Handy. Er wiederholte mehrfach knapp „ja", keifte dann „sag's ihr doch selbst!" und legte auf. Jana wartete interessiert ab, wagte aber nicht, ihn nach dem Anrufer zu fragen.

„Ist was?", fuhr Daniel sie an, da sie sich noch immer nicht bewegte.

Wortlos stand Jana auf und ging zur Toilette. Dort lehnte sie sich mit dem Kopf an die Wand und schloss die Augen, erlaubte sich einen Moment der Schwäche. Was war nur los mit ihm? Eins war jedenfalls klar – sie musste ihn sich so schnell wie möglich wieder aus dem Kopf schlagen, und wenn er sich so verhielt, dürfte das relativ einfach werden. Es tat trotzdem weh. So lange hatte sie nach Christians Tod gebraucht, und jetzt das. Sie spritzte sich kaltes Wasser ins Gesicht und holte tief Luft. Auf in den Kampf, dachte sie.

Sie kochte Kaffee, nahm sich eine Tasse und setzte sich an ihren Schreibtisch. Amir müsste hoffentlich bald zurückkommen, dann war sie wenigstens nicht mehr allein mit diesem unfreundlichen Menschen. Ihr Handy klingelte, unbekannte Nummer. Es war Max. Ihre Miene hellte sich etwas auf. Wenigstens einer, der sie schätzte.

„Hi", begrüßte sie ihn. Er fragte, ob Daniel seine Grüße ausgerichtet habe, und sie verneinte. Da eben dieser sie missmutig beim Telefonieren beobachtete und das Gespräch mithörte, vermied sie es, sich näher darüber zu äußern. Max fragte sie, ob sie am Wochenende schon etwas vorhabe. „Ich – äh – weiß nicht, der Fall …", versuchte sie es, so wie die Sache im Moment aussah, lag sie damit wahrscheinlich gar nicht so falsch. Nach einem Blick in Daniels abweisendes Gesicht fuhr sie jedoch fort: „Warum eigentlich nicht, vielleicht abends?" Dabei kam sie sich vor wie ein alberner Teenager. Sie beschlossen, noch einmal zu telefonieren. Jana war gleichzeitig zum Lachen und zum Heulen zumute. Daniels Miene war reglos.

„Ist was?", fragte sie ihn betont gleichgültig.

„War das Max?", wollte er wissen.

„Das war privat", entgegnete sie schnippisch und begann demonstrativ mit der Arbeit.

*

Amir berichtete ihnen bei seinem Erscheinen, dass sie trotz des Regens Reifenspuren gefunden hatten, die zu den letzten passen könnten. Verwertbare Zeugenaussagen gab es nicht, Hammerschmidt war mitten in der Nacht bei schlechtem Wetter dort abgelegt worden. Jemand hatte berichtet, gegen Mitternacht ein paar Betrunkene beobachtet, sich aber nichts weiter dabei gedacht zu haben. Auch sonst gab es noch nichts Interessantes. Die Leiche sei schon in der Pathologie, Jana könne sie sich dort gern ansehen, Federica habe noch etwas entdeckt.

Sie nahm ihre Jacke. „Kommst du mit?", fragte sie Daniel wenig begeistert. Aber der hatte Renner bestellt, der jeden Augenblick erscheinen konnte.

Federica zeigte ihr die Fesselspuren an Händen und Füßen. Sie wiesen keine tiefen Abschürfungen auf wie Schneiders. Hammerschmidt war auch nicht lange verschwunden gewesen. Außerdem war sein Magen voll gewesen, er hatte in seinen letzten Stunden mehr als nur Toastbrot gegessen. „Ich tippe auf denselben Täter wie bei Schneider", meinte Federica. „Aber ein paar Dinge sind neu. Zum einen hat er sein Opfer diesmal nicht betäubt. Ich kann nicht genau sagen, in welcher Reihenfolge er vorgegangen ist, aber wahrscheinlich hat er Zunge und Hand kurz hintereinander entfernt. Danach hat er ihn erstochen. Er wird ungeduldiger."

„Heißt das, er macht weiter?" Jana seufzte. Jetzt hatten sie auch noch einen verrückten Serienmörder im Programm.

„Vielleicht hat er geübt? Erst der betäubte Schneider, dann Hammerschmidt. Wer weiß, welche Mission er verfolgt. Das musst du herausfinden."

„Scheiße", entfuhr es Jana. „Sonst noch irgendwas?"

„Ja. Hier." Sie nahm die Kleidung des Toten von einem Stapel. „Die Flecken könnten mit denen auf Schneiders Kleidung übereinstimmen. Die KTU muss sich das noch genauer ansehen, aber ich wette, das kommt hin."

„Hm. Fetzer wurde in der Lagerhalle ermordet. Das ergab keine Übereinstimmung mit dem da." Sie zeigte auf das Bündel. „Fetzers Mörder haben wir prinzipiell, wenngleich vielleicht auch noch nicht alle. Und dieser ‚Thor' … ich glaube nicht, dass der jetzt seine eigenen Leute umbringt."

„Warum nicht?", wollte Federica wissen. „Vielleicht haben sie was gegen ihn in der Hand."

„Nein, die wissen nicht, wer er ist. Außerdem ist ‚Thor' jemand, der sich die Hände nicht selbst schmutzig macht. Er müsste einen neuen Handlanger engagiert haben, der seine alten Handlanger erledigt. Ich glaube eher, dass er die Gruppe fallenlässt und sich etwas Neues sucht. Er hat nichts zu verlieren."

„Da magst du recht haben", stimmte Federica ihr zu. „Ach ja, der Todeszeitpunkt. Wie vermutet, ist er gegen 22 Uhr gestorben. Hingelegt worden dürfte er aber wegen des Regens, wie gesagt, erst so gegen Mitternacht sein."

„Das passt zu der Aussage des Anwohners", nickte Jana. „Prima. Danke, Rica. Das bringt uns hoffentlich weiter." Sie winkte ihr und flüchtete schnell, bevor ihre Freundin ihr unangenehme Fragen zu Daniel stellen konnte.

Renner war sehr mitteilsam gewesen. Dr. Petridis hatte Forster unterstützt und ihn mit Charme und juristischem Fachwissen zum Reden gebracht.

Zweifelsohne hatte Hammerschmidt Geld unterschlagen. Renner hatte ihn damals anwaltlich vertreten. Dr. Petridis vermutete, dass er so an seine Position in ‚Thors Hammer‘ gelangt war. Hammerschmidt kannte durch seine KFZ-Werkstatt die richtigen Leute und war so ein wertvoller Mitarbeiter für ‚Thor‘ gewesen. Davon selbstverständlich wollte Renner nichts wissen. Jedoch gab er Dr. Petridis zu verstehen, dass die Unterschlagung ein offenes Geheimnis gewesen sei.

„In solchen Kreisen brüstet man sich mit seinen Missetaten", meinte Forster später.

„Sie wurden für ihre ‚Sünden‘ bestraft – Hammerschmidt für den Diebstahl und Schneider für seine Homosexualität", entgegnete Dr. Petridis, „das passt doch nicht. Schneider war der Gruppe vielleicht ein Dorn im Auge, in diesen Kreisen mag Homosexualität als ‚Verrat‘ gelten, aber Hammerschmidt? Wo ist der Zusammenhang?"

„Schneider wollte aussteigen. Vielleicht wissen wir noch nicht alles über Hammerschmidt?" Daniel rieb sich das Kinn.

„Seine Wohnung wird gerade durchsucht. Fahren Sie hin! Vielleicht finden Sie etwas."

Er folgte Dr. Petridis‘ Anweisung nur zu gerne und bat Amir, ihn zu begleiten.

*

In Hammerschmidts Wohnung fanden sie auf Anhieb nichts außer einem Berg von Aktenordnern, die darauf warteten, durchgesehen zu werden. „Es wäre ja schön, wenn er hier eine Mitgliederliste von ‚Thors Hammer' hängen hätte, dann könnten wir das ganze Pack einfach festnehmen", meinte Amir.

„Und dann?", entgegnete Daniel frustriert. „Dann kommt so ein schmieriger Anwalt wie Renner, und schon sind sie alle wieder draußen. Solange wir ihnen keine Verbindung mit dem Mord an Fetzer oder sonst irgendwas nachweisen können, haben wir keine Handhabe. Ein Runen-Tattoo allein ist keine Straftat." Er rieb sich das Kinn. „Die sind wie Unkraut. Sie wachsen nach, und die wirklich Großen wie diesen Thor, die kriegt man kaum."

„Manchmal frage ich mich, wozu wir das hier alles machen", stimmte Amir ihm zu. Er sah aus dem Fenster auf den Hof der KFZ-Werkstatt. Dort hatten sich Pfützen gebildet, auf denen ein Ölfilm in Regenbogenfarben schimmerte.

Daniel zuckte die Achseln. „Fahren wir zurück und durchforsten die Akten. Hier haben wir nichts mehr zu tun."

Zusätzlich zu dem Material aus Hammerschmidts Wohnung hatte die KTU einen vorläufigen Bericht gebracht. So verbrachten sie den Rest des Tages mit der Durchsicht der Akten, ohne auch nur einen Millimeter weiterzukommen.

*

Am Abend traf Amir sich mit Selin bei Murat. Er hatte Jana gefragt, ob sie mitkommen wolle, sie wirkte niedergeschlagen. Aber sie lehnte ab und meinte, sie sei müde. Amir fragte sich, was zwischen Forster und seiner Chefin war. Sie waren wieder zu dem frostigen Umgangston zurückgekehrt, den sie am Anfang gepflegt hatten. Er kannte seine Chefin so gar nicht – Jana war sonst die Sanftmut in Person, es sei denn, es ging um Delinquenten, im Verhör konnte sie ziemlich unangenehm werden. Es war offensichtlich, dass Daniel auf sie stand, aber er zog es aus irgendeinem Grund vor, sie das Gegenteil glauben machen zu wollen. Damit machte er nicht nur sich, sondern außerdem allen anderen das Leben schwer – auch für Amir wurde es zunehmend anstrengender, mit den beiden ewig Streitenden zusammenzuarbeiten. Jana tat ihm leid, er hätte es ihr nach so langer Zeit gegönnt, jemanden zu finden. Das jedenfalls hatte sie nicht verdient.

Selin wartete schon auf ihn, und Murat gesellte sich zu den beiden. Er berichtete, dass ,die Nazis' nach einer kurzen Zeit des Friedens wieder angefangen hatten, Menschen mit Migrationshintergrund zu belästigen und anzupöbeln. Es habe auch heute wieder die eine oder andere Schlägerei gegeben. Hammerschmidts Tod und die Beschlagnahmung der Waffen hatte sie offensichtlich aus dem Konzept gebracht. Amir beunruhigte das. Wenn sie sich jetzt trafen und selbst organisierten, lief das irgendwann aus dem Ruder. Noch immer wussten sie nicht, was mit ,Operation Siegfried' gemeint gewesen war. Er erzählte Murat auch von dem Angriff auf ihn und Selin im Park.

„Wo soll das noch hinführen?", fragte Murat traurig. „So ein paar Idioten machen alles kaputt, sowohl auf der einen als auch auf der anderen Seite. Kann man nicht einfach friedlich zusammenleben?"

„Tja, da sagst du was", meinte Amir und zuckte die Schultern. Viele Dinge könnten so einfach sein.

15

„Du hast nicht gut geschlafen, oder?", fragte Amir seine Kollegin mitfühlend. Sie hatte dunkle Ringe unter den Augen und sah niedergeschlagen aus.

Jana schüttelte den Kopf. „Der Fall nimmt mich ganz schön mit." Und nicht nur der Fall, dachte sie. In Wahrheit hatte sie sich den Kopf darüber zerbrochen, wie sie sich Daniel gegenüber verhalten sollte. Gestern hatten sie beide schweigend an ihren Schreibtischen gesessen und Akten studiert, ansonsten waren sie sich aus dem Weg gegangen.

Den Fall betreffend hatte sie das Gefühl, irgendwas übersehen zu haben. Aber was? Irgendein Zusammenhang war da, greifbar, aber sie fand ihn nicht.

Amir berichtete ihr von seinem Gespräch mit Murat. Daraufhin rief sie wieder bei Oli an, vielleicht wusste der etwas.

Tatsächlich hatte er etwas für sie. „Hey, zwei Dumme, ein Gedanke", begrüßte er sie. „Ich wollte dich auch gerade anrufen. Gestern gab es eine Schlägerei in Lauterborn. Ein paar von denen durften hier übernachten. Ich habe schon einen Abgleich mit den Fingerspuren aus eurer Lagerhalle veranlasst. Ich schicke dir die Liste gleich rüber, falls ihr mit denen reden wollt."

„Und ob! Danke, Oli, bist ein Schatz." Jana legte auf und sah direkt in Daniels missmutiges Gesicht.

„Guten Morgen", begrüßte sie ihn. „Das war Oli, Oliver Steinkamp von der OK." Sie berichtete ihm von dem Telefonat. Daniel brummte nur.

„Amir, komm, wir reden mit denen." Dann zeigte er auf den Stapel Ordner aus Hammerschmidts Wohnung. „Ein paar sind von gestern noch übrig. Das kannst du machen, Jana."

Normalerweise wäre sie an die Decke gegangen, aber heute war es ihr egal. Sie war müde, und sie hatte keine Lust mehr zu streiten. „Mach ich", sagte sie bemüht freundlich und nickte Amir zu, der ihr einen befremdlichen Blick zuwarf.

Als die beiden draußen waren, rief sie Federica an und fragte sie, ob sie am Abend mit zu der Veranstaltung von Orkun Yilmaz kommen wolle. Federica sagte zu unter der Bedingung, dass sie sich vorher zu einer Pizza bei Nello treffen würden. Jana war einverstanden. Als sie aufgelegt hatte, dachte sie plötzlich an ‚Operation Siegfried'. Sie suchte den Zusammenhang und fand ihn schließlich. Wenn Schönemann und die Breitenbach hinter der ganzen Sache steckten, dann war Orkun Yilmaz möglicherweise ein Ziel für ‚Thors Hammer'. Den Drachen erschlagen wie Siegfried ... Mist, dachte sie, warum waren sie da nicht früher drauf gekommen? Sie rief Rudolph an.

Dieser hatte offensichtlich schon ähnlich kombiniert und teilte ihr mit, dass bereits verstärkte Polizeipräsenz angefordert war. Yilmaz hatte eine private Sicherheitsfirma zu seinem Schutz engagiert, er wolle keine Polizei und sie hätten in dem Fall auf ihn einreden müssen. Es ging schließlich nicht allein um seine Sicherheit, sondern auch um die der Zuhörer. Es seien zivile Beamte im Publikum. Die Mordkommission sei hier nicht zuständig, aber man würde sie selbstverständlich hinzuziehen, falls dies notwendig sei.

„Genießen Sie den Abend privat", hatte Rudolph ihr geraten.

Bevor sie sich an die Ordner von Hammerschmidt machte, informierte sich Jana eingehend über Orkun Yilmaz. Schaden konnte das schließlich nicht. Mitte fünfzig, gutaussehend, meinte zumindest Federica, verheiratet mit Susanne, zwei erwachsene Kinder, Sohn und Tochter, Esra und Mara, Mathematiker und seit seinem 18. Lebensjahr Parteimitglied, zuletzt als MdL. Er war aufgewachsen in Offenbach-Rumpenheim, wo er auch immer noch wohnte, Abi an der Rudolf-Koch-Schule, bekennender Kickers-Fan. Yilmaz setzte sich dafür ein, dass Offenbach in seiner kulturellen Vielfalt gefördert und weiterentwickelt werden sollte. Sozialer Wohnungsbau, Jugendzentren, Unterstützung von Ganztagsangeboten für Schulen und Sozialarbeit waren seine Schwerpunkte.

Ganz anders Melanie Breitenbach. Sie wollte ‚Offenbach wieder attraktiver machen'. Für sie bestand ‚Attraktivität' jedoch nicht in kultureller Vielfalt, sondern in der primären Stärkung des Wirtschaftsstandorts und dem Bau von Luxuswohnungen. Sie war Juristin und wie Yilmaz gebürtige Offenbacherin, außerdem Ex-Frau des derzeitigen Bürgermeisters. Ihre Umfragewerte lagen weit hinter denen von Yilmaz.

Schönemann und Breitenbach. Jana fragte sich, wer von den beiden wen ausnutzte.

*

Nicht alle auf Olis Liste brachten sie zu einem Geständnis, aber einen Großteil konnten sie überführen. Ein klares Bild zeichnete sich ab: ‚Thor' hatte seine Leute dazu animiert, den ‚Verräter' zu beseitigen, und zwar so, dass es als Abschreckung für andere wirkte. Aus mehreren Aussagen ging hervor, dass ‚Thor' von der Aktion letztendlich wenig begeistert gewesen sein dürfte.

„Ist das überhaupt noch ‚Thors' Hammer?", fragte Amir. „Mir kommt das so vor, als kochten die inzwischen ihr eigenes Süppchen."

Daniel stimmte ihm zu. „Ja. Die Morde an Schneider und Fetzer haben das Vertrauen in ‚Thor' geschwächt. Die machen jetzt ihr eigenes Ding. Ich glaube nicht, dass wir inzwischen alle haben."

„‚Operation Siegfried'?", erinnerte ihn Amir. „Was ist das? Machen die weiter? Sie kommen mir schon so vor, dass sie

sich selbst als Gemeinschaft definieren, ob mit oder ohne
‚Thor'."

„Scheiße, ja. Ich hoffe, wir haben sie jetzt empfindlich geschwächt. Wir haben die Waffen einkassiert und einen Großteil der Gruppe verhaftet. Was soll also noch kommen?"

„Vielleicht gerade weil ...", meinte Amir und zuckte die
Achseln.

„Hm, die Mörder von Fetzer haben wir größtenteils", meinte Daniel resigniert, „bleibt der Trittbrettfahrer. Die restlichen
Aktivitäten der Gruppe fallen nicht in unseren Zuständig-
keitsbereich."

„Ja, sollen wir dann tatenlos zusehen?", brauste Amir auf.

„Tatenlos nicht. Wir machen unsere Arbeit und überlassen
‚Thors Hammer' dem Verfassungsschutz und der Abteilung
OK." Er sah Amir eindringlich an. „Amir, wir sind nicht die
‚Avengers'. Auch wenn's manchmal hart ist, wir können
nicht die ganze Welt retten."

*

Jana wirkte niedergeschlagen. Vielleicht hat Max sie ja ver-
setzt, dachte Daniel grimmig. In Hammerschmidts Akten
hatte sie nichts Neues entdeckt. Amir und Daniel berichteten
von den Verhören.

„Dann haben wir ja jetzt wenigstens alle Mörder", meinte
Jana genauso unzufrieden wie Amir. „Aber der Anstifter
läuft noch frei herum."

„Überlassen wir den dem Verfassungsschutz", meinte Daniel. „Konzentrieren wir uns lieber auf den Trittbrettfahrer."

Sie sortierten noch einmal alles, was sie hatten. Zuerst war
Schneider tagelang in dessen Gefangenschaft gewesen, bevor
er ermordet worden war. Vorher hatte der Täter ihn betäubt,
mit Ketamin, nicht wie Fetzer mit Zolpidem, wie sie von
Federica wussten. Bei Hammerschmidt passierte das Ganze

über Nacht und wesentlich brutaler. Warum war Schneider nicht auch sofort getötet worden?

„Vielleicht wollte der Mörder ihm vorher ein paar Informationen entlocken", vermutete Amir. „Damit er auch die anderen Morde ,Thors Hammer' in die Schuhe schieben konnte."

„Welche ,anderen Morde'?", fragte Daniel. „Nur Hammerschmidt, oder?"

„Da kommt bestimmt noch was nach", meinte Jana, „und genau das sollten wir verhindern. Federica meint, er habe vielleicht nur geübt für das große Finale. Fassen wir zusammen: Er möchte einen ,Verräter' bestrafen, gehen wir davon aus, dass stimmt, was Federica sagt, hat er vor, ihm alles Mögliche abzuschneiden. Er fühlt sich betrogen und verraten, dann wäre da noch der sexuelle Aspekt." Nachdenklich betrachtete sie die Tatortfotos.

„Ein gefährlicher Psychopath, wenn ihr mich fragt", meinte Amir.

Plötzlich weiteten sich Janas Augen. „Alexander Gruber. Auf den passt alles. Er hat von Schneider und Fetzer gewusst, er hat mit Schneider kurz vor dessen Verschwinden telefoniert. Er fühlt sich betrogen und verraten", sie zeigte auf ihren Kollegen, „und zwar von dir, Daniel. Er wusste, dass du die Ermittlungen führst, und hat eine Möglichkeit der Rache gesehen."

Daniel wiegelte ab. „Ach, Quatsch. Alex doch nicht. Der ist ein bisschen durchgeknallt, aber sowas traue ich ihm nicht zu. Und wo wäre der ,sexuelle Aspekt', wie du so schön gesagt hast? Ich hatte schließlich nichts mit ihm."

„Mit ihm nicht, aber mit seiner Schwester", entgegnete Jana, und Amir verschluckte sich fast an seinem Kaffee. Daniel erstarrte. Das also verstand sie unter ,Vertrauen'. Wortlos verließ er den Raum. Amir und Jana waren irritiert.

„Was soll das denn jetzt wieder?", fragte Amir verständnislos. „Ich finde, dass du durchaus recht haben könntest."

Jana seufzte. „Vielleicht hätte ich dir das nicht sagen sollen. Mit seiner Ex. Aber ... verdammt, Amir, ich mache mir echt Sorgen um ihn. Auch wenn er so ein arroganter Idiot ist", setzte sie hinzu. „Ich traue Gruber das durchaus zu. Der hatte was – Gefährliches. Er gibt Daniel die Schuld an seiner Suspendierung."

„Und was ist mit Grubers Schwester?"

„Viel mehr weiß ich auch nicht. Ich will aber auch nicht in Daniels Leben rumschnüffeln. Ach, Mist." Jana vergrub verzweifelt das Gesicht in ihren Händen.

„Also gut", meinte Amir. „Ich recherchiere jetzt alles, was ich über Alexander Gruber finden kann. Dabei werde ich wahrscheinlich auch über seine Schwester stolpern. Ich lasse ihn für morgen vorladen. Und du sprichst mit Daniel."

„Das werde ich ganz bestimmt nicht", widersprach Jana. „Ich bin nicht masochistisch veranlagt. Außerdem weiß ich nicht, wo er ist."

*

Daniel saß auf der Bank im Wetterpark, auf der er Jana seine Geheimnisse anvertraut hatte. Seine Gedanken waren ein einziges Durcheinander. Er hatte Jana vertraut, aber vielleicht hatte sie ja auch recht. Bianca hatte nach der Geschichte mit ihrem Bruder den Kontakt zu ihm abgebrochen. Daniel hatte sich nicht mehr nach ihr erkundigt, er wusste nicht, was aus ihr geworden war. Er musste mit Alexander reden.

Und Jana?

Er musste sie vergessen. Wenn das so einfach wäre. Sein Kopfkino lief ständig auf Hochtouren – Jana neben Max auf der Bank, Jana in Max' Armen, Jana in Max' Bett ... dazu ihr Duft in seiner Nase als ständiger Begleiter und das Gefühl, sie unter dem Schirm im Arm zu halten. Aber es war ihre Entscheidung, und er würde diese respektieren.

„Hallo!" Er fuhr zusammen. Jana stand direkt vor ihm. „Nicht erschrecken, ich bin's bloß. Darf ich?" Sie zeigte auf den Platz neben ihm. Daniel nickte nur und starrte auf das Radom.

„Es tut mir leid", begann sie vorsichtig. „Ich wollte dein Geheimnis nicht verraten. Aber wenn ich recht habe ..."

Er drehte sich zu ihr um. „Ich kann schon auf mich selbst aufpassen", fuhr er sie an.

„Gut", meinte sie nach einer kurzen Pause, in der sie fassungslos verharrte, ruhig. „Ich hab's versucht." Sie stand auf und stemmte die Hände in die Hüften. „Dann bleib halt hier sitzen und spiel den Beleidigten! Vielleicht sagst du mir irgendwann mal, was los ist, aber bis dahin wäre es schön, wenn du wenigstens *versuchen* würdest, etwas freundlicher zu sein." Sie drehte sich auf dem Absatz um und stampfte davon.

Verwundert sah er ihr nach. Woher hatte sie gewusst, wo er zu finden war?

Vielleicht hatte sie recht. Gerade noch hatte er gedacht, er würde ihre Entscheidung respektieren. Sie ahnte ja gar nichts von seinen Gefühlen für sie, und wenn er darüber nachdachte, ärgerte er sich am meisten über sich selbst. Max war eben schneller gewesen, das konnte er weder ihm noch ihr vorwerfen. Er blieb noch eine Weile sitzen und starrte in Richtung des Polizeipräsidiums, dessen gläserne verspiegelte Front wie ein Fremdkörper über den idyllisch anmutenden Kleingärten prangte. Morgen würde er mit Alex sprechen und diesen Verdacht aus der Welt schaffen.

*

Als er zurückkam, war Jana schon gegangen. „Sie trifft sich mit Federica und geht zu dieser Wahlveranstaltung", erklärte ihm Amir, ohne dass er danach fragen musste.

„Vielleicht sollten wir auch Feierabend machen", schlug Daniel vor. Er erzählte Amir nichts von seinem Plan Alex betreffend.

Amir nickte. „Gute Idee." Er sagte Daniel nichts davon, dass er Alex einbestellt hatte, Jana und er hatten das für besser befunden und die Staatsanwältin hatte dem zugestimmt. Schließlich war er befangen. „Nach dem Gespräch morgen entscheiden wir, ob wir ihn von dem Fall abziehen", hatte sie gemeint.

*

Federica war schon da, als Jana ihren Stammplatz ansteuerte. Zinnet wollte ihr einen Chianti bringen, aber diesmal winkte sie ab. „Keinen Alkohol heute." Wer wusste, was noch kam.

„So, *bella*, jetzt erzählst du mir mal, was da los ist mit dir und *Daniel*", begann Federica, nachdem sie ihre Pizzen bestellt und Jana ihren Bitter Lemon in einem Zug halb geleert hatte. „Er steht auf dich, und du auf ihn. Wo also liegt euer Problem?"

Jana schüttelte den Kopf. „Er steht nicht auf mich." Sie berichtete ihrer Freundin von der Beerdigung, von Max und von dem Gespräch heute.

Federica seufzte mitleidig. „Ach, Jana, du bist echt aus der Übung. Der ist *eifersüchtig*." Dann wurde sie ernst und wechselte zu einem anderen Thema. „Wenn das stimmt, was du über diesen Alex denkst, dann ist dein Daniel in Gefahr."

„Ich werde noch verrückt deswegen. Aber er hat gesagt, er kann auf sich selbst aufpassen." Jana kaute auf ihrer Unterlippe. „Am liebsten würde ich hinfahren. Aber ..."

„Kein ‚Aber'. Du machst das. Ich kann mir Yilmaz auch allein anhören."

„Und wenn er nicht da ist oder mir nicht aufmacht?", versuchte es Jana. Federica verdrehte die Augen. „Ab mit dir. Ich zahle. Deine Pizza lasse ich dir einpacken."

*

Mit klopfendem Herzen stellte Jana den Motor ab und lehnte den Kopf zurück. Sie schloss die Augen. Sollte sie wirklich? Noch konnte sie wieder zurückfahren. Aber dann hätte sie Federica umsonst alleingelassen.

Sie machte sich auf den Weg zu Daniels Wohnung, die Adresse hatte sie sich halblegal besorgt. Der Eingang war im Hinterhof, der von dicht an dicht stehenden Blocks umrahmt wurde, deren dunkle Fenster ihr das Gefühl gaben, beobachtet zu werden. Quatsch, schalt sie sich, hier interessiert sich niemand für irgendjemanden. Sie sah Daniels Audi auf dem Anwohnerparkplatz stehen. Mit zitternden Fingern fuhr Jana über die Klingelknöpfe, bis sie seinen Namen fand. „D. Forster", Arial schwarz unter Plastik. Sie zog den Finger wieder zurück. Ihre Knie waren butterweich. Wahrscheinlich ließ er sie gar nicht rein, motzte kurz durch die Sprechanlage, und das war's. Aber dann wusste sie wenigstens Bescheid. Sie musste es wagen, Gewissheit war besser als das hier. Außerdem, mischte sich ihr Verstand ein, war sie ja bloß hier, um ihn vor Alexander Gruber zu warnen. Sie zählte in Gedanken bis drei und drückte schnell auf den Knopf. Ihr Herz klopfte bis zum Zerspringen, während sie auf eine Reaktion wartete. Es knackte. „Ja?"

Jana brachte keinen Ton heraus.

„Hallo?"

Sie räusperte sich. „Jana hier." Sie wusste nicht, was sie sagen sollte, und wartete auf seine Reaktion. Fast dachte sie schon, er würde sie einfach ignorieren.

„Zweiter Stock", tönte es plötzlich, und der Türöffner brummte. Sie trat in ein enges dunkles Treppenhaus, aber er hatte offenbar den Schalter gedrückt und ein kaltes Licht beleuchtete jäh weiß-schwarz gesprenkelte Steinfliesen und ein grün gestrichenes Stahlgeländer. Sie krallte sich daran fest und stieg langsam die Treppen nach oben. Was wollte sie eigentlich hier? Die Schuhe und Schmutzmatten vor den Wohnungstüren sahen so alltäglich aus und standen im Widerspruch zu ihrem klopfenden Herzen. An einer Tür hing ein Kranz aus getrockneten Immortellen, an einer anderen deutete ein buntes Keramikschild mit zwei großen und zwei kleinen Männchen sowie einem Hund – „Hier wohnen Julia, Martin, Lena, Ben und Jimmy Schulz" – auf eine glückliche Familie als Bewohner hin.

Daniel lehnte in der Tür, in schwarzen Socken und mit verschränkten Armen, und musterte sie erwartungsvoll mit hochgezogener Augenbraue. Jana schluckte. Endlich stand sie ihm gegenüber. Er trat wortlos zur Seite und ließ sie ein, schloss die Tür hinter ihr.

„Ich …", fing Jana an, doch er legte ihr den Finger auf die Lippen. „Schtttt!"

Dann zog er sie zu sich heran und küsste sie.

Zum ersten Mal seit Christians Tod dachte Jana an nichts mehr.

16

Jana erwachte, als ein bekannter Duft in ihre Nase zog. Sie musste ihre Gedanken sortieren.

Sie lag nackt in einem fremden Bett. Es roch nach Kaffee.

Schlagartig war sie hellwach.

Die letzte Nacht kam ihr unwirklich vor, wie Traumfetzen zogen die Erinnerungen daran durch ihre Gedanken. Wohlig seufzend streckte sie sich. Wann war sie zuletzt so glücklich gewesen?

„Guten Morgen!"

Daniel, nur bekleidet mit Boxer-Shorts, stand plötzlich neben dem Bett und lächelte sie an. Träumte sie noch?

„Hallo", wisperte sie.

Er küsste sie zur Antwort. „Kaffee?", fragte er.

„Später gern", gab sie zurück und zog ihn zu sich heran.

*

„*Bella*, endlich. Erzähl!"

Jana hatte Federica von unterwegs aus angerufen, um sie nach der Veranstaltung zu fragen. Offenbar war die nicht so interessant gewesen wie ihr eigenes Erlebnis.

„Ich bin gerade auf dem Weg zurück", meinte Jana reserviert.

„Ohhh – das heißt, du hast die Nacht mit ihm verbracht? Und, wie war er?"

„Ich bin glücklich. Und dir auf ewig dankbar", ignorierte Jana die Frage ihrer Freundin.

„Gern geschehen."

„Und bei dir? Habe ich was verpasst?"

„Als Alternativprogramm? Sicher nicht." Federica lachte. „Aber es war echt gut. Yilmaz ist toll. Ach, und er sieht so *gut* aus ..."

Jana kicherte. „Aber das ist doch kein Kriterium für gute Politik."

„Natürlich nicht", seufzte Federica. „Aber sein Wahlprogramm ist auch überzeugend. Er wirkt authentisch."

„Ist denn irgendwas passiert?", fragte Jana.

„Nein. Ein paar Randalierer waren vor der Tür, aber es war genug Polizei da. Ich glaube kaum, dass das außer mir jemand bemerkt hat."

„Gab es Festnahmen?"

„Ach, Jana, das weiß ich doch nicht. Du wirst es sicher gleich erfahren."

„Ja." Jana war tatsächlich auf dem Weg ins Präsidium, aber vorher wollte sie noch kurz nachhause und sich umziehen. Sie seufzte. Daniels Geruch hing noch in ihren Kleidern, am liebsten hätte sie sie ewig getragen. Objektiv gesehen waren sie jedoch zerknittert und nicht mehr ganz frisch. Auch ihre Haare bedurften zumindest einer Bürste, wenigstens hatte Jana einen Haargummi in der Handtasche gehabt, um den Schaden zu begrenzen.

Beim Frühstück hatte sie Daniel gesagt, dass sie Alex ins Präsidium bestellt hatten. Sie hatte ihm nahegelegt, auf sich aufzupassen, und ihm das Versprechen abgenommen, später zu ihr zu kommen und dort zu bleiben. Gänzlich überzeugt von ihrer Theorie, dass Alex der Mörder war, schien er noch nicht, aber schlussendlich hatte er ihrem Drängen nachgegeben. Er würde sich nicht mit ihm treffen und stattdessen nach Offenbach kommen.

Jana war entsetzt gewesen. „Du wolltest dich mit ihm treffen? Bist du lebensmüde?"

Er hatte sie geküsst, geantwortet, „jetzt nicht mehr", und sich letztendlich gefügt.

*

Amir war schon im Präsidium und wunderte sich über Janas gute Laune.

„Was ist denn mit dir los? War Yilmaz so anregend?"

„Ich war nicht bei Yilmaz", entgegnete Jana und biss sich auf die Lippe.

„Warum denn das? Du redest doch schon seit Tagen davon!"

„Ja, äh ... mir ist was dazwischengekommen." Geschäftig setzte sie sich an ihren Schreibtisch.

„Aha." Amir wartete neugierig ab.

Jana ignorierte ihn und widmete sich ihrem Bildschirm. „Ich vermute, dass Thor Schönemann ist", meinte sie geistesabwesend, „aber das interessiert ja niemanden."

„Jana, wir können nicht die Welt retten. Überlass den dem Verfassungsschutz. Kümmern wir uns lieber um Gruber. Der müsste jede Minute hier auftauchen."

Daniel auch, dachte Jana und sah auf die Uhr.

*

Nach einer Stunde waren weder Gruber noch Daniel erschienen. Amir war sauer und Jana wurde zunehmend unruhig. Sie versuchte, Daniel zu erreichen, aber er ging nicht ans Telefon. Bestimmt ist er gerade unterwegs hierher und hat vergessen, Bluetooth einzuschalten, versuchte sie sich zu beruhigen.

„Was denkt der sich? Ich habe ihn vorgeladen. Telefonisch erreiche ich ihn auch nicht." Amir regte sich über Gruber auf.

„Das gefällt mir nicht." Jana lief hektisch auf und ab. Schließlich blieb sie vor ihrem Kollegen stehen, faltete die Hände vor der Brust und atmete tief durch. „Amir." Ihr Ton war ernst. „Daniel wollte herkommen. Er hat mir versprochen, sich von Gruber fernzuhalten. Was, wenn er ..." Sie wagte nicht, den Gedanken auszusprechen.

„Moment! Daniel wollte herkommen? Wir hatten uns doch geeinigt …" Verwirrt strich Amir sich eine dunkle Haarsträhne aus dem Gesicht.

„Amir, ich hab's ihm gesagt", unterbrach sie ihn. Sie seufzte und setzte ihren Zickzacklauf fort, ohne ihren Kollegen aus den Augen zu lassen. „Also gut. Ich erklär's dir."

„Du warst gestern bei *ihm*", stellte Amir sachlich fest.

„Woher …?" Jana stoppte abrupt.

Amir rollte mit den Augen. „Jana, ich bin nicht doof. Also du warst gestern bei ihm. Und?"

Sie atmete tief durch. Amir wusste also Bescheid. Warum wussten bloß alle schon Bescheid? Waren sie und Daniel die Einzigen gewesen, die ihre eigenen Gefühle nicht durchschaut hatten? Sie wischte den Gedanken beiseite.

„Er wollte sich heute mit Alex treffen. Ich habe es ihm ausgeredet und er hat mir versprochen, es zu lassen. Ich glaube ihm, aber ich habe ein mieses Bauchgefühl." Jana kaute nervös an ihren Fingern herum.

„Jana, er wird schon kommen." Amir tätschelte ihr beruhigend den Arm. „Er kann selbst auf sich aufpassen."

Sie schüttelte den Kopf. „Ich weiß nicht …" Dann hatte sie eine Idee. „Ich rufe Max an."

Sie schnappte sich ihr Handy und tippte schon die Nummer, während Amir noch den Kopf schüttelte.

„Jana, wie schön! Sehen wir uns heute Abend?", begrüßte dieser sie fröhlich.

Sie hatte sich keine Gedanken darüber gemacht, wie er ihren Anruf interpretieren könnte. Aber sie hatte keine Zeit für große Erklärungen.

„Max, ich brauche deine Hilfe", antwortete sie stattdessen. „Du wohnst doch in Daniels Nähe, oder?"

„Ja. Warum? Ich dachte …" Die Enttäuschung war ihm deutlich anzumerken.

„Kannst du hinfahren?", unterbrach sie ihn schnell. Sie wollte jetzt nicht darüber nachdenken. „Er geht nicht ans Telefon, und ich mache mir Sorgen. Kannst du bitte nachsehen, ob er da ist?"

Max seufzte. „Ach, so ist das also. Du und Daniel? Warum hast du das nicht gesagt? Dann hätte ich doch nie ..."

„Max, bitte!", flehte sie. „Ich erkläre es dir später."

„Ach Jana, ernsthaft? Du kannst doch nicht von mir verlangen, dass ich meinem Kollegen nachspioniere, weil du eifersüchtig bist?"

„Darum geht es nicht", unterbrach sie ihn schnell. Er hatte recht, genauso musste es aussehen. Es blieb ihr nichts anderes übrig, als ihn kurz über ihren Verdacht ins Bild zu setzen.

„Also gut. Gib mir eine halbe Stunde. Dann rufe ich dich an."

„Danke."

Nach zwanzig Minuten rief Max zurück. „Jana? Er ist nicht da. Sein Auto steht aber auf dem Parkplatz." Er machte eine Pause.

„Und?", drängte Jana.

„Nichts – und. Er ist nicht da. Aber das will noch gar nichts heißen."

Vielleicht war er in der Stadt. Vielleicht hatte er kalte Füße bekommen. Hatte sie ihn bedrängt? Was, wenn ihm alles zu viel war? Aber ihr Bauchgefühl sagte etwas anderes.

„Kannst du mal die Nachbarn befragen? Vielleicht hat jemand was gesehen."

Max stimmte zu. „Danach komme ich zu euch. Er ist schließlich auch *mein* Kollege."

„Danke, Max."

Auch Amir wurde von Janas Unruhe angesteckt. „Sollen wir nicht besser Dr. Petridis einschalten?"

„Amir, mit welcher Begründung? Wegen meines Bauchgefühls? Du hast selbst gesagt, Daniel könne auf sich aufpassen."

Er schloss die Augen und blies scharf die Luft durch die Zähne. „Du hast recht. Also?"

„Gruber ist Ex-Polizist, der weiß, wie es läuft, und wird keine Fehler machen. Lass uns alles nochmal durchgehen. Irgendwas haben wir übersehen. Wir *müssen* Daniel finden."

*

Kurz darauf stieß Max zu ihnen. Er umarmte Jana kurz und stellte sich Amir vor.

„Ein Nachbar hat einen silbernen BMW im Hof stehen sehen. Er hat sich aber nichts dabei gedacht", berichtete er. „Daniel hat niemand gesehen. Manche wussten nicht mal, wer er ist, ich musste denen erst ein Foto zeigen, und selbst dann ..." Er schüttelte den Kopf. „Schon traurig, oder? Ist bei mir im Haus genauso."

„Gruber fährt einen silbernen BMW", erklärte Jana aufgeregt.

„Bringt mich erst mal auf den neuesten Stand", bat Max seine Offenbacher Kollegen und legte Jana beruhigend eine Hand auf den Arm. Nachdem er von Amir alle wichtigen Informationen bekommen hatte, wandte er sich der Plexiglaswand zu.

„Was haben wir noch?" Interessiert sah er sich die Fotos an. „Das war Alex?", fragte er entgeistert. „Oh Mann!"

„Wie's aussieht, ja. Traust du ihm das zu?"

Max rieb sich nachdenklich das Kinn. „Ich kenne ihn nicht so gut. Als ich kam, war er so gut wie weg. Komischer Typ, ja. Ziemlich wütend, voller Hass auf die Welt und die Kollegen und auf alles. Er gab den anderen die Schuld an seiner Suspendierung."

„Vor allem Daniel. Wenn wir uns nicht beeilen, finden wir ihn bald ..." Jana stockte und starrte auf die Fotos von Schneider und Hammerschmidt. „Amir, ich kann das nicht nochmal."

„Wir finden ihn, Jana", versuchte dieser sie mit aller Zuversicht zu trösten, die er selbst aufbringen konnte, und legte ihr den Arm um die Schultern. Dann schob er sie auf Armeslänge von sich und sah ihr eindringlich in die Augen. „Wo könnte Alex seine Opfer hingebracht haben? Estrich, Putz ... irgendein Neubau." Er wandte sich Max zu, ließ seinen Blick über die Fotos mit den Verdächtigen wandern. „Schönemann ist Bauunternehmer", grübelte er. „Gibt es irgendwelche Baustellen, die in Frage kommen?"

„Schönemann und Gruber haben doch eigentlich nichts miteinander zu tun", gab Max zu bedenken. „Ich halte es für unwahrscheinlich, dass Alex sich genau über ihn informiert hat – wahrscheinlich weiß er nicht mal, dass der seine Finger im Spiel hat oder gar Thor höchstpersönlich sein könnte."

Jana hatte eine Idee. „Ich rufe Laura Fetzer an. Vielleicht weiß die, wo Alex sich aufgehalten hat."

„Die dumme Kuh?", fragte Max stirnrunzelnd. „So hat er sie genannt."

Jana hielt schon den Hörer in der Hand. Laura ging nicht ran. „Scheiße!" Sie knallte den Hörer auf die Gabel. „Vielleicht ist sie bei ihrer Freundin." Tatsächlich erreichte sie Tanja. Die teilte ihr mit, dass Laura mit Nico direkt nach der Beerdigung mit zu den Fetzers gefahren und immer noch dort sei. Jana fragte, ob Tanja Alex gesehen habe. „Ja, der kümmert sich hier um das Haus. Heute Morgen habe ich ihn gesehen." Instinktiv fragte Jana nach Lauras Auto. „Ein schwarzer Skoda Octavia, warum? Ist das wichtig?" Amir blätterte schon in den Unterlagen und hob den Daumen. „Danke, Sie haben uns sehr geholfen."

„Bingo. Passt zu den Reifenspuren. Der hat einfach Lauras Auto genommen."

Jana rief bei den Fetzers an. Margot ging ans Telefon. Laura war mit Nico und Opa unterwegs, wahrscheinlich hatte sie ihr Handy ausgeschaltet. Jana bat sie, ihr auszurichten, sie möchte sie umgehend zurückrufen.

Das Gespräch mit Margot Fetzer hatte in Jana wieder das Gefühl verstärkt, etwas übersehen zu haben.

„Also, Alex geht bei Laura ein und aus, die ist nicht da, kann es sein, dass er dort ist?", fasste Max zusammen.

Jana schlug sich an die Stirn. „Na klar, der Keller! Danach habe ich die ganze Zeit gesucht." Amir und Max sahen ihre Kollegin verständnislos an. „Amir, woher hatte Timo das Geld für Murat? Margot Fetzer hat mir gesagt, sie habe ihm Geld für den Keller gegeben. Das aber hat Timo anderweitig verwendet."

„Das heißt, der Keller ist noch nicht fertig", führte Max ihre Überlegungen weiter.

„Estrich und Putz?", ergänzte Amir.

Jana schnappte sich schon ihre Jacke. „Fahren wir hin."

*

Daniel stöhnte. Sein Kopf dröhnte und er konnte sich nicht bewegen. Die Füße waren gefesselt und seine Arme irgendwo hinter seinem Rücken fixiert.

Er war so dumm gewesen. Jana hatte recht gehabt.

Heute Morgen noch hatte er sich für den glücklichsten Menschen der Welt gehalten. Ihr Duft hing noch in seinen Kleidern, und er hielt sich daran fest. Sie würde eins und eins zusammenzählen. Er musste darauf vertrauen, dass sie ihn rechtzeitig fand.

Daniel konnte nichts sehen, das Fenster des Ortes, an dem er sich befand, war abgedunkelt. Nach einer Weile gewöhnten sich seine Augen daran und das minimale Licht, das durch ein paar Ritzen sickerte, ließ ihn erkennen, dass er sich in einem Kellerraum befand.

Er hätte auf Jana hören sollen. Nachdem er sie zu ihrem Auto gebracht und ihr versprochen hatte, nur höchstens eine Stunde zu brauchen, hatte Alex im Hof auf ihn gewartet. Sein BMW stand direkt hinter Daniels Auto.

„Daniel, ich muss dringend mit dir reden", hatte er begonnen. Seine panische Miene hatte Daniel zögern lassen. Er konnte sich ja anhören, was er zu sagen hatte. „Ich muss dir was zeigen. Deine Kollegin verdächtigt mich, aber ich habe etwas herausgefunden." Hilfesuchend hatte er seinem ehemaligen Kollegen die Hand auf den Arm gelegt. „Bitte, du musst mir glauben. Hältst du mich etwa auch für einen Mörder?"

Daniel hatte in das bekannte Gesicht gesehen, den flehenden Blick, und ihm geglaubt. Er war ihm zum Kofferraum gefolgt und ab dann wusste er nichts mehr. Alex hatte ihn mit irgendwas betäubt, er tippte auf Chloroform. Immer noch fühlten sich seine Glieder schwer an und seine Starre rührte nicht nur von den Fesseln her.

Er hörte, wie sich ein Schlüssel im Schloss drehte, und schloss schnell die Augen. Es war besser, sich noch bewusstlos zu stellen. Er merkte, dass das Licht angemacht wurde. Schritte näherten sich ihm, dann wurde ihm brutal in die Magengrube getreten. „Aufwachen, du Arsch!"

Daniel schnappte nach Luft. „Alex, was …?"

Ein zweiter Tritt folgte.

Daniel konzentrierte sich auf seine Atmung und kämpfte gegen die Lähmung an. Dabei wunderte er sich, dass er kaum Schmerzen verspürte, die Betäubung hielt offensichtlich noch an. Es war ein seltsamer Zustand – sein Verstand arbeitete, aber es dauerte, bis die Erkenntnisse sein Bewusstsein erreichten. Er fühlte sich entrückt, schwerelos, und doch wusste er, wie es um ihn stand. Langsam öffnete er die Augen. Er sah direkt in Alex' verzerrtes Gesicht. Ein irres Grinsen lag auf dessen Zügen, er war kaum wiederzuerkennen.

Daniel klammerte sich an seinen Verstand. Aus den Augenwinkeln versuchte er, sich ein Bild von seinem Gefängnis zu machen. Der Raum war klein, er schätzte ihn auf etwa fünfzehn Quadratmeter. Die Tür ihm gegenüber war, wie ein Teil der Wände auch, unregelmäßig mit Schallschutzmatten verkleidet, das hatte wohl schnell gehen müssen. Links neben ihm stand ein wackliger PVC-Campingtisch, er konnte nicht genau sehen, was darauf lag, dahinter war eine Wand mit Werkzeugen angebracht. Offensichtlich hatte Alex es mit dem Putzen nicht so genau genommen, Daniel lag auf einem dunklen Fleck, von dem er schätzte, dass es Blut von den vorherigen Opfern war.

„Wie lange habe ich auf diesen Moment gewartet!"

„Was willst du?", fragte Daniel und versuchte, seiner Stimme einen festen Klang zu verleihen, was gründlich misslang. Seine Zunge fühlte sich schwer und pelzig an.

„Was ich will, du Arsch?" Alex lachte hart auf. „Du ... du hast mir alles genommen. Und jetzt kannst du spüren, wie es ist, alles zu verlieren." Er näherte sich Daniels Gesicht. „Und wenn ich mit dir fertig bin, dann ist deine Freundin dran. Jana heißt sie, oder?" Seine Stimme nahm einen gefährlichen Unterton an.

Daniel schwieg. Wahrscheinlich hatte Alex sie beobachtet. Er überlegte fieberhaft, wie er diesen Irren zur Vernunft bringen konnte. Sein Verstand arbeitete langsam, aber er arbeitete. Es war alles, was er hatte. Er konzentrierte sich darauf, mit jeder Faser seines Bewusstseins. „Warum Schneider?", fragte er schließlich. Sicher redete Alex gern über seine Taten.

„Schneider, die Schwuchtel. Dachte, er könne mich erpressen. Er hat rausgefunden, dass ich Timo verpfiffen habe."

Daniel musste sich beherrschen, seine Überraschung zu verbergen.

„Ach ja? So wie Hammerschmidt?", bluffte er.

„Undankbare Idioten! Verräter! So wie du." Er strich Daniel über das Kinn. „Geschrien hat der. Draußen den harten Nazi markieren, aber quieken wie ein Schwein." Er spuckte aus.

„Und Schneider? Warum hast du den betäubt?" Daniel kämpfte gegen seine Angst an. Dieser Verrückte würde mit ihm machen, was er auch mit den anderen beiden getan hatte. Morgen würde man ihn tot irgendwo in Offenbach finden. Er dachte an Jana. Das wollte er ihr nicht antun.

„Na, der Kleine war doch da." Für einen kurzen Moment wurde sein Blick weich.

„Nico? Schade um den Kleinen. Wenn er erfährt, was sein Vater getan hat …"

„Lass Nico da raus", blaffte Alex und packte Daniel am Kragen.

„Warum? Er ist dein Sohn. Eltern kann man sich leider nicht aussuchen."

„Was weißt du schon, du Arsch?" Alex erhob sich. „Ich warte noch, bis es dunkel genug ist. Das ist sicherer. Vorfreude ist ja auch nicht zu verachten. Und du spürst am eigenen Leib, wie sich Hilflosigkeit anfühlt." Er versetzte Daniel noch einen Tritt, schaltete das Licht aus und verließ den Raum.

*

Jana saß neben Max, der mit Blaulicht über die A3 raste. Sie war froh darüber, dass er fuhr, sie selbst wäre kaum dazu in der Lage gewesen. Amir hatte schließlich Dr. Petridis informiert. Sie war in heller Aufregung und versprach, sofort das SEK anzufordern. Außerdem bestimmte sie Max als Daniels Vertreter in Absprache mit dem LKA zum Leiter der Ermittlungen. Jana war das recht, im Moment konnte sie selbst kaum einen klaren Gedanken fassen, geschweige denn ein Team leiten. Sie war Amir und Max dankbar, dass sie der Staatsanwältin ihre Beziehung zu Daniel verschwiegen hatten. Noch weniger als hier im Auto hätte sie es ausgehalten, unbeteiligt in Offenbach zu sitzen und zu warten, was geschehen würde.

„Seit wann seid ihr schon zusammen?", wollte Max wissen.

„Seit – gestern erst", meinte Jana zerstreut. Es kam ihr schon wie eine Ewigkeit vor.

„Oh Mann." Max schüttelte mitleidig den Kopf, ohne den Blick von der Straße zu wenden. Jana krallte sich an der Tür fest, er fuhr wie ein Wahnsinniger und doch zu langsam, wie sie fand.

„Eigentlich müsste ich dich von dem Fall abziehen", sprach er ihre düsteren Gedanken aus.

Jana starrte ihn bestürzt an.

„Du bist befangen." Max schüttelte beruhigend den Kopf. „Mache ich nicht. Wir behalten das mit dir und Daniel vorerst für uns, klar?"

Jana atmete auf. „Danke." Ihr Handy klingelte. Es war Laura Fetzer.

„Frau Schröder? Ich soll Sie anrufen?"

Jana fragte sie sofort nach dem Keller. Der war noch nicht fertig, entsprach den ursprünglichen Plänen und ja, Alex hätte letzte Woche einen Raum für sich eingerichtet, den sie nicht betreten durfte. Eine Dunkelkammer, meinte Laura. Den habe er immer abgeschlossen. Das sei auch so ein Grund gewesen, warum … Sie zögerte.

„Ja?", fragte Jana ungeduldig. Jedes Detail konnte wichtig sein.

„Ich habe mich vorerst von ihm getrennt und bleibe mit Nico hier."

„Warum das?"

„Er war komisch. Irgendwie unheimlich. Ich hatte Angst vor ihm. Zum Glück hat er kein Recht an Nico. Und ...", fuhr sie leiser fort, „... es muss auch niemand wissen, dass er der Vater ist."

Jana ließ sich genau beschreiben, wo der Raum sich befand, und fragte noch, ob jemand einen Zweitschlüssel zum Haus habe, Tanja vielleicht? Aber außer Alex hatte niemand einen Schlüssel. Sie bedankte sich und legte auf.

Dann drehte sie sich zu Amir um, der von der wilden Fahrt schon ganz grün im Gesicht war, und fasste das Gespräch zusammen.

„Da haben wir den Auslöser", meinte er. „Lässt seinen Freund um die Ecke bringen und dann steht er doch allein da."

„Und Daniel ist an allem schuld", ergänzte Jana grimmig. „Wir müssen uns beeilen."

„Ich fahr ja schon", entgegnete Max, „aber schneller geht es echt nicht."

Jana lehnte den Kopf zurück und versuchte, ihr klopfendes Herz zu beruhigen. Es gelang ihr nicht.

*

Daniel spürte, wie langsam wieder Leben in seine tauben Glieder kam. Aber auch der Schmerz in seiner linken Seite, der vorher nur als dumpfer Druck zu spüren gewesen war, breitete sich nun aus. Alex hatte ihm heftige Tritte verpasst, ohne dass seine Reflexe ihm eine Gegenwehr ermöglicht hätten. Daniel vermutete, dass er ihm mindestens eine Rippe gebrochen haben könnte. Er stöhnte. Vorsichtig zog er die Beine an den Körper. So ging es besser.

Jana würde ihn finden, sagte er sich. Allerdings war er sich nicht sicher, ob er dann noch lebte oder zumindest alle seine Körperteile besaß. Bewegen konnte er sich kaum, er sah keine

Möglichkeit, sich der Kabelbinder zu entledigen, mit denen seine Beine und Hände gefesselt waren. Außerdem war er hinter seinem Rücken an einer Öse an der Wand festgebunden.

Es blieben ihm also nur Worte. Daniel hatte mehrere Psychologie-Seminare besucht und gelernt, wie man mit Tätern deeskalierend reden musste. Allerdings war man dort davon ausgegangen, dass man nicht selbst das Opfer war und die Gedanken dem vernebelten Hirn ständig entglitten. Und auch Alex kannte sich als Ex-Kollege auf diesem Gebiet aus und würde seine Strategie möglicherweise durchschauen. Dennoch – etwas anderes blieb ihm nicht.

Er dachte an Jana, ihre weichen Lippen und seine Finger auf ihrer Haut. Egal was passieren würde – die letzte Nacht konnte ihnen niemand mehr nehmen. Daniel war selbst überrascht von der Intensität seiner Gefühle. Kein Wunder war er zunächst davor weggelaufen.

Er versuchte, sich auf Alex zu konzentrieren und dabei seine derzeitige missliche Lage auszublenden. Es kostete ihn unendlich viel Kraft, seine Gedanken zu fokussieren, immer wieder drifteten sie ab, waberten durch eine zähe Masse, am liebsten hätte er einfach die Augen geschlossen. Das durfte er nicht zulassen.

Alex fühlte sich im Recht, weil das Leben ihn seiner Meinung nach benachteiligt hatte. Schon immer waren andere Menschen für ihn Mittel zum Zweck gewesen, auch damals hatte er nicht darüber nachgedacht, was sein egoistisches Handeln für ihn, Daniel, für Folgen haben könnte. Auch an seine Schwester Bianca, ebenfalls Kollegin und damals Daniels Freundin, hatte er nicht gedacht. Für sein Scheitern gab er allen anderen die Schuld. Immer noch oder gerade deshalb behandelte er andere Menschen mit Geringschätzung. Laura nannte er eine „blöde Kuh", Fetzer nur „den Alten", Schneider eine „Schwuchtel" und auch für Hammerschmidt hatte er

230

keine positiven Worte gefunden. Er selbst war der „Arsch" und alle zusammen „Verräter". Schwächlinge, denen er überlegen war. Einzig sein Sohn schien ihm etwas zu bedeuten.

Mit diesem Handwerkszeug bastelte sich Daniel eine Strategie zusammen, von der er wusste, dass sie einzig dabei helfen konnte, die Sache zu verzögern. Alex würde ihn nicht gehen lassen. Das zumindest war sicher.

Sein Herz setzte einen Schlag aus, als der Schlüssel des Kellerraums sich drehte. Er hatte geglaubt, darauf vorbereitet zu sein, und doch war es nicht so. Alex erschien, sein Gesicht hatte einen diabolischen Ausdruck und er roch nach Alkohol. Scheiße, dachte Daniel, das macht es nicht besser.

„So, du Arsch, jetzt bist du dran." Er lachte hämisch.

„Hast du dir Mut angetrunken?", entgegnete Daniel kalt. Das Adrenalin gab ihm Kraft, und irgendwie gelang es ihm, gegen seine Angst anzukämpfen. Seine linke Seite schmerzte immer mehr, auch die Schulter pochte jetzt.

„Pah!" Alex spuckte aus.

„Hm, allerdings erfordert es nicht viel Mut, auf wehrlose Opfer einzutreten", fuhr Daniel fort. „Wenn du ein Mann wärst, hättest du das nicht nötig."

„Das sagst ausgerechnet du?", meinte Alex höhnisch. „Wenn du damals ein bisschen Mut bewiesen und den Schwanz nicht eingezogen hättest, wäre das alles nie passiert. Aber dir waren die Vorschriften schon immer wichtiger als alles andere."

Daniel widersprach nicht, das würde Alex nur weiter anstacheln.

„Aber dir etwa nicht? Warum bist du dann Beamter geworden?", fragte er stattdessen.

„Hah! Sicherer Job, sicheres Gehalt, sichere Pension. Ich hatte nicht mit Verrätern wie dir gerechnet."

Egal was er sagte, es endete immer so. Alex war das Opfer und er der Böse. Das rechtfertigte es für ihn, nun den Spieß umzudrehen.

„Aber so schlecht ist es doch gar nicht gelaufen für dich – du hast Laura, du hast einen Sohn. Warum machst du das alles kaputt?", versuchte er es.

„Ich? Ich habe nichts kaputt gemacht!", bellte Alex. „Die blöde Kuh hat mich verlassen. Nach der Beerdigung ist sie mit dem Alten abgerauscht und hat Nico mitgenommen. Ich würde ihn nie wiedersehen, hat sie gesagt. Dabei habe ich alles nur für den Kleinen getan."

Scheiße, dachte Daniel. Dann hatte Alex wirklich nichts mehr zu verlieren. Er spürte, wie seine Kraft wieder nachließ und Nebelfinger nach ihm griffen. Er riss sich zusammen.

„Trotzdem ist er dein Sohn", entgegnete er. „Er wird erfahren, was du getan hast. Glaubst du, er ist stolz darauf?"

Alex näherte sein Gesicht dem seinen auf wenige Zentimeter. Daniel sah direkt in die irren Augen seines Gegenübers und seine letzte Chance schwand. Der Mann war ein Psychopath. Er hätte auf Jana hören sollen. Sie hatte es von Anfang an geahnt.

„Das wird er sein. Er soll wissen, dass man sich wehren kann und Verräter bestrafen muss. Dass sein Vater kein schwächlicher Feigling ist."

Alex lachte dämonisch und wendete sich dem Tisch zu, auf dem seine Werkzeuge lagen. Er zeigte Daniel eine Axt und ein Skalpell.

„Womit fangen wir an?"

*

Amir telefonierte indes in Max' Auftrag mit Joachim Wolf, dem Einsatzleiter des SEK. Sie würden sich gleich vor dem

Haus der Fetzers treffen. Amir gab ihm eine Lageeinschätzung.

Janas Hände waren feucht. Hammerschmidt und Schneider waren nachts gestorben, jetzt war es später Nachmittag. Schneider hatte einige Tage in dem Keller verbracht, aber Jana glaubte nicht, dass Gruber sich für Daniel so viel Zeit lassen wollte. Er wusste selbst, dass sie ihm auf den Fersen waren, insbesondere nachdem er nicht zum Verhör erschienen war. Dieser Fehler beunruhigte Jana zudem. Gruber schien es eilig zu haben.

Endlich waren sie am vereinbarten Treffpunkt angekommen. Jana wäre am liebsten gleich ins Haus gestürmt, um nach Daniel zu suchen, aber sie wusste selbst, dass das vollkommener Irrsinn war, und mahnte sich zu Geduld und Objektivität. Sie zog sich eine Schutzweste an, Amir und Max taten es ihr gleich.

Wolf, ein militärisch auftretender Mann mit kurzgeschorenen Haaren, begrüßte sie knapp. „Oberste Priorität: Schutz der Geisel. Wir können das Haus also nicht einfach so stürmen und sie gefährden", erklärte er mit einem Seitenblick auf Jana, als hätte er ihre Gedanken erraten.

„Schon klar", entgegnete sie deshalb schnell, „was schlagen Sie vor?"

„Wir versuchen zunächst zu verhandeln. Einer von Ihnen sollte mit dem Entführer reden." Er zeigte auf den Plan. „Rufen Sie ihn an. Plan B ist das Fenster, nehmen Sie sich ein Megaphon. Checken Sie die Lage. Glauben Sie, er geht darauf ein?"

„Nein", antwortete Jana, „er will ihn töten. Unbedingt. Er hat schon zwei Morde begangen und hat nichts mehr zu verlieren. Ich glaube nicht, dass er sich so davon abhalten lassen wird."

„Gut. Trotzdem sollten wir es versuchen. Wer von Ihnen macht das?" Er sah von Max zu Jana.

„Ich", antwortete Max schnell. Er drückte Janas Arm. „Das wird schon", flüsterte er.

„Zeitgleich werden wir das Haus betreten. Wir müssen wissen, was da unten passiert. Zunächst können wir den Raum abhören, ohne dass Gruber das bemerkt." Er sah Jana an. „Kennen Sie den Geiselnehmer?"

„Ja, ich habe ihn schon vernommen."

„Dann kommen Sie am besten mit."

Nichts lieber als das, dachte Jana. Sie wollte zu Daniel, so schnell wie möglich, und machte Amir ein Zeichen, sie zu begleiten.

„Also gut." Wolf nickte Max zu. „Ich gebe Ihnen Bescheid, wenn wir so weit sind."

*

Wolfs Leute gingen präzise und schnell vor. Sie öffneten die Haustür und sicherten die Wohnung. Im Keller fanden sie die Tür sofort. Ein Regal, hinter der sie wahrscheinlich verborgen lag, war zur Seite geschoben worden. Wolf gab Jana einen Kopfhörer und zeigte ihr das Abhörgerät, welches ihnen ermöglichte, zu hören, was hinter der Tür vor sich ging. Er gab Max das Signal zur Kontaktaufnahme. Nichts geschah. Offenbar war der Anruf missglückt. Wie Jana vermutet hatte, war Grubers Handy ausgeschaltet.

„Alexander Gruber? Hier ist Kriminalhauptkommissar Max Zimmermann vom LKA", hörte sie plötzlich Max' Stimme gedämpft. „Ich möchte mit Ihnen verhandeln."

Aus dem Raum war nichts zu hören. Fragend sah Jana Wolf an, der machte eine beschwichtigende Geste.

„Gruber? Hören Sie mich?" Noch immer keine Reaktion. Leise Geräusche drangen an Janas Ohr. Sie zog ihre Waffe. „Öffnen Sie die Tür", flüsterte sie und sah Wolf eindringlich an. Der schüttelte den Kopf. „Abwarten", formte er mit den Lippen.

*

Daniel hatte noch nie im Leben solche Angst gehabt. Alex' Blick ließ keinen Zweifel daran, dass er gleich von einem der beiden Werkzeuge Gebrauch machen würde. Abwartend wog er sie in seinen Händen.

„Kannst du mir einen Tipp geben?", fragte Daniel und brachte den letzten Rest Mut auf, den er noch zusammenkratzen konnte. „Wie war's bei den anderen beiden? Was ist besser?"

Alex ließ die beiden Werkzeuge sinken und grinste. „Die Schwuchtel hat nichts mitbekommen. Die hat vorher schon so ein Theater gemacht, dass ich sie ruhigstellen musste. Der andere hat mir in die Hand gebissen, hat ihm auch nichts genutzt." Alex sah bedauernd auf seine Hand, an der sich tatsächlich Bissspuren zeigten. Vielleicht sollte ich es einfach hinter mich bringen, dachte Daniel, aber sein Überlebensinstinkt hinderte ihn daran aufzugeben.

„Ja – dann", meinte er lahm. Die Schmerzen in seiner Seite raubten ihm inzwischen fast den Atem. Er fühlte sich zunehmend schwächer und sein Gehirn war wie in Watte gepackt. „Entscheide du. Du hast mehr Erfahrung." Daniel spürte, wie sein Verstand langsam anfing, sich zu verabschieden. Vielleicht war das auch gut so.

„Alexander Gruber?", hörte er da eine laute Stimme. Max, dachte er irritiert, was macht der hier? Wahrscheinlich halluzinierte er schon. Alex stand wie vom Donner gerührt. Sie haben mich gefunden, dachte Daniel, Jana und Max. Ein Bild tauchte vor seinem inneren Auge auf. Jana und Max auf der Bank in der Kneipe. Nein. Jana, ihre sanfte Stimme, die kleine Grube über ihrem Schlüsselbein, Alex, der mit einem lauten

Schrei die Axt hob, ein Krachen, ein Knall, seine Sinne schwanden, doch Jana, sie stand plötzlich wie ein Engel vor ihm, ihre Finger auf seinem Gesicht, seinen Namen flüsternd, jetzt konnte er beruhigt schlafen.

*

Jana hatte Wolf schließlich davon überzeugt, die Tür zu öffnen. Keine Sekunde zu spät, Gruber stand mit erhobener Axt vor Daniel, im Begriff, ihn wie ein Stück Brennholz in zwei Teile zu hacken. Sie überlegte nicht lang und schoss ihm in den Oberschenkel. Alex sackte zusammen.

„Notarzt", schrie sie, drückte Amir ihre Waffe in die Hand und hechtete zu Daniel. Sein Gesicht war eiskalt und von einem feinen Schweißfilm überzogen. Er sah sie lächelnd an, bevor er die Augen schloss.

„Daniel, bleib bei mir! Daniel!" Sie streichelte ihm zärtlich über das Gesicht, aber er reagierte nicht mehr. „Wo bleibt der Notarzt?", brüllte sie. „Kollege verletzt."

Aus den Augenwinkeln sah sie, wie Wolf und ein weiterer SEK-Beamter den „Die Schlampe hat auf mich geschossen!"-plärrenden Gruber aus dem Raum zerrten, um Platz für den Rettungsdienst zu machen.

Als die Sanitäter kurz darauf in der Tür erschienen, winkte sie hektisch.

„Bitte gehen Sie zur Seite!", bat sie der Sani, auf dessen Namensschild ‚F. Roselli' zu lesen war. Jana ließ sich widerstandslos von ihm wegschieben.

„Alles in Ordnung bei dir?", fragte Amir sie.

Sie nickte apathisch. „Kümmere dich um meine Waffe!", bat sie ihn.

„Mache ich. Bleib du bei Daniel. Max und ich kriegen den Rest allein hin." Er drückte ihren Arm. Dankbar lehnte sie sich kurz an ihn. Er nickte aufmunternd und wandte sich dann Wolf zu.

„Wo bleibt Sabine?", hörte sie Roselli rufen.

„Bin schon da." Die Notärztin kniete sich neben Daniel, ihr Ausdruck war sehr ernst. Sie tastete ihn vorsichtig ab und schnitt ihm dann schnell den Pullover auf. „Melde uns in der Klinik an", wandte sie sich an ihren Kollegen. „Akutes Abdomen, OP vorbereiten!"

OP? Jana wurde panisch. Sie sah ein großes Hämatom an Daniels linker Seite.

„Was ist los?", fragte sie und bemühte sich, möglichst professionell zu klingen. Das schien ihr der beste Weg, um an Informationen zu kommen.

„Ihr Kollege hat ziemlich was im Bauchbereich abbekommen", erklärte ihr Sabine, Dr. S. Homberger stand auf ihrer Jacke. „Ich vermute, Milzriss. Er muss dringend operiert werden, sonst verblutet er innerlich. Wir versuchen ihn zu stabilisieren, aber er muss auf schnellstem Weg in die Klinik."

Jana schnappte nach Luft. „Kann ich mitkommen?"

Dr. Homberger setzte dem bewusstlosen Daniel gerade eine Infusionsnadel. „500 ml NaCl, Korodin", bellte sie und winkte den Kollegen mit der Trage zu. „Ja", meinte sie, an Jana gewandt. Die lief wie in Trance den Sanitätern hinterher, die Daniel auf der Trage nach oben und in den RTW brachten. Die Ärztin rannte nebenher und hielt die Flasche mit der Infusionslösung. Sie schoben Daniel in den Rettungswagen, Jana wollte hinten einstiegen, aber der Sanitäter schob sie weg. „Auf dem Beifahrersitz ist Platz", meinte er freundlich, „hier hinten wird jeder Zentimeter gebraucht."

„Klar", nickte sie und warf Daniel noch einen Blick zu. Er war weiß und sah mehr tot als lebendig aus. Bitte nicht noch einmal, dachte sie.

Inzwischen war es dunkel geworden und die Blaulichter der Polizei- und Rettungswagen erhellten die Nacht. Auch der immer noch fluchende Gruber wurde von Sanitätern versorgt, bekam sie am Rande mit.

Dann saß sie neben Roselli im RTW und heizte zum zweiten Mal an diesem Tag mit Blaulicht über die Autobahn.

17

„Franco", stellte er sich schließlich vor. „Sieht ernst aus um Ihren Kollegen."

„Er ist nicht nur mein Kollege", flüsterte sie.

„Oh. Das tut mir leid. Sabine ist die Beste. Er wird es schaffen."

Jana wünschte, Franco würde endlich aufhören zu plappern und stattdessen schneller fahren. Sie sah durch das kleine Fenster nach hinten. Die Ärztin hatte Daniel eine Sauerstoffmaske aufgesetzt und fummelte mit einer Spritze an seiner Infusion herum. Der andere Sanitäter, dessen Namen sie nicht erkannt hatte, war damit beschäftigt, Daniels Blutdruck zu messen. „Scheiße, das gefällt mir nicht", hörte sie Dr. Homberger fluchen und krallte ihre Fingernägel in die Handflächen.

Bitte nicht, bitte bitte bitte, dachte Jana.

Vor sich sah sie wie in Zeitlupe die Rücklichter der Autos vorbeiziehen, rechts rasten Häuser vorbei, von denen nur rechteckige hell beleuchtete Fenster wahrzunehmen waren, hinter denen sich normaler Alltag abspielte. Alles wirkte surreal, während hinter ihr Daniel im Mikrokosmos des Krankenwagens um sein Leben kämpfte.

Nach einer halben Ewigkeit waren sie an der Klinik angekommen. Dort wurden sie schon von einem Ärzteteam erwartet. Jana blieb an der Tür des RTWs stehen, ihre Beine waren butterweich und sie wollte außerdem den Ärzten nicht im Weg sein. Zitternd sah sie dem Pulk von Medizinern hinterher, der mit Daniel auf der Trage in der Mitte im Innern der Klinik verschwand.

„Geht's Ihnen gut?", hörte sie eine Stimme wie durch Watte. Jemand fasste sie am Arm. „Sie sind ja selbst weiß wie die Wand."

Franco führte sie behutsam vom RTW weg. „Kommen Sie. Ich bringe Sie rein. Soll ich jemanden für Sie anrufen, der Sie abholt?"

Jana erwachte aus ihrer Apathie und riss sich los. „Abholen? Nein. Ich warte hier."

Franco fasste wieder ihren Arm, und sie ließ es geschehen. „Das wird eine Weile dauern. Wir rufen Sie an. Ruhen Sie sich aus, Sie können sowieso nichts machen."

„Ich warte hier", entgegnete Jana noch einmal. „Zeigen Sie mir, wo?"

Franco seufzte. „Also gut. Aber vorher helfen Sie mir bitte noch, den Aufnahmebogen auszufüllen, Frau ...?"

„Schröder, Jana Schröder." Es war ihr peinlich, dass er sich so um sie sorgte, während sie sich noch nicht einmal vorgestellt hatte. Aber ihn schien das nicht zu stören.

„Kommen Sie mit." Er führte sie durch einen Flur, an dessen Ende sich eine Tür befand, auf der „OP-Bereich Kein Zutritt" stand. Davor waren ein paar weiße Plastikstühle an der Wand aufgereiht. Er ging voran in einen kleinen Raum an der Seite und gab ihr ein Formular auf einem Klemmbrett und einen Stift. „Schreiben Sie auf, was Sie wissen. Ich hole Ihnen inzwischen einen Kaffee."

Kurz darauf kam Franco mit einem dampfenden Becher und einer Decke zurück. „Hier. Ich habe mal etwas Milch und Zucker reingetan. Und hier", er reichte ihr die Decke, „falls Ihnen nachher kalt wird."

„Danke." Jana versuchte ein Lächeln und deutete auf das Formular, welches ausgefüllt auf dem Tisch lag. „Alles wusste ich nicht. Wir sind noch nicht so lange zusammen", meinte sie entschuldigend.

„Das reicht schon, danke." Er begleitete sie in den Flur. „Toiletten sind da hinten, da stehen auch ein paar Automaten für Snacks und Getränke. Soll ich wirklich niemanden anrufen?"

„Nein. Alles bestens. Danke, Franco, für alles."

„Ich sage Bescheid, dass Sie hier warten. Alles Gute, Jana. Für Sie und Ihren Kollegen."

Er klopfte ihr zum Abschied noch einmal beruhigend auf den Arm, dann nickte er ihr zu und ging.

*

Jana trank den Kaffee in kleinen Schlucken. Er tat ihr gut, und sie fühlte sich etwas besser. Daniel war in guten Händen, das Schlimme war das Warten, ohne etwas tun zu können. Sie lehnte den Kopf an die Wand. So saß sie eine Weile und dachte an die letzte Nacht. Daniel würde es schaffen. Er musste es schaffen. Die Uhr über der Tür tickte langsam. Eine Weile beobachtete Jana den Zeiger, der im Schneckentempo über das Zifferblatt strich.

Sie sprang auf und lief im Flur hin und her. Wenige Meter von ihr entfernt lag Daniel, in der Hand der Ärzte, die sie nicht kannte und denen sie vertrauen musste. Sie kaute nervös an ihren Fingern, dann setzte sie sich wieder, nur um kurz darauf wieder aufzuspringen und ihre Wanderung fortzusetzen. Irgendwann kuschelte sie sich in die Decke, die Franco ihr gebracht hatte. Sie war vollkommen erschöpft. Tatsächlich schlief sie ein, träumte wirres Zeug und von Daniel, den sie festhielt und den sie nicht gehen lassen würde.

Als sie aufwachte, lag sie an etwas Weiches gelehnt. Erschrocken fuhr sie hoch. Gleichzeitig meldete sich ihr schlechtes Gewissen, weil sie eingeschlafen war.

„Hallo Jana", begrüßte Max sie. Ihr Kopf hatte an seiner Schulter gelegen.

Verwirrt blinzelte sie. „Wie lange bist du schon da?"

„Na, so eine Stunde etwa."

„Was?!? Und du hast mich nicht geweckt?"

„Wozu? Es ist nichts passiert inzwischen …" Er hielt ihr eine Packung Erdnüsse hin. „Hier. Iss was! Wenn Daniel aufwacht, musst du fit sein."

Mechanisch steckte sie sich eine Nuss in den Mund und kaute darauf herum. Hunger verspürte sie keinen, obwohl sie seit dem Frühstück nichts mehr gegessen hatte. Max hat recht, dachte sie sich, ich brauche meine Kraft. Die Erdnuss schmeckte nach nichts, aber tapfer klaubte sie sich eine zweite aus der Packung.

„Was ist mit Gruber?", fragte sie Max.

„Der wird auch gerade operiert, aber nicht hier. Guter Schuss, Jana, ehrlich", lobte Max. „Das hatte keine Eile, obwohl Gruber der Meinung war, er habe Vorrang." Er lachte zynisch. „Sei froh, dass du dir sein Gezeter nicht mit anhören musstest."

Jana gelang ein Lächeln. „Das bisschen hat mir schon gereicht." Sie griff nach den Erdnüssen. „Warum bist du hier?"

„Ich kann euch doch nicht alleinlassen", entgegnete Max entrüstet. „Ehrlich, Jana, du hast so fertig ausgesehen, da dachte ich mir, es ist besser, wenn jemand nach dir schaut." Er reichte ihr die Packung. „War wohl auch gut so, wie ich sehe."

„Wo ist Amir?", wollte sie wissen.

„Er bringt deine Waffe zur KTU und erstattet Dr. Petridis Bericht", erklärte Max. „Ich musste ihm versprechen, auf dich aufzupassen."

„Danke, Max." Jana meinte es ernst.

Plötzlich öffnete sich die Tür ‚OP-Bereich Zutritt verboten' und ein grauhaariger Mann Mitte Fünfzig, der eine randlose Brille trug, trat hindurch. Er sah abgekämpft aus.

„Frau Schröder?"

Jana sprang auf. „Ja?"

Er ging auf sie zu und reichte ihr die Hand. „Dr. Gerald Steinhäuser, ich habe Herrn Forster operiert."

Sie sah ihn mit weit aufgerissenen Augen an und wagte es nicht zu sprechen.

„Die OP ist gut verlaufen. Ihr Kollege hatte einen Milzriss und eine Menge Blut in den Bauchraum verloren, aber wir konnten das Organ erhalten. Außerdem hat er sich eine Rippe gebrochen." Erschöpft strich er sich durch die Haare. „Es war ganz schön knapp. Fast hätten wir ihn verloren. Aber er wird es schaffen, wir haben ihn stabilisiert." Er nahm Janas Hände in seine und drückte sie zuversichtlich.

„Danke", hauchte sie, „kann ich zu ihm?"

*

Jana saß an Daniels Bett und hielt seine Hand. Sie trug einen grünen Kittel und hatte sich die Hände gründlich desinfizieren müssen. Daniel lag blass zwischen den weißen Laken, um ihn herum blinkten mehrere Bildschirme. Man hatte ihr gesagt, es würde noch eine Weile dauern, bis er aufwache. Er sei aber stabil und sie müsse sich keine Sorgen machen.

Draußen ging langsam die Sonne auf. Vereinzelt hingen noch graue Wolkenfetzen am Himmel, aber es versprach, ein schöner Tag zu werden. Max war schließlich nach Hause gefahren und hatte ihr angeboten, sie später abzuholen. Sie könne nicht ewig hier sitzen, auch sie brauche mal wieder ordentlich Schlaf. Insgeheim gab sie ihm recht. Aber solange Daniel noch nicht wach war, würde sie nicht gehen.

Die Sonne gewann an Intensität, eine Schwester kam vorbei und überprüfte Daniels Monitore. Sie brachte Jana ein Glas Wasser, was diese dankbar annahm. Plötzlich spürte sie, wie Daniels Finger sich unter ihrer Hand bewegten. Langsam öffnete er die Augen. Ein mattes Lächeln legte sich auf sein Gesicht, als er Jana sah. Er versuchte zu sprechen, aber mehr als ein Krächzen brachte er nicht heraus.

Die Schwester kam in Begleitung von Dr. Steinhäuser zurück. „Herr Forster! Willkommen zurück!", begrüßte er seinen Patienten. Er checkte alle Werte und nickte zufrieden. „Wir behalten Sie heute noch hier auf der Intensivstation, wenn alles gut läuft, können wir Sie morgen verlegen."

„Wie lange muss er im Krankenhaus bleiben?", fragte Jana.

„Zehn Tage mindestens", entgegnete Dr. Steinhäuser. „Und danach ist absolute Schonung angesagt." Er hob mahnend den Zeigefinger.

„Ich passe gut auf ihn auf", versprach sie.

Epilog

Drei Wochen später saßen Jana und Daniel nach einem Bummel über den Künstlermarkt in der Außengastronomie der Taverne am Wilhelmsplatz und ließen sich die Sonne ins Gesicht scheinen. Sie hatte darauf bestanden, dass er sich bei ihr zuhause auskurierte, und das war auch gut so. Seine enge Wohnung in Frankfurt ohne Balkon war für die Rekonvaleszenz nicht geeignet. Am liebsten würde er hierbleiben, sie kamen gut miteinander aus, als wäre es schon immer so gewesen. Jana hatte ein paar Überstunden abgebaut, als Daniel aus dem Krankenhaus gekommen war, aber in drei Tagen wollte sie zurück zum Dienst.

„Hi Mum, hi Daniel!" Kai gesellte sich zu ihnen. „Na, hast du Ausgang?", meinte er grinsend.

Daniel verdrehte gespielt theatralisch die Augen. „Ja, hat mich einiges gekostet. Deine Mutter ist eine strenge Krankenschwester."

Es war tatsächlich das erste Mal, dass sie den Radius vergrößert hatten. Noch immer schmerzte ihn seine gebrochene Rippe, aber noch mehr quälte es ihn, dass er keinen Sport treiben durfte. Jana warf ihm einen Kuss zu. Ihre Hand wanderte zu der Halskette aus rosa Quarzsteinen, die Daniel ihr gerade gekauft hatte. Er lächelte sie an.

„Habt ihr das schon gelesen?" Kai suchte in seinem Handy die Online-Ausgabe der Offenbach-Post. „Yilmaz und Schönemann gemeinsam für sozialen Wohnungsbau", zitierte Jana erstaunt. „Das glaube ich jetzt nicht!"

Orkun Yilmaz war letzte Woche mit großem Abstand zum Bürgermeister gewählt worden, und Jana hatte sich nur schwer damit abfinden können, dass Schönemann mit einem blauen Auge davongekommen war. „Hier steht was von ‚großzügiger finanzieller Unterstützung durch den bekannten Bauunternehmer'. Da könnte ich echt kotzen."

Daniel zuckte mit den Schultern. „Warum? Der Verfassungsschutz lässt ihn nicht aus den Augen, da muss er in Zukunft genau überlegen, mit wem er sich einlässt. Vielleicht hat er kapiert, dass er einiges wieder gutzumachen hat", meinte er. „Wenn andere jetzt davon profitieren, ist das doch prima."

„Finde ich auch", stimmte Kai ihm zu.

Jana rümpfte missbilligend die Nase. „Du kennst ihn nicht, Kai. Das ist so ein ekelhafter Schleimer, ein aalglatter Opportunist, ach, was weiß ich." Sie redete sich in Rage. „Ich habe wirklich eine Zeitlang geglaubt, er sei Thor höchstpersönlich."

„Damit ist es jetzt vorbei", versuchte Daniel sie zu beruhigen, „wie du schon sagst – ein Opportunist, der sein Fähnchen in den günstigsten Wind hängt – gehängt hat. Seine Zusammenarbeit mit den Rechten ist beendet."

„Trotzdem – für den Mord an Fetzer büßen die Bauernopfer." Jana fuchtelte mit ihren Händen in der Luft herum. „Natürlich haben sie das verdient – bei Mord an einem Polizeibeamten hat der Richter zum Glück keine Gnade walten lassen und sie verbringen die nächsten Jahre im Knast. Und ‚Thors Hammer' hat sich aufgelöst und treibt hier gottseidank nicht mehr sein Unwesen. Aber der Anstifter kommt davon!"

„Das ist doch noch gar nicht sicher." Daniel legte ihr eine Hand auf den Arm. „Dafür ist der Verfassungsschutz da. Manche Dinge dauern und brauchen erhebliches Geschick, aber ich vertraue fest darauf, dass am Ende jeder seine gerechte Strafe erhält."

„Reg dich nicht auf, Mum", versuchte es jetzt auch Kai. „Lass die ihre Arbeit machen und mach du deine! Schau stattdessen mal, wie gut es uns gerade geht." Er zog mit seiner Hand einen Halbkreis vom Künstlermarkt zum strahlend blauen Himmel. Dann prostete er seiner Mutter mit seiner Cola zu.

Jana erwiderte mit ihrem Weißwein.

„Das meine ich aber auch, Frau Schröder." Auch Daniel hob sein Glas.

Lachend ließen sie die Gläser aneinanderklirren. „Jawohl, Herr Forster."

Kai hatte recht. Es ging ihr so gut wie lange nicht mehr.

Jana reckte ihr Gesicht in die Sonne und beschloss, einfach glücklich zu sein.

Zu guter Letzt

Häufig werde ich gefragt, wie ich auf meine Geschichten komme. Die Antwort lautet: Gar nicht. Die Geschichten kommen auf mich zu. Sie sind einfach da, ich erzähle sie bloß. Bei meinen Spaziergängen mit dem Hund gestalte ich sie aus, und dann muss ich sie nur noch aufschreiben und vor allem überarbeiten.

Warum kam gerade eine Geschichte aus Offenbach zu mir?

Ich mag Offenbach. Dort ist das Studienseminar, an dem ich meine Referendarausbildung gemacht habe. Dort habe ich an der Edith-Stein-Schule unterrichtet und ich war als Fortbilderin an vielen Offenbacher Schulen unterwegs. Gelegentlich habe ich im Schulamt zu tun. Immer sind mir in Offenbach freundliche, aufgeschlossene Menschen begegnet, aber auch mit einem Mord wurde ich konfrontiert.

Bei einem Ausflug zum Kletterpark hatte ich plötzlich die Idee zu dem vorliegenden Krimi. Ein Toter im Wassersprühfeld, ein geheimnisvolles Tattoo – und schon nahm die Geschichte ihren Lauf.

Die Personen sind fast alle frei erfunden (wenn nicht, habe ich die Zustimmung bekommen, sie in dem Roman auftreten zu lassen), Ähnlichkeiten mit realen Menschen sind zufällig und nicht beabsichtigt. Die Orte und Lokalitäten gibt es fast alle, nur die Dönerbude am Europaplatz existiert nicht – allerdings könnte ich mir dort gut eine vorstellen.

Danken möchte ich an dieser Stelle ganz besonders meiner guten Freundin Bärbel Vogt, die mich auf unzähligen Spaziergängen durch Offenbach begleitet hat und mir stets mit Rat und Tat zur Seite stand (und immer noch steht). Außerdem meinen drei wunderbaren Söhnen Johannes, Anton und Sebastian. Johannes, danke für dein medizinisches Fachwissen, Anton, danke fürs Testlesen und deine wertvollen Hinweise und Sebastian, danke für deine Geduld und deine hilfreichen Tipps. Ein weiteres Dankeschön geht an Marco Moro für seine Beratung in Sachen Polizeiarbeit und an Claas Buschmann für sein fantastisches

Buch *Wenn die Toten sprechen**, welches eine Fundgrube für die Arbeit der Rechtsmediziner ist. Danke auch an „Nello" für die leckere Pizza und insbesondere Zinnet für die freundliche Bedienung. Danke an meinen treuen Hund Jimmy für die warmen Füße unter dem Schreibtisch und die Gesellschaft beim Schreiben. Nicht zuletzt möchte ich meinen Eltern danken, meinem verstorbenen Vater Erhard für die vielen Inspirationen (immer noch) und meiner Mutter Reinhilde, die mich zu allen meinen Lesungen begleitet.

Zu guter Letzt gilt mein Dank Florin Sayer-Gabor für das wie immer fantastische Cover und natürlich meinem Lektor und Verleger Gerd Fischer, der mich ermutigt und angespornt hat, durch Deadlines dafür gesorgt hat, dass ich fertig werde, und mit seiner wertschätzenden Kritik sehr positiven Einfluss auf die Gestaltung der Story genommen hat.

*Buschmann, Claas: Wenn die Toten sprechen. Spektakuläre Fälle aus der Rechtsmedizin. Berlin 2021